Heinrich Eppe

Kalte Mauern

Ein Hohenlohe-Krimi

Silberburg-Verlag

Heinrich Eppe, Jahrgang 1943, wuchs im hohenlohischen Brettenfeld auf, studierte Psychologie und Pädagogik in Esslingen am Neckar, Hamburg, Wien und Bochum. Tätigkeiten in der Erwachsenen- und Jugendbildung sowie in der Politik, als Bonn noch Hauptstadt war, schlossen sich an. Von 1982 bis 2006 leitete er das Archiv der Arbeiterjugendbewegung in Oer-Erkenschwick (NRW). Seit 2006 ist er »wieder im Ländle« und lebt in Kirchberg an der Jagst. »Kalte Mauern« ist nicht sein erstes Buch, aber sein erster Roman.

1. Auflage 2011

Lektorat: Michael Raffel, Tübingen.
Umschlaggestaltung: Wager ! Kommunikation, Altenriet.
Druck: CPI books, Leck.
Printed in Germany.

ISBN 978-3-8425-1156-9

Vier Wochen, bevor er festgenommen wurde, führte Karlo Kochendörfer in Hörweite seiner Sekretärin Maurenbrecher ein Telefongespräch, an das sie sich bei der polizeilichen Vernehmung nur vage erinnern konnte.

»Du? Nach so vielen Jahren. Klinik?«

…

»Muss ich das wissen?«

…

»Endstadium?«

…

»Ich bin unterwegs.«

»Textmanager! Hab ich richtig gehört? Textmanager?« Die Tür zum Büro des Geschäftsführers knallte hinter ihr zu. Sie hatte richtig gehört. Deshalb nahm der Lebensweg der jungen Journalistin Birgit Wallo eine Kurve.

Trotzig glotzte sie auf ihren Schirm und quetschte noch zwei Pressemitteilungen mit den unvermeidlichen Orgelpfeifenfotos in die Seite. Es fiel ihr nicht schwer, eine Zeitung zusammenzustückeln. Aber sollte das alles gewesen sein? Zügig musste es gehen. Das war nicht ihr Problem. Sie redete doppelt so schnell wie ihre Kollegen und tippte, wie ein Wiesel rennen konnte.

Die Pressemitteilung über die mitreißende Verleihung der Medaillen zur 50-jährigen Mitgliedschaft bei den Wanderfreunden einzurücken und sie zufällig mit der Werbeanzeige für neuartige Rucksäcke und GPS-Geräte für die Wanderburschen zu verknüpfen, füllte ihr den Magen, machte sie aber nicht satt. »Faule Heringe einlegen« nannte sie diese journalistische Kunst, Redaktion und Reklame möglichst unauffällig miteinander zu verknüpfen. Sie träumte davon, einen gewaltigen Hecht selbst zu angeln und in einer eigenen Geschichte zu verbraten.

Ihre vier verbliebenen Kollegen blickten nicht auf, als sie vom Geschäftsführer des Zeitungsverlages in das weiträumige Redaktionsbüro des »Anzeigers« zurückkehrte. Einige hofften, mit schlechtem Gewissen freilich, dass sie die Nächste sein würde. Sie war jung. Ihre vertraglich vereinbarte Abfindung, die nach der Betriebszugehörigkeit berechnet wurde, lag am unteren Limit. Und sie war oft widerborstig, nicht nur, wenn es ums Grundsätzliche ging. Die besten Voraussetzungen für den Fahrstuhl hinab ins Jobcenter.

Zwei Stunden sprach sie kein Wort. Nach den Seiten für morgen begann sie mit ihrem Beitrag für die Samstagsausgabe über die Sorgen der Gemeinderäte mit den leerstehenden, dahinsiechenden alten Häusern in ihren Dörfern, in denen nicht einmal mehr Rechtsanwälte aus Stuttgart ihre Wochenenden verbringen wollten.

»Birgit, mach Schluss für heute. Die andern sind schon drüben.« »Drüben« war das Bistro mit dem nahezu unaussprechlichen Namen »Neues : Lokal«, in dem die Lokalredaktion täglich den Abschied von der morgigen Ausgabe feierte.

Ulf Schwarz, der seit Menschengedenken für die Kulturberichte aus den Dörfern und Kleinstädten zuständig war, durfte seine Hand auf ihre Schulter legen, weil sie wusste, dass er sie nicht anmachen, sondern aufmuntern wollte. Der angenehmste Kollege, wie sie sich eingestand. Ein Mitstreiter, kein Konkurrent. Denn die letzten zwei Jahre wird ihm die Geschäftsleitung noch lassen, bis dann auch der Feuilletonpapst seine Zeitung erst am nächsten Morgen lesen würde, wenn überhaupt.

»Du hast recht. Was du morgen kannst besorgen, das verschiebe nicht auf heute«, redete sie sich ein. Sie lebte das Gegenteil, denn sie war im Miasma des schwäbischen Pfarrhauses aufgewachsen, in dem Arbeit Gottesdienst war und umgekehrt. Wer arbeitete wie sie, davon war sie überzeugt, konnte nicht entlassen werden. Das wäre wider alle gerechte Ordnung.

Sie ahnte nicht, dass Ulf Schwarz es besser wusste. Er kannte den Laden und spürte vor allen anderen, was in der Luft lag. Die Redaktion würde das junge Blut verlieren. Sie wusste es noch nicht, und er verriet es ihr nicht. Von ihm hatte sie gelernt, aus dürren Zahlen und großen Zusammenhängen lesbare Geschichten für den Frühstückstisch zu machen.

Die wenigen Abendschwärmer, denen sie auf dem kurzen Weg ins gegenüberliegende Bistro begegneten, hätten das älteste und das jüngste Redaktionsmitglied leicht für Vater und Tochter halten können. Obwohl sie in der Redaktion nur selten über private Verhältnisse sprachen, wusste Birgit, dass er keine Kinder hatte und seine Frau vor einigen Jahren gestorben war. Die Nonsensgespräche beim täglichen Absacker im Bistro waren ihm »Gute-Nacht-Geschichten«, die letzten Worte vor dem Einschlafen. Das Bistro sei das Vorzimmer zu seiner Wohnung geworden, gestand er ihr. In gewisser Weise zu Recht. Denn er hatte die Idee für den Namen »Neues : Lokal« beigesteuert.

»Du könntest das einzige Lokal in Deutschland sein mit einem Doppelpunkt im Wirtshausschild. Die Gäste werden einen doppelten Espresso bestellen und zwei Butterbrezeln vertilgen«, hatte er Egon, dem Wirt, in Aussicht gestellt.

Der findige Egon dachte um eine Ecke weiter und bestritt diese Absicht vor seinen Gästen so lange und lautstark, bis die Gäste selbst die Prophezeiung erfüllten, die Gründungslegende weitererzählten und sein Lokal nur noch »Doppelpunkt« nannten.

Ein Innenarchitekt, zumindest nannte er sich so auf seinen Rechnungen, schwatzte dem Wirt zum Entsetzen der alten Gäste eine Mischung aus kahler Moderne und wohligem Birnbaumholz auf. Erst als sich der Retrowahn verflüchtigt hatte, Egon aber immer noch seinen Renovierungskredit abstotterte, brachten Stammgäste auch weitläufige Bekannte mit ins Bistro, kunstsinnige zumeist, die wie in Trance auf Wände und Tische starrten: »Ja Wahnsinn, der Knaller!«

Redakteur Heribert Baerenreiter, den Birgit innerlich nur den »Aufschneider« nannte, hatte, wie erwartet, das Wort am Zeitungstisch an sich gerissen. Birgit Wallo und Ulf Schwarz setzten sich grußlos auf ihre Stammplätze, um Heribert in seinem Monolog nicht zu unterbrechen. Sie hörten der alten Geschichte interessiert zu, wie immer, wenn Heribert ein neues Opfer gefunden hatte. Er redete auf ein rundes Gesicht ein, das Birgit in ihrer angekratzten Stimmung an jene Spanferkel erinnerte, die Metzger in der Adventszeit als Fettplastik in die Schaufenster stellten.

»Tee? Tee kaufe ich nur in Frisco«, trumpfte Baerenreiter auf.

»Wo?«, fragte Kochendörfer sofort nach.

»In Frisco«, wiederholte Heribert.

»Ich bin nicht taub, Herr Schreiberling. Wo in Frisco? Stadtteil, Straße?«, forderte er.

Ulf Schwarz flüsterte Birgit zu: »Kochendörfer, Bauunternehmer, kommt viel rum, kennt die Flugpläne auswendig, bildet sich wunder was drauf ein; kennt drei Eskimos mit Vornamen, sagt er.«

»Der Reihe nach«, insistierte Heribert. »Alle halbe Jahre düse ich rüber. Sonst trocknet er aus. Vom Hunsrück aus flieg ich immer. Der Parkplatz hinter dem Hangar ist teurer als der Flug. Kurz hinter Island schlaf ich schon. Dann runter. Rein nach San Francisco, Kreuzung 3. Straße und Brennan, Sie kennen die Ecke? Wo rechts das Geburtshaus von Jack London steht – da ist es nicht. Sie müssen sich scharf links halten, keine fünfzig Schritt, unscheinbar, kleines Schild, handgeschrieben, koreanisch, vier Stufen runter in den Souterrain.«

»Kein Problem, find ich.«

»Wenn Sie hinter der Tür tief Luft holen, werden Sie ohnmächtig. Ihr Körper löst sich auf, ist nur noch Nase. Wenn Sie dann Ihre Augen blinzelnd wiederbelebt haben, steht Lie Hong vor Ihnen, der von Natur aus die Augen zusammenkneift, und an der Wand sehen Sie kleine Schublädchen, hunderte, was sag ich, eine Wand, alle Wände ringsum nur Schublädchen – alle beschriftet –, aber Lie Hong liest sie nicht. Sie sagen Yujacheong, und Lie weiß sofort die Schublade. Er hat sie alle im Kopf nummeriert gespeichert. Länge mal Breite oder so, P 49, also Zeile P, Spalte 49, wie die Straßennamen in Mannheim – Sie kennen Mannheim? Die wohnen dort auf einem Schachbrett. H6 schlägt G4! Das ist die Schlachtordnung der Kinder auf ihrem Schulweg. Alle guten Schachspieler kommen aus Mannheim.«

Baerenreiter ließ sich von der wegwerfenden Handbewegung des Bauunternehmers nicht unterbrechen.

»Lie Hong spielt nicht Schach, er findet sofort – habe ich das schon gesagt? Er ist eigentlich aus Korea, behauptet er jedes Mal, wenn er mich zu einem Boricha einlädt. Heidelberg, oder war es Rothenburg, da wollte er immer schon mal hin.«

»Soll kommen.«

»Von hinten, aus dem Lager, aus dem Übervorrat, holt Hong die größeren Chargen. Sündhaft teuer, sag ich Ihnen. Aber es lohnt. Muntert auf. Bringt in Fahrt.«

»Ich sehe es. Und der Zoll?«

»Kein Problem. Kommt alles ins Kissen.«

Kochendörfer kniff skeptisch die Augen zusammen.

»Nehme ich mit an Bord. Hong stopft den Tee in das Kopfkissen, auf dem ich während des Fluges meinen Nacken entspanne.«

»Idee ist notiert«, sagte der Bauunternehmer und zog an seiner leeren Zigarrenspitze. »Hab ich das richtig verstanden, Sie Oberschlaumeier von der Zeitung?« Er runzelte die Stirn. »Das schlitzäugige Schlitzohr packt den Tee im Hinterhof ein, und Sie trinken ihn?« Sein doppeltes Kinn schwabbelte beim Lachen. »Den muss ich kennenlernen.«

Sein Blick blieb unangenehm auf Birgit hängen.

»Und die Dame, wenn ich fragen darf, trinkt auch davon?«, rief er über den Tisch.

Bevor der Kochendörfer auf den dummen Gedanken kommen konnte, sie einzuladen, winkte Birgit den Wirt an den Tisch. »Einen ›King of Frisco‹ für den Herrn, der koreanischen Hinterhöfen nicht über den Weg traut.«

Den Tee gab's wirklich, aber er kam nicht aus San Francisco, sondern aus der ebenso undurchsichtigen Hexenküche der Wirtin. Heribert Baerenreiter verabscheute das Gebräu, weil ihm ein »omaesker Sofakissenduft« anhafte, wie er behauptete. Die einzige Erklärung für dieses Aroma aus seiner Kindheit fand er in der Geschichte, die er neuen Gästen, die sich ins Lokal mit dem Doppelpunkt verlaufen hatten, aufdrängte.

»Ich nehme gerne an, Frau …« Kochendörfer machte eine Pause in der falschen Hoffnung, dass Birgit ihren Namen in die Runde werfen würde. »Wenn ich Sie bei nächster Gelegenheit …« Wieder hielt er inne.

»... um ein Interview bitten dürfte«, kam ihm Birgit zuvor. Bei dem Namen Kochendörfer hatte es bei ihr geklingelt. Keinem aus der Redaktion war es bisher gelungen, den erfolgreichen Heimlichtuer zu einem Interview zu überreden. Er sprach mit der Presse über seine Häuser und Baugeschäfte nur in schriftlichen Presseerklärungen, und das auch nur, wenn alles unter Dach und Fach war. Dass er sich jetzt in die Höhle der Löwen traute?

Kochendörfer schien zu überlegen. »Morgen in zwei Wochen, 15 Uhr 37, landet mein Flieger aus Dubai in Echterdingen.«

»Roger«, sagte Birgit sofort, bevor er es sich anders überlegen konnte.

»Flughafenrestaurant?«

Sie nickte.

Er lächelte: »Eingeladen!«

»Das glaub ich nun wiederum nicht, Herr Kochendörfer. Bakschisch null. Prinzip.«

Der Bauunternehmer musste nicht antworten, denn Egon, der Wirt, baute eine mehrstöckige Teeapparatur vor ihm auf. »Noch dreieinhalb Minuten ziehen lassen. Zucker schadet dem Geschmack, wenn ich das bemerken darf.«

»King of Frisco – voilà«, dröhnte Kochendörfer, »mal sehn, was uns das Zwetschgenmandl so liefert. Exquisit serviert, das muss ich sagen.«

»Er hat den englischen König bedient«, raunte ihm Baerenreiter zu, als sich der Wirt wieder hinter seinen Tresen zurückgezogen hatte. Birgit Wallo hatte nur den Film gesehen. Das Buch wartete noch im großen Stapel.

»Das ging mir zu flott«, gab Ulf Schwarz zu bedenken, als er mit Birgit wieder auf der Straße stand und sich verabschiedete. »Er war zum ersten Mal hier im ›Doppelpunkt‹, und er hat so getan, als ob er mich nicht kennt. Nicht einmal nach Anne hat er sich erkundigt, du weißt, meine verstorbene Frau.«

»Du kennst ihn?«

»Das ist lange her. Er hat mich vielleicht wirklich nicht erkannt. Ich bin inzwischen etwas runzliger geworden. Vielleicht liegt es daran.«

Birgit dachte an ihre Chance auf ein Interview und war nicht auf alte Geschichten aus.

»Er war guter Laune, deshalb habe ich ihn rumgekriegt. Er hat sich nicht einmal über die Hinterhofmistbrühe beschwert.«

»Auch das gibt mir zu denken. So sehr kann sich ein Mensch gar nicht verändern. Das wäre früher anders abgelaufen.«

»Ich hab ihn vor dem Mikro. Ich werde ihn ausquetschen. Das allein zählt.«

Der erfahrene Alte wollte den Elan des hurtigen Nesthäkchens nicht dämpfen. Sie ließ sich ungern etwas vorschreiben. Deshalb gab er ihr nur murmelnd mit auf den Weg: »Er führt was im Schilde, ich spüre es.«

»Es wird ihm nicht gelingen, eine Pfarrerstochter ins Bett zu zerren.«

»Das meine ich nicht. Es muss etwas Wichtiges sein.«

Die Welt sah für Birgit Wallo anders aus, als sie zwei Wochen später im Flughafenrestaurant in Stuttgart-Echterdingen auf die Maschine aus Dubai wartete, die als »verspätet« deklariert war. Nach ihren Erfahrungen in den letzten vierzehn Tagen hätte sie eine Rückstufung in »abgestürzt« nicht überrascht.

Auf ihrem Schreibtisch fand sie das bedauernde Schreiben der Geschäftsleitung, dass sich das Unternehmen aus wirtschaftlichen Gründen gezwungen sehe, betriebliche Umstrukturierungen vorzunehmen, die angesichts der Marktlage für die Printmedien – »... möchten wir mit der Hoffnung verbinden, dass Sie auch weiterhin als kompetente, zuverlässige, ideenreiche, freie Mitarbeiterin unserem ›Anzeiger‹ und der Redaktion verbunden bleiben.« Tja, dann hätten sie sie auch behalten können.

Die Kosten für den Ausstand übernahmen die Kollegen. Zum Abschied reichte ihr die Geschäftsführung einen schlaffen Händedruck und einen Büchergutschein. Noch während der Feier rannte sie die Straße hinunter zu ihrem Buchladen und kaufte – sie hatte es am Morgen im Schaufenster gesehen – »Das Gummibärchen-Orakel« mit dem Untertitel: »Sie ziehen fünf Bärchen aus der Tüte und wissen alles über Ihre Zukunft.« Das Werk trug nachhaltig zur Erheiterung der Saufrunde bei. Nur Ulf war kaum in Stimmung zu bringen.

»Dieses Buch ist meine Zukunft!«, prustete Birgit heraus. »Wenn man nicht braucht, was ich kann, dann schreibe ich eben, was ich nicht kann, dummes Zeug!« Und sie knallte die Schwarte auf ihren endlich aufgeräumten Schreibtisch. »Wenn ich keine Bücher mehr besprechen soll, bespreche ich eben Warzen.« Das »Gummibärchen-Orakel« blieb als ihr Vermächtnis noch Tage auf ihrem Schreibtisch liegen.

Ulf, der väterliche Freund, hatte ihr noch spätabends ein paar Fragen für ihr Interview mit Kochendörfer vorgeschlagen.

»Streue sie wie belanglose Routinefragen ein und achte darauf, wie sein Körper reagiert. Seine Zunge beherrscht er. Seine Hände werden ihn verraten.«

Eine Frage verstand Birgit überhaupt nicht: »Was halten Sie heute vom Großen Sprung?« Hatte er an einer Olympiade teilgenommen oder nur einen in der Schüssel? Sie klammerte die Frage auf ihrem Spickzettel ein.

Der Adler schwebte endlich ein, und zehn Minuten später stand der Bauunternehmer in weißem Anzug braungebrannt unter der Tür und erspähte sie sogleich. Lächelnd, ja beschwingt, trotz Körperfülle, kam er an ihren Tisch.

»Hat sich der Pilot, der Langweiler, schon bei Ihnen entschuldigt? Ich freue mich, dass Sie gewartet haben.«

Birgit sah zum ersten Mal aus der Nähe in sein Gesicht, das speckig geworden war, und schätzte nach alter Teenagergewohnheit seine Hosengröße, die vor Jahren noch einige Nummern kleiner gewesen sein dürfte. Sie wollte gleich zum Thema kommen.

»Ich habe zu danken, für die Premiere.«

Die Bedienung mischte sich ein, wie eine alte Bekannte.

»Aus Dubai, Herr Kochendörfer?« Er nickte. »Dann wie immer?«

»Wie immer. Halten Sie mit, Frau Wallo? Ihnen schadet es nicht.«

Birgit fühlte sich als Statistin in einer Szene, in der sie einen Text aufsagen sollte, ohne das Stück zu kennen.

»Auf was lasse ich mich ein?«

»Das mögen die da unten nicht. Filet vom Schwäbisch-Hällischen zusammen mit dem gleichnamigen Mohrenköpfle-Bier. Pflicht bei der ersten Rast.«

Birgit verstand. »Nehm ich auch, wenn Sie mir gleich verraten, wo ›oben‹ und wo ›unten‹ ist.«

Kochendörfer stutzte. »Man hätte Sie nicht gehen lassen dürfen.«

»Sie wissen …?«

»In jedem Kamelhöcker ist ein Internetanschluss eingebaut. Nachrichten auf Papier sind selten und teuer geworden.« Er wurde ernster. »Da man Lokalredaktionen nicht nach Bangladesch auslagern kann, muss man eben die dortigen Stundenlöhne hereinholen. Das spüren Sie doch am eigenen Leib, stell ich mir vor.«

Über ihre Wanderungen in den Fluren der Arbeitsagentur hatte sie umgehend eine Reportage geschrieben. Als sie die ersten Überweisungen von der Zeitung erhielt, wurde ihr klar, weshalb sie ihren Job verloren hatte. Sie verdiente nur noch ein Drittel für die gleiche Arbeit, musste also dreimal so viel schreiben, um den Kopf über Wasser zu halten. Nicht die Zeit, nur die veröffentlichten Zeilen wurden bezahlt. Das Interview mit dem Bauunternehmer Kochendörfer würde ihr ein Viertel der Monatsmiete einbringen. Sie begann in Zeilen zu denken. Kinokarte 20, Espresso 2, manchmal 3. Sie hat es gespürt. Darin hatte der Kochendörfer recht.

»In der Wüste überall nur Laptop-Schirme. Die Sonne hell, das Bild blass.« Er verzog sein Gesicht. »Ich gehöre zur Generation der Übergangsmenschen, die zwischen Papier und Bildschirm aufgewachsen sind. Zugegeben, ich bin altmodisch und lese die Zeitung noch gerne aus der Hand. Wenn mich der Zorn überkommt, will ich sie auf den Tisch knallen können.«

»Haben Sie Grund zum Zorn?« Birgit wollte ein Interview führen und nicht jammernden weltgeschichtlichen Betrachtungen zuhören. Obwohl ihr Aufnahmegerät lief, schrieb sie fleißig und pflichtbewusst mit, was Kochendörfer über Globalisierung und Bauindustrie, Beton und Korruption in der Wüste absonderte. Sie unterbrach nicht, obwohl sich aus dieser allgemeinen Litanei nur schwer ein pfiffiger Beitrag stricken ließ. Fünfzehn Stunden täglich rackere er sich ab, nur um Arbeitsplätze und den Standort Deutschland zu sichern. »Darin sehe ich meine große Aufgabe. Dank darf man nicht erwarten.«

Birgit schauderte. »Mir kommen die Tränen, Herr Kochendörfer.«

Er nahm es mit einem hintergründigen Lächeln hin. Um der Selbstbeweihräucherung ein Ende zu setzen, stellte sie Ulfs Frage, die sie selbst nicht verstand. »Und was halten Sie heute vom Großen Sprung?«

Dabei schaute sie ihm auf die Finger. Tatsächlich rollte er die Finger ein, als ob er etwas verstecken wollte.

»Ulf, der Lümmel, ich wette. Welche Märchen hat er über mich erzählt?«

Birgit gab sofort klein bei, weil sie offensichtlich auf vermintes Gelände geraten war. »Nichts hat er erzählt. Ich ziehe die Frage zurück.«

Doch er blieb noch einen Augenblick bei der Frage, bog sie aber um. »Das zu verstehen ist Generationensache. Sie sind nicht dabeigewesen, und der Große Sprung zurück wird Ihnen nicht gelingen. Für Sie gibt es ihn nicht. Sie werden nach vorne blicken müssen.«

»So wurden wir geschaffen – mit dem Gesicht nach vorne«, schob sie dazwischen.

»Ihr Job ist futsch. Was haben Sie vor?«

»Ich komme gut zurecht«, log sie.

»Reden Sie nicht. Ich kann mir vorstellen, wie es ist, wenn der Teppich weggezogen wird und man mit nackten Füßen auf der ungehobelten Diele steht.«

Sie antwortete nicht. Es war ihr peinlich, wie er redete.

»Nachrichten sind, wie meine Häuser und Grundstücke, eine Ware. Ob uns das nun passt oder nicht. Häuser kann man herausputzen. Nachrichten auch. Sie steigen dann im Wert. Ich bin kein Schreiberling. Aber in der Not lässt man in der Zeitung hundert Aufständische mehr sterben, nur um ein paar zusätzliche Zeilen zu schinden. Wer kann schon nachweisen, dass es etwas nicht gab?«

»Wir kommen vom Thema ab.« Birgit versuchte, das Interview zu retten.

»Frau Wallo, wir sind beim Thema. Sie brauchen Stoff zum Schreiben. Ich habe den Stoff, zwar nur einen Fetzen davon, aber wenn Sie die Fäden emsig knüpfen, könnte eine wärmende Decke daraus werden.«

Für einen Bauunternehmer redete er recht blumig daher. Birgit dachte an ihre mittelfristige Finanzplanung, an den Break-even-Point in einigen Monaten. Einmal überschritten, würde sie die Kosmetikmarke und den Friseur wechseln müssen. Dreißig erbettelte Zeilen für ein Haarshampoo, für eine einfache Tunnelbürste vier. Zudem nagte in ihr die Neugier auf einen Typen, der Ulf kannte, ihn aber nicht begrüßte, wenn er sich im Bistro an den Tisch setzte. Abwehrend kam sie ihm einen Schritt entgegen.

»Den Stoff, aus dem meine Träume sind, können Sie nicht liefern. Zement und Bauvoranfragen sind meine Sache nicht. Ich erzähle, wie Sie scharfsinnig bemerkt haben, Märchen. Ich bin Rotkäppchen, das endlich einen Froschkönig an die Wand klatschen möchte.«

Er blickte nachdenklich zu ihr über den Tisch und bestellte ein Mineralwasser.

»Ich will nicht Ihr Prinz sein und schon gar nicht Ihr Frosch. Am liebsten mache ich den Wolf. Aber mir kommt gerade eine Idee für Sie. Sie kennen den Zollhof an der alten Rothenburger Landhege?«

»Ich fahre dran vorbei, wenn Sie den Hof mit dem viereckigen Turm hinter der Muswiese meinen.«

»Ebenden. Ziemlich heruntergekommen. Die Gemäuer am Turm zerbröseln. Es wohnt niemand mehr drin. Aber Sie könnten was daraus machen.«

»Sehe ich aus wie ein Hobbymaurer? Ich hämmere in die Tastatur und kann einen Nagel in die Wand schlagen. Mehr nicht. Baustelle ist für mich Gulag.« Sie besann sich darauf, dass sie mit einem Bauunternehmer am Tisch saß, und wollte nicht unhöflich sein. »Entschuldigen Sie, ich wollte Ihnen nicht zu nahe treten.«

»Sie dürfen sogar noch näher treten. Aber das war nicht meine Idee. Ich will's kurz machen. Schreiben Sie eine Reportage über den Zollhof. Der Kötter wird Ihnen dabei helfen. Ich glaube fast, er will verkaufen. Eine kostenlose Werbung ist ihm willkommen. Rollen Sie die ganze Geschichte seit dem Mittelalter auf.«

Kochendörfer redete plötzlich wie in einer Abteilungsleiterbesprechung, ohne eine Bemerkung oder gar einen Einwand zuzulassen. »Gehen Sie in die Archive. Wenn Sie mir Kopien der alten Urkunden mitbringen, übernehme ich die Auslagen und etwas von Ihrem Tagessatz. Noch ein Tipp. Der legendäre Rothenburger Bürgermeister Heinrich Toppler soll dort in den Frühlingsnächten als Gespenst mit dem Kopf unterm Arm als Wiedergänger und Hegereiter die Raubritter erschrecken. Daraus lässt sich was machen. Und mailen Sie mir die Zitate zu, die Sie aus dem Interview wörtlich in Ihren Zeitungsbeitrag übernehmen.«

Wie bestellt setzte sein Handy ein Ausrufezeichen hinter die Befehlsausgabe. Schon auf dem Weg zur Verandatür begann er intensiv zu telefonieren und streckte kurz darauf seinen Kopf durch den Türspalt.

»Wir sind so weit fertig. Ich habe mich gefreut, Sie zu treffen, und muss weg. Wir telefonieren.«

Birgit Wallo blieb verdutzt vor ihrem halben Himbeereis zurück. Bauunternehmer, Chef, Rekrutenschleifer, Bullenbeißer. So nicht, nicht mit mir. Ich bin nicht die Dienstmagd des Großmoguls. Ich bin – ja was bin ich denn? Sie erschrak: ein Zeilenluder, das in den Abgrund rutscht.

Die Bedienung servierte ihr über die Schulter ein Glas blassen Tee. »Machen Sie sich nichts draus, so ist er, der Kochendörfer, immer auf dem Sprung. ›King of Frischko‹ soll ich Ihnen ausrichten. Er hat gelacht, als ob es ein Witz wäre.«

»Ein Witz, ja natürlich ein Witz.« Mehr brachte Birgit nicht heraus und wartete mit ihren Gedanken, bis sie wieder allein war und eine dreistrahlige Maschine die Diagonale des Panoramafensters nachzeichnete. Sie träumte sich nach Amsterdam, Kopenhagen, New York, Barcelona, Budapest. Aber Klagenfurt wurde aufgerufen. Keine Klagen, Witze will der Kochendörfer haben. Soll er kriegen. Er denkt an sich. Ich denke an mich.

Sie hatte große Mühe, ihre widersprüchlichen Eindrücke von der ersten Begegnung mit dem reichen Mann, der sich in der Öffentlichkeit rar machte, zu einem stimmigen Bild zusammenzufassen. Weshalb hatte er sich gerade mit ihr auf ein Interview eingelassen, das doch nur Pressekonferenzgeschwätz war? Warum der Aufwand? Riecht nach Vorwand. Dann war auch sein Auftritt im »Doppelpunkt« nicht zufällig gewesen. Für seine Geschäfte in der Wüste war er nicht auf die heimische Presse angewiesen. Er war nicht der Stammtischbruder, der auf die Geschichte vom Wundertee aus San Francisco hereinfiel. Das Teeglas vor ihr, das sie aus Prinzip nicht anrührte, sprach allzu deutlich: »Haltet mich nicht für blöd!«

Was wollte er? Eine Anmache wäre anders verlaufen. Blieb nur noch der läppische Vorschlag, eine Häusergeschichte aus dem Archiv zu ziehen und sie mit einer abgedroschenen Spukgeschichte für einfach gestrickte Gemüter zu garnieren. Dafür wollte er sogar Geld lockermachen. Ein mitleidiger Auftrag für die geschasste kopf- und fußschaffende Lokalredakteurin? Unwahrscheinlich. Der Tee war kalt geworden. Verärgert musste sie hinnehmen, dass der Wüstenarchitekt ihre Zeche mitbeglichen hatte.

Erst als sie in Sulzbach an der Murr in die alte B 14 nach Mainhardt abbog, fiel es ihr wie Schuppen von den Augen: Der Kochendörfer will den Hof vom Kötter kaufen. So bekommt alles einen Sinn. Die Kontaktaufnahme im »Doppelpunkt«, wo er Hänschen mit sich spielen ließ, das banale Interview und das sittenwidrige Angebot an eine darbende Journalistin. Mit dem Spukmärchen in der Zeitung will er den Preis drücken. Denn wer will schon mit Gespenstern unter einem Dach leben. Und die dumme arbeitslose Kuh soll unters Joch genommen werden für einen kleinen Zuschuss zu den Fahrtkosten. Das Haus lasse ich stehen wie den Tee. Bakschisch – nada. Die Reichen kaufen sich die Armen, die Immobilienhaie die Presse. Das kann er mit denen »da unten« machen. Noch einmal: »Nicht mit mir!« An jeder roten Ampel in Hall wiederholte sie ihr Mantra: »Nicht mit mir!«

Doch dann, als sie hinter Schwäbisch Hall, das ebenso wenig schwäbisch war wie der Bauunternehmer aufrichtig, die Hohenloher Ebene erreicht hatte, wuchs ihre zornige Unzufriedenheit zu einem noch unausgereiften Plan aus, der dem Witzbold aus Dubai ein Beinchen stellen sollte, ohne ihr das Zeilenbrot zu schmälern.

Grummelnd nahm die Redaktion das Kochendörfer-Interview auch ohne aktuelles Foto. »Er musste überraschend weg«, entschuldigte sich Birgit und verließ die Redaktionsräume wieder, in denen sie gerne geblieben wäre.

Die Rechtsschutzversicherung riss ein Loch in ihre Haushaltskasse. Jetzt machten sich auch der Gewerkschaftsbeitrag, die GEZ-Gebühren und die Karte für ihr Handy bemerkbar.

Geld musste ins Haus. Ihre Rücklagen schmolzen schon. Sie hatte Angst davor, unbezahlten Rechnungen hinterherzuhecheln. Eines Tages wird sie die Wohnungstür öffnen und der Gerichtsvollzieher schiebt den Fuß dazwischen. Schulden und Pfarrhaus – undenkbar. So rückte sie die historische Reportage über den Zollhof an der Rothenburgischen Landhege auf ihrem Arbeitszettel nach oben.

Birgit Wallo war, wie meist, einige Minuten zu früh. Um zehn Uhr wollte der Kötter ihr sein Anwesen zeigen. Noch eine Viertelstunde blieb ihr, um sich zu orientieren und nachzudenken. Ulf Schwarz, der wohlmeinende Exkollege, hatte ihr trotz journalistischer Bedenken 80 Zeilen für den Turm zugesichert. Dass der Hinweis von Karlo Kochendörfer kam – oder war es ein Auftrag? –, verriet sie ihm nicht. Sie gehörte nicht mehr zum Team. Sie wollte lernen, nur an sich zu denken.

Durch die Frontscheibe sah sie das Bauernhaus mit seinen langen Fensterreihen. Zwölf geräumige Zimmer, schätzte sie. Von der Terrasse, die sich der Bauer vor das Haus hinbetoniert und mit einer jetzt noch kniehohen Lebensbaumhecke eingerahmt hatte, konnte er die vorbeifahrenden Autos beobachten und den Radwanderern zuwinken. Links davon die graue Stirnseite eines Putenstalles mit Futtersilo. Ihn wird mir der Kötter zeigen wollen. Rechts, schon fast im Seitenfenster, stand der Turm, so überflüssig wie der 13. Gast bei Tisch. Er hatte seine Macht verloren. Er schüchterte nicht mehr ein wie damals, als er noch jung war. Der Zollturm an der Landhege der alten Reichsstadt Rothenburg war altersschwach geworden und erregte das Mitleid der Nachgeborenen und des Denkmalamtes. Die Buckelquader des Erdgeschosses wirkten zwar noch unverwüstlich. Aber an den beiden Obergeschossen bröckelte der Putz, hinter dem das mittelalterliche Fachwerk hervortrat. Dieses Bauwerk wollte sie auch von innen sehen und ein Foto durch eine Schießscharte machen.

Der Bauer kam ihr über den grob geschotterten Hof entgegen.

»Frau Wallo vom ›Anzeiger‹?«

Sie nickte und grüßte brav mit »Grüß Gott!«

»Wir sollten uns erst einmal in der Sonne unterhalten«, meinte der Putenmäster, der seine Arbeitskleidung und Gummistiefel gewechselt hatte. Er führte Birgit hinter die Lebensbaumhecke und bot ihr einen Korbsessel an. Sie ging auf sein Angebot – »Doppelter Espresso?« – ein. Er lächelte dabei. Offensichtlich kannte er sich in der Stadt und ihren Bistros aus.

»Der Turm gehört zum Hof?«, wollte Birgit wissen.

»Umgekehrt«, korrigierte Kötter und setzte sich. »Der Hof gehörte jahrhundertelang zum Turm. Von den Schmiergeldern allein konnten die Zollschrankenwärter nicht leben. Acker und Wiese braucht der Mensch.«

»Darf ich?« Birgit stellte ihren Aufnahmerecorder auf den Tisch. »Damit ich nichts vergesse.« Er nickte nur kurz und ließ sich nicht aus dem Satz bringen.

»Als mein Urgroßvater später den Hof kaufte, hat er die kinderlose Alte in ihrer Turmstube da oben mit übernommen. Schon damals soll sie nur nachts aus ihrem Gehäuse gegangen sein. Ich weiß ja nur, was mir erzählt wurde. Wenn jemand das alte Fräulein im Mantel besucht hat, hielt sie den Gast für einen rothenburgischen Hegereiter, vor dem sie sich in Acht nahm. Kam ein Mann im Hemd, behandelte sie ihn wie einen Hofknecht. Deshalb brachte ihr nur meine Urgroßmutter das Essen ins Ausgedinghaus hinüber.«

Solche Geschichten wollte Birgit hören. Sie brachten Schmalz in die Wochenendbeilage.

»In ihren letzten Jahren saß sie nur noch am Fenster und zählte die vorbeifahrenden Autos. Als sie in ihrem Ohrensessel für immer einschlief, hatte sie elf Autos auf ihrer Strichliste. Das war lange vor meiner Zeit. Gehen wir ein bisschen herum.«

Kötter zeigte ihr die 2000 Truthähne, die in ihrem Stall ungeduldig auf den Schlachttermin warteten und die Menschen mit einem Chorgegacker begrüßten. Er grüßte mit einem »Tok, Tok, Tok« zurück, was die Todgeweihten auch sofort verstanden und dankend beantworteten. Ein Mann, der mit den Vögeln redet.

»Da wohne ich.« Er zeigte ihr seine Behausung nur von außen, nicht das Innere, wo er wohl sein eigenes Süppchen kochen wollte.

»Und das wollen Sie jetzt alles verkaufen?« Von dem bevorstehenden Verkauf hatte der Bauer noch nichts erwähnt.

»Wer erzählt denn so was? Von den Vögeln und dem bisschen Solarstrom lebe ich, leidlich, wie Sie sehen.«

Birgit wusste, was sie von solchen Untertreibungen zu halten hatte.

»Nicht einmal den Turm will ich anbieten, obwohl er für Leute aus der Stadt ein Schmuckstück ist, an dem man noch viele Wochenenden werkeln kann.«

»So sehen Sie es. Für mich ist das, wenn ich ehrlich sein will, ein altes Glump. Der Putz fällt ab. Sicher regnet es oben durchs Dach.«

»Wollen Sie ihn kaufen und mich runterhandeln?«

Sie wusste nicht, ob er ärgerlich geworden war, und begann den Turm zu fotografieren, um das Thema wechseln zu können. Doch er blieb dabei.

»Sehen Sie her. Wo finden Sie das heute noch?«

Birgit sah nur Mauer und entblößtes Fachwerk.

»Fünf Einschusslöcher allein am ersten Stock, darüber noch mehr. Die MG-Kugeln stecken noch drin. Der Ami hat fünfundvierzig draufgehalten. Das hat doch was? Hier können Sie Weltgeschichte riechen. Wenn Sie lange genug daraufstarren, sehen Sie das Gesicht von General Patton.«

»Patton mit zwei ›t‹?«, unterbrach Birgit und notierte.

»Ich war noch nicht auf der Welt, als er hier vorbeipanzerte. Mein Vater hat damit angegeben, dass er als Kind die Schüsse gehört hat, die vom Wald, von dort, herüberkamen. Sie trauten sich nicht aus der Deckung. Die waren überhaupt verrückt, die Amis.«

»War es nicht eher umgekehrt?«, schob Birgit vorsichtig dazwischen, um ihm auf den Zahn zu fühlen.

Er schien die Absicht zu bemerken. »Die Menschen sind auf verschiedene Weise verrückt. Von dort kamen die Kugeln.« Er deutete wieder auf das Waldstück. »Und hier im Hof lagen die Kerle von der Waffen-SS und zählten ihre restliche Munition. Plötzlich wurde ihnen die Sache zu brenzlig. Sie packten alles zusammen und versteckten sich in diesem Wald.« Diesmal deutete er in die Gegenrichtung. »Die ganze Familie nahmen sie mit, obwohl mein Großvater protestierte. ›Die Kühe, die Kühe‹, soll er tagelang gejammert haben.«

Birgit verstand nicht, wollte aber diesmal nicht störend unterbrechen.

»Und der Amerikaner, was macht der? Erobert unseren Hof und legt sich in unsere Betten. Nach ein paar Tagen zogen die Unsrigen in Richtung Alpenfestung weiter und schickten meinen Großvater mit der ganzen Familie auf seinen Hof zurück. Sie hatten Glück. Auch die GIs waren weitergezogen. Großvater rannte sofort in den Stall, und sein Herz wäre vor Schreck und Erleichterung fast stehengeblieben. Jetzt frage ich Sie. Ist das richtiger Krieg?«

»Sagen Sie doch erst, was Ihr Großvater gesehen hat.«

Kötter grinste listig. »Hab ich das noch nicht? Unter der Lisa, bei uns hatten die Kühe immer Mädchennamen, unter der Lisa saß ein schwarzer Cowboy auf dem Schemel, die Uniformärmel hochgestülpt, den Melkeimer zwischen den Knien und sagte nur ›Hello‹ und ›OK‹. Mit den feindlichen Zivilisten durften die amerikanischen Soldaten in den ersten Monaten ja nicht sprechen. Auch beim Melken galt das Fraternisierungsverbot. Mit den drei Brocken deutsch und mit Händen und Füßen erzählte der GI befehlswidrig seine Geschichte. Da hatten diese Verrückten einen Stallknecht aus Montana zurückgelassen, der wusste, was Schweine zu Mittag essen und dass Kühe regelmäßig gemolken werden müssen, damit sie nicht elend verrecken. Geht man so mit seinen Feinden um, im Krieg?«

Birgit wusste nicht, was sie darauf antworten sollte, und begann mit Verlegenheitssätzen. »Verstehen Sie mich bitte nicht falsch. Ich frage ja nur. Man hat Ihnen, wie Sie selbst sagen, schöne Geschichten erzählt, aber es geht um ...« – sie suchte nach einem gebräuchlichen Wort – »historisch belegte Tatsachen, reale Fakten oder so ähnlich.«

Der Bauer nahm ihr die Wortklauberei ab. »Ach, das hat sich auch schon in der Stadt rumgesprochen. Was die Leute halt so reden. Ein Geist soll umgehen. Dummes Zeug. Ich habe das Gespenst noch nicht gesehen. Einmal soll's das alte Weiblein sein, das die Autos zählt, dann wieder der Heini Toppler, der alte Bürgermeister, der den Rothenburgern nie vergessen hat, dass sie ihn kaltherzig, wie die noblen Familien schon im ausgehenden Mittelalter waren, im feuchten Verlies verhungern ließen. Ich kann's ihm nicht verdenken, dass er sie erschrecken will. Sie haben ihm übel mitgespielt. Das ist aber 600 Jahre her. Ich bitte Sie, 600 Jahre mit dem Kopf unterm Arm.«

Langsam begriff Birgit das Missverständnis, das sich ohne ihre Absicht eingeschlichen hatte. Es kam ihr nicht ungelegen, passte in ihre Überlegungen. »Es gibt keine Zufälle«, hätte ihr frommer Vater behauptet. »Das ist ein Fingerzeig«, hörte sie ihn sagen. Sie glaubte nicht an die Vorsehung und göttliche Eingebungen. Aber Kochendörfer wäre entzückt. Sie brauchte dem Putenmäster die Gespenster nicht aufzudrängen.

»Herr Kötter, es geht um Tatsachen, das wollte ich sagen.« Sie wollte nicht einmal vor sich selbst den Eindruck aufkommen lassen, dass sie es gewesen sein könnte, die das Gespräch auf Gespenster gelenkt hatte. Denn sie wollte morgens vorm Spiegel nicht der Erfüllungsgehilfin eines raffinierten Bauunternehmers ins Angesicht blicken.

»Sie glauben wohl immer noch – Sie arbeiten doch bei der Zeitung –, dass Tatsachen wichtig sind. Die Tatsachen, die in Ihrer Zeitung stehen, kann ich täglich an einer Hand abzählen. Die Meinungen zählen, sagte mir neulich der hiesige Pfarrer, und der Bürgermeister hat laut genickt. Ist immer schon ein Nickaugust gewesen. Schreiben Sie das mit den Gespenstern. Mich stört es nicht.«

Redet so affenklug daher und ist so dumm, dachte die Journalistin, die in geknickter Stellung noch ein wenig aufrecht gehen wollte. Sieht er denn nicht, wie der Spuk im Turm seinem Anwesen schadet? Doch wenn ihm so viel daran liegt, kann ich ihm sogar einen Gefallen tun. Sie dachte an den Einfall, der ihr auf der Rückfahrt von dem halben Pressegespräch mit Kochendörfer gekommen war.

»Herr Kötter«, begann sie nochmals. »Ihr Turmspuk ist nur eine halbe Sache. Auf das Geschwätz der Leute gibt niemand etwas. Aber stellen Sie sich vor, ein Tatort-Krimi wird um den Turm herum gedreht. Drei weiße Gespenster in Leichentüchern mit Messern im Rücken stürzen sich todesmutig aus dem zweiten Stock und rennen davon, nachdem sie der Schwiegertochter der Kommissarin die Arme ausgerissen und ihre Fehlgeburt in der Mikrowelle aufgewärmt und genüsslich aufgezehrt haben. Aus der Eifel und dem Spreewald werden sie in Bussen zum Turm strömen, um sich wohlig zu gruseln.«

Der Bauer blickte zum fast wolkenlosen Himmel hinauf und sagte eine ganze Weile nichts. Als hätte er einen wichtigen Entschluss gefasst, flüsterte er ihr zu: »Ihre faulige Fantasie möchte ich haben. Glauben Sie an Gedankenübertragung? Lassen Sie uns noch einen Espresso trinken. Setzen wir uns wieder auf die Terrasse. Dort kommen mir die besten Ideen.«

»Ich würde gerne noch in den Turm hineinschauen. Deshalb bin ich schließlich hergekommen«, insistierte sie.

Doch Kötter drängelte zum Haus. »Das hat Zeit. Wir müssen Wichtiges besprechen. Kommen Sie.«

Birgit hätte jetzt noch Termine vortäuschen und »Nein« sagen können. Aber außer dem Artikel hatte sie an diesem Tag nichts mehr vor. Keine Redaktion würde anrufen und einen 120-Zeiler anfordern. Und die Fotos machten inzwischen die festen Redakteure selbst. Bei sonnigem Wetter im Korbsessel an einem Espresso zu nippen und einem Märchenerzähler zuzuhören, wer wollte diese Einladung ausschlagen? Sie ließ sich bedienen und wartete die Eingebungen ab, die Kötter vom Himmel abgelesen hatte.

»Sie kennen doch Gott und die Welt«, begann er. »Sicher auch solche Leute, die herumstreunen und nach Orten Ausschau halten, wo man Filme drehen kann.«

»Location Scouts?«

»Ja, ja, so nennen sich diese Gesellen. Ich möchte Ihnen ein einfaches Geschäft vorschlagen.«

Nach einer Stunde in der Sonne hatten sie eine Abmachung getroffen. 200 Euro wollte er für sie locker machen, wenn es ihr gelänge, einen solchen Scout auf seinen Hof zu lotsen. Und weitere 300, wenn er anbeißen und eine Filmszene mit Geistern, Gespenstern, Kornkreisen oder fliegenden Untertassen gedreht würde.

Sie kannte keinen solchen Späher. Aber Ulf, der in der Redaktion für das Feuilleton und die Kultur zuständig war, kannte solche Leute. Er könnte ihr helfen.

Bevor sie sich verabschiedeten, kam Birgit nochmals auf ihren neugierigen Wunsch zurück, einen Blick ins Innere des Turmes werfen zu dürfen.

»Da liegt alles durcheinander. Ich war selbst schon lange nicht in den oberen Stuben. Unten stelle ich manchmal Kartoffelkisten rein. Ich muss erst mal ein bisschen aufräumen, bevor ich da jemanden reinlasse. In den letzten Tagen bin ich nicht dazugekommen. Die Truthähne, Sie wissen. Da liegen noch Sachen von den Langhaarigen rum, die vor – ach, das ist lange her – eine Zeitlang dort gehaust haben.«

»Der Turm war nach 1945 noch bewohnt?«

»Nicht richtig. Mein Vater hatte ein schwaches Herz und ließ damals eine Naturkommune dort wohnen und im Garten arbeiten.«

Birgit witterte eine neue Geschichte. »Das müssen Sie mir ausführlich erzählen.« Nun gab sie die Anweisungen. »Lassen Sie im Turm alles, wie es ist. Je mehr altes Gerümpel herumliegt, desto heißer werden diese Location Scouts. Verderben Sie sich nicht Ihr Geschäft.«

Mürrisch, aber doch einsichtig, gab der Bauer nach.

»Darf ich Sie in den nächsten Tagen noch einmal besuchen, wenn der Artikel erschienen ist? Es muss noch einen zweiten Teil geben mit den langhaarigen Merowingern.« Sie hatte Lunte gerochen.

»Sie vergessen die Sache mit dem Filmfritzen nicht?«

Sie dankte beim Einsteigen nochmals für die Gastfreundschaft und war zunächst mit sich zufrieden, weil es ihr überraschend leicht gefallen war, ihren eigenen Vorteil zu wahren, an sich zu denken und die Situation im Griff zu behalten.

Doch schon nach wenigen Kilometern auf der Landstraße kamen ihr Bedenken. Hat er mich vor seinen Wagen gespannt, hat er mich, wie der Kochendörfer, auf eine Fährte gesetzt, bin ich nur ein Werkzeug, ein Bauer auf dem Schachbrett eines Immobiliendeals?

Ihren Bericht über den Zollhof und seine Gespenster schrieb Birgit W. als Lesefutter für den sonntäglichen Gartenstuhl, einschmeichelnd, um die religiösen Gefühle der schrumpfenden Leserschaft nicht zu verletzen, und sanft gewürzt mit einem Hauch Ironie, um nicht als hohle esoterische Nuss in Verruf zu kommen. Schwerer war es, der Redaktion den Auftrag für eine Fortsetzung der Turmgeschichte aus dem Ärmel zu leiern.

»Keine Geister mehr! Wir brauchen Zeitgeschichte, wenn überhaupt«, forderte Baerenreiter, dem es gefiel, das Gesinde der Freien nach Gutsherrenart in seine Schranken zu weisen.

Weil sie noch ein anderes Eisen im Feuer hatte, das sie zu schmieden gedachte, bezwang sie mit Mühe ihre Widerborstigkeit und fühlte sich hinterher erniedrigt und zugleich befreit, als Aktivistin in eigener Sache.

Schon am Samstagvormittag, so berichtete ihr Ulf am Telefon, tröpfelten die ersten Anrufe ein. Am Sonntag wurden sie Baerenreiter zum Ärgernis, zumal er selbst nicht gefragt war. »Frau Wallo wird Sie zurückrufen«, versprach er den Anrufern widerwillig und stapelte die Telefonnotizen auf dem ehemaligen Schreibtisch von Birgit.

»In seinem Frust ist dieser Baerenreiter imstande und verrät deine Handynummer«, meinte Ulf Schwarz. »Wir sollten uns treffen.« Sie verabredeten sich für den Abend im »Doppelpunkt«.

Er wartete in einer Nische, abseits des Stammplatzes der Redaktion, und überflog noch einmal die eingelaufenen E-Mails.

»Volksverdummung« – »Dort spukt es schon lange« – »Der Kötter will sich nur wichtig machen« – »Noch so ein Artikel und ich bestelle Ihr Käseblatt ab« – »Die magnetischen Felder stören die Totenruhe, nehmen keine Rücksicht auf die feinstoffliche Beschaffenheit unerlöster Seelen – weg mit den Handymasten!« Eine E-Mail, die nicht dazugehörte, legte er beiseite. »Rückruf erbeten. K. Kochendörfer.«

Birgit klopfte kurz und freundlich auf den Tisch, um den die restliche Redaktionsrunde saß, und eilte in die Nische zu Ulf. Sie freuten sich über das Wiedersehen.

»Du machst Wirbel. Dein Thema spaltet.« Er schob ihr den Stapel zu und räsonierte: »Ich dachte, mit dem elektrischen Licht wären die Gespenster ausgestorben. Jetzt reiten sie auf den Mobilfunkwellen. Die Leser bekommen davon heiße Köpfe.«

Birgit las Blatt für Blatt. »Das wird eine Menge Arbeit, die nichts einbringt«, murrte sie, als sie die Anrufnotizen in ihre Handtasche stopfte.

»Kochendörfer bittet dich um Rückruf. Hast du dich mit ihm angefreundet?«

»Sicher nicht«, beteuerte sie. »Er hat mich mitten im Interview in Echterdingen sitzen lassen und mich gezwungen, auf seine Kosten zu essen. – Du kennst ihn. Erzähl mir was!«

»Also doch weiteres Interesse?«

»Lenk nicht ab – woher kennst du ihn?«

Ulf Schwarz sah ihr lange ins Gesicht und drehte den Kopf, um sich zu vergewissern, dass die lärmende Redaktionsrunde nicht mithörte.

»Versprich mir, dass du es nicht breittrittst. Off the records.«

»Versprochen. Warum so geheimnisvoll?«

»Hast du Zeit?«

»Dafür jede Menge.«

»Dann von Anfang an. – Ich habe ihn in der großen Vorlesung bei Teddy Adorno zum ersten Mal gesehen. Er legte seinen Aristoteles im griechischen Urtext aufgeschlagen vor sich auf den Tisch, neben das »Kapital« von Karl Marx. Mein gefühlter IQ rutschte in den Keller, als ich das sah. Ich begann, an meiner Studierfähigkeit zu zweifeln. Mir war die Sekundärliteratur schon zu viel. »Elitärer Systemfuzzy«, war sein Schlusskommentar, als Adornos glänzender Kopf das Katheder räumte.

In einer Kneipe herrschte mich der Kochendörfer einmal an: »Warum studierst du überhaupt?« Er hatte einen im Tee. Ich zwei.

»Damit morgens die Brötchen auf dem Tisch stehen«, protestierte ich in meiner schlichten Denkart gegen die Negation der negativen Dialektik im falschen Leben, die mir schon den ganzen Abend um die Ohren geflogen war. Damit war ich erstmal draußen, für den internationalen Klassenkampf unbrauchbar. Ich durfte noch zuhören, wenn die Welt nachts um eins aus den Angeln gerissen wurde. Denn die Berufsrevolutionäre wussten, dass ich kein Agent des Verfassungsschutzes sein konnte. Sie erkannten Spione an ihren weitergehenden Anträgen und ihrem übermütigen Aktionismus. In mir konnten sie nur das bedauernswerte ideologische Opfer des Schweinesystems erblicken. – Kommst du mit, oder rede ich zu chinesisch?«

»Ich habe schon andere mittelalterliche Texte gelesen. Mach weiter.«

»In den Semesterferien musste er nicht wie unsereins als Helfer auf dem Bau, am Band bei Opel oder als Abteilkellner in einer Brigade der Deutschen Speisewagengesellschaft arbeiten. Der Griechischleser kutschierte vier Wochen in Greyhound-Bussen durch Amerika. Die Machos, ja selbst die Mädchen hingen an seinen Lippen, wenn er von Salt Lake City erzählte. Wie viel davon gelogen war, wusste niemand.

Eines Tages tauchte er mit Anneliese auf, einer Studentin der Kunstgeschichte mit wallenden rotbraunen Locken, die länger waren als ihr Rock. Karlo, so nannte sich Kochendörfer, trat nun in einem grünen zugeknöpften Mao-Kittel auf. Mit uns aus dem äußeren Sympathisantenkreis redete er nicht. Seine Bühne war der innere Kader, der hinter fest verschlossenen Türen die Weltrevolution steuerte.«

»Das meinst du nicht im Ernst«, zischte Birgit amüsiert dazwischen.

»Und ob. In ihrem Zentrum in der Rotkehlchenstraße – sicher hatten sie diese Adresse in einem ungewöhnlichen Anfall von Humor gewählt – liefen alle Fäden zusammen. Einmal feierten wir dort den 21. Geburtstag von Anneliese, in einem spartanisch eingerichteten Büro der OL, einer Abspaltung der KPD/WZ, die sich als Fortsetzung der korrekten Linie der AO definierte. Oben tagte in Permanenz der Kern des inneren Kreises, während wir uns ausgelassen über einen Kübel Gulasch hermachten. Für die westfälisch-hamburgische Fraktion wurden Kartoffeln bereitgehalten.

Karlo erschien im Laufe des Abends mit versteinertem Gesicht im Türrahmen.

»Die Streikbewegung in Djakarta hat in den letzten Stunden auf die Textilarbeiterschaft in Sao Paulo übergegriffen. Es wird ernst«, prophezeite er allwissend.

Plötzlich brüllte er in die Feier: »Und ihr lacht über Witze!« Kochendörfer hat sicher nie vergessen, dass ich mich, wie vom epileptischen Schlag getroffen, zuckend vom Stuhl fallen ließ und in schallendes Gelächter ausbrach, in das alle, außer Anneliese, einfielen. Er verschwand. Ich bekam Hausverbot und war geheilt.«

Birgit hörte diesen Szenen mit aufgestellten Ohren zu. »Kochendörfer als Priester einer Mao-Sekte. Ich kann's nicht glauben. Und heute der große Bauunternehmer – ist das der Große Sprung?«

»Nicht ganz. Du hast noch nichts davon gehört? Was lernt Ihr eigentlich auf der Journalistenschule? – Mao, der vielgeliebte Kaiser von China, den die geschniegelten Modedesigner auf T-Shirts malen? Im Großen Sprung hat er Millionen seiner Volksgenossen im Vorhof des kommenden Paradieses verhungern lassen. Daran sollte sich der Herr Bauunternehmer, der die Fluglinien aufsagen kann, erinnern. Wie hat er darauf reagiert?«

»Nur knapp, ›Ulf, der Lümmel‹, hat er gemurmelt.«

»Er weiß es also noch.«

»Und wie hat er später die Kurve ins Baugewerbe gekriegt?«

»Solche Mistkäfer wie Karlo fallen nie auf den Rücken. Vielleicht ist er nur einfach dorthin zurückgekehrt, woher er gekommen war. Nach meinem Lachanfall bei der Geburtstagsfeier habe ich ihn nur noch von Weitem gesehen. Kurz nachdem die Weltrevolution wieder einmal ausgeblieben war, soll es im Kader der OL zu ideologischen Auseinandersetzungen mit Handgemenge gekommen sein. ›Seht her, er geht mir objektiv an die Gurgel!‹, soll Kochendörfer geschrien haben. ›Objektiv‹

war ihr Zauberwort. Ich kann es heute nicht mehr hören. Ein weiteres Gerücht machte bei den Sympies die Runde, das selbst bis zu mir durchgedrungen war. Das wird dich interessieren, als Frau, meine ich.«

»Mach's nicht spannend. Gerüchte sind mein Spezialgebiet.«

»Du musst wissen: Kaderleiter vom Format eines Kochendörfer hatten vor der Kontrollkommission, der KK, ihr Privatleben auszubreiten und zu rechtfertigen. Schließlich musste der Lebenswandel von Berufsrevolutionären makellos und über jeden Vorwurf erhaben sein. Anneliese wurde ihm zum Problem. Die allmächtige KK akzeptierte diese Verbindung nicht. Kunstgeschichte war nur schwer in eine revolutionäre Berufspraxis umzumünzen, und außerdem ließ Anneliese die nötige revolutionäre Disziplin vermissen. Beim Flugblattverteilen kam sie zweimal am Tor 5 an, als die Frühschicht schon drin und die Nachtschicht schon draußen waren. Die mühsam abgezogenen Flugblätter, die formatfüllend von links oben bis rechts unten beschrieben waren, entsorgte sie im Stadtpark in einem Papierkorb. Sie sei ›den arbeitenden Massen in den Rücken gefallen‹, hieß es.«

»Anneliese gefällt mir«, warf Birgit dazwischen, und Ulf lächelte ernst.

»Kochendörfer wurde von seiner Partei gezwungen, seine Verbindung mit Anneliese zu kappen. Daraufhin muss sie einen Wutanfall bekommen haben. Über mehrere Tische hinweg beschimpfte sie ihn noch Tage später öffentlich in der Mensa als Schlappschwanz, Duckmäuser, Parteisklave, Waschlappen, Mao-Mucker, Speichellecker, kriecherischer Wicht. Die Lackaffen vom RCDS hielten sich den Bauch. Aber Anneliese konnte wieder ausschlafen. Kochendörfer verschwand aus der Stadt und tauchte in einem politischen Abkühlbecken unter und nie wieder auf.

Als Baumogul lief er mir wieder über den Weg. Gesprochen habe ich mit ihm nicht mehr. Er scheint auch kein Bedürfnis zu haben, an die alten Geschichten zu rühren. – Sag ihm nicht, dass ich geplaudert habe.«

Ulf hatte sich die Kehle trockengeredet. Er nahm einen Schluck und gab das Wort ab. »Jetzt bist du dran. Leg los. Was sagt Erik zu dieser ärgerlichen Geschichte mit dem ›Anzeiger‹?«

Über ihre persönlichen Angelegenheiten hatte sie in der Redaktion, ihrem Arbeitsplatz, nur selten gesprochen. Jetzt, wo ihr Erik weg war, machte sie eine Ausnahme. Genau genommen hatte sie ja auch keinen Arbeitsplatz mehr, und Erik war nicht richtig weg.

»Er weiß es noch nicht.«

Birgit sah in das erstaunte Gesicht von Ulf. Sie hob den Vorhang zu ihrer inneren Bühne ein wenig an.

»Er ist für drei Monate in den USA. Forschung, Biochemie, du weißt. Wir machen ein Experiment, die letzte Prüfung unserer Hypothesen, wie er es nannte. Wir rufen uns in diesen drei Monaten nicht an. Entweder wir gewöhnen uns problemlos an die neue Situation und fühlen uns wohl, dann vergessen wir die Sache. Die Nullhypothese müsste angenommen werden – seine Formulierung. Oder, wir halten es kaum aus. Dann wäre es Zeit für die Veröffentlichung auf dem Rathaus. Deshalb weiß er nichts davon. Noch 25 Tage.«

»Ich frage nicht«, sagte Ulf, »ich sehe es dir an. Halte durch. Sag mir, wenn es dir schlecht geht.«

Birgit stellte zu ihrer Überraschung fest, dass ihr dieses Hilfsangebot nicht unangenehm war. Sie schwiegen eine Weile.

»Es ist spät geworden. Egon läuft schon auf und ab.«

Sie schob auch die restlichen Papiere in ihre Handtasche und streckte die Beine, bevor sie aufstand.

»Fast hätte ich es vergessen. Die Sache mit dem Film. Konntest du einen Scout finden und heißmachen?«

»Du kannst es tatsächlich vergessen. Tommy sieht sich den Turm an. Kötter weiß Bescheid. Mittwoch kommt er.«

Birgit prustete anerkennend. »Ulf, du hättest die Weltrevolution in die Hand nehmen sollen!«

Auf Birgits Aufgabenzettel, den sie während des Frühstücks zwischen Brezel und Kaffee zu Papier brachte, verdrängte die Turmgeschichte erneut wichtige Termine nach hinten. Mit Artikelschreiben war es nicht getan. Die Fanpost, zu der sie auch die Beschimpfungen zählte, nahmen ihr fast den ganzen Vormittag. Stundensatz: null Euro. Mit den Telefonrückrufen ging es dagegen verblüffend einfach. Der erste dieser Telefonkletten beantwortete alle Fragen nach der Wesensart von Geistern selbst. So hätte Birgit noch etwas dazulernen können. Aber sie wusste nach dem Telefongespräch noch immer nicht, was eine Wesensart und was ein Geistwesen im feinstofflichen Fluidum ist. Nicht jedem erschließt sich die andere Welt auf Anhieb. Eine gewisse Frau Rübsam wies ihr einen bequemen Ausweg. Sie wollte von der Journalistin schon gar nichts mehr wissen, denn sie hatte inzwischen sehr ergiebig mit dem freundlichen Herrn Kötter gesprochen – »ein so verständiger und zuvorkommender Herr«. Die weiteren Nervensägen schob sie jener Frau Rübsam zu.

Kochendörfer lobte ihre Umsicht, wie sie die Gespenster ins Spiel gebracht und die Frage nach ihrer Existenz offengelassen hatte. Nur unbeantwortbare Fragen bewegen, meinte er. Hinterher wurde ihr bewusst, wie er sie ausgefragt hatte, über Kötter, seine Hofanlage und, wie nebenbei, über den Zustand des Turms, so dass sie von selbst zugegeben hatte, noch keinen Blick ins Innere geworfen zu haben. Aber alles sei noch wie vor vielen Jahren, als eine obskure Landkommune ihre Behausung ziemlich plötzlich verlassen hätte.

»Das hat er gesagt?«

»Mehr kann ich auch nicht sagen. In den nächsten Tagen wird er wohl endlich aufräumen.«

Vom Location Scout sagte sie Kochendörfer nichts. Das war der Deal mit Kötter. Birgit wollte nichts mischen und durcheinanderbringen. Sie gab ihm noch ihre Kontonummer, auf die er die kleine Aufwandsentschädigung überweisen wollte.

Mit Kötter verabredete sie sich für den frühen Montagnachmittag. Sie musste sich eine Wiese zum Parken suchen. Im Hof standen eine Planierraupe, eine kleine Straßenwalze, ein Radlader und ein Apollo-Dixie. Wie selbstverständlich steuerte sie auf die Terrasse zu, grüßte den Raupenfahrer zurück, den sie weder kannte noch kennenlernen wollte. So hatte sie es gelernt, und es war ihr in Fleisch und Blut übergegangen, alle zu grüßen, um zu zeigen, dass sie dazugehörte und nicht aus der großen Stadt zugezogen war.

Kötter kam ihr freudestrahlend entgegen. »Guter Artikel, Leute rufen an, der vom Film kommt am Mittwoch. Wieder Espresso? Hier draußen ist es heute zu laut.«

Er öffnete ihr die Tür zum Haus, das er ihr beim ersten Besuch noch vorenthalten hatte. Sie traten in ein weitläufiges, aber niedriges Wohnzimmer, das einer Dorfgaststube glich. Die gepolsterte Eckbank bot er ihr zum Sitzen an. Ein mächtiges Büffet konnte den Raum nicht füllen. Blumentöpfe hatte er verteilt, um die Stube nicht allzu leer aussehen zu lassen. Nur ein Radio, kein Fernseher.

»Morgens kommt Adelheid aus dem Dorf und sorgt für das Essen und die ewige Putzerei. Ich bin der Letzte auf dem Hof. Wollen Sie noch einen Blick in die Küche werfen?«

Birgit hätte sich lieber nach seiner Frau erkundigt, hielt sich aber zurück – »Geht mich nichts an.« Sie kroch wieder aus der Eckbank hervor und trollte ihm in die Küche nach.

Das war keine Kochnische für einen Junggesellen: ein neuer großer Herd, drei Kühlschränke, Geschirrspülmaschine, eine Registrierkasse, mit der man einen Supermarkt verwalten konnte, Schränke mit Gläsern für eine Hochzeitsgesellschaft und in der Mitte die neueste Kaffee- und Espressomaschine, die Kötter routiniert in Gang setzte.

»Oh.« Sie staunte.

»Alles neu«, sagte er voller Stolz. »Und da draußen«, er blickte durch ein Fenster in den Hof, »wird alles Terrasse, gemütlich, Korbsessel, Sonnenschirme, Wärmepilze. Wo ich gerne sitze, werden auch andere Leute gerne sitzen wollen. Die

Genehmigung habe ich im Sack. Noch ein bisschen freundliches Stundenpersonal. Auch Sie haben sich doch neulich auf der Terrasse wohlgefühlt – hab ich doch gesehen.«

Birgits Gedanken waren längst woanders. Kochendörfer hatte beim ersten Gespräch im Flughafenrestaurant den Eindruck aufkommen lassen, dass Kötter klamm sei und deshalb verkaufen müsse. Das Gegenteil war der Fall, wie sie sah.

»Ich dachte, Sie wollten den Turm verkaufen?«

»Wenn ich das je vorgehabt haben sollte, dann habe ich es mir anders überlegt.« Er grinste spitzbübisch. »Vor zwei Stunden hat ein ernstzunehmender Kaufinteressent angerufen, obwohl in Ihrem Zeitungsbericht nichts darüber stand. Weiß der Teufel, was er mit dem alten Gemäuer will. Ich habe aber rundweg abgelehnt. Wenn der vom Film richtig spurt ...«

Er griff mitten im Satz in seine Jackentasche und reichte Birgit ein Kuvert.

»Die erste Rate. Mit Ihnen kann man zusammenarbeiten.«

Birgit hörte immer noch zu.

»Die Busse werden anrauschen wie zur Schwarzwaldklinik, und die DVD vom Film gibt es zum Sonderpreis, ich meine mit Aufschlag, von mir signiert. Zum Herumzeigen besser als jede Ansichtskarte.«

»Bei Ihnen kann man was lernen«, sagte Birgit. Sie erinnerte sich, dass die Hälfte der Idee von ihr stammte. Sie hätte Ideenhonorar vereinbaren sollen, aber wie geht das?

»Die Ersten haben schon angerufen.«

»Ich habe davon gehört«, gab Birgit zu und dachte an die Frau, die Herrn Kötter über den grünen Klee gelobt hatte.

Wieder nagte der Unmut in ihr. Wieder beschlich sie das Gefühl, eine Entwicklung befördert zu haben, die anderen nützte. Dabei hatte sie sich doch fest vorgenommen, nur noch an ihren eigenen Vorteil zu denken.

»Die Besichtigung des Turms, Frau Wallo, müssen wir noch einmal verschieben. Morgen zehn Uhr muss ich an einer Beerdigung in Freising teilnehmen, unbedingt, als wäre es meine eigene. Schon in einer Stunde mache ich mich auf den

Weg.« Er schaute auf die Uhr, um das Gespräch zum Abschluss zu bringen.

Birgit erinnerte sich an den schwarzen Anzug, der ihr an der Garderobe aufgefallen war. Er log nicht, schien die neuerliche Verschiebung aber auch nicht zu bedauern. Wollte er etwas verbergen?

»Sie kommen sicher am Mittwoch, wenn Ihr Filmfreund sich den Turm ansieht, auch von innen.«

Birgit war zu sehr Journalistin, um sich über diese Einladung nur zu freuen. Wenn es dort im Turm etwas Besonderes gab, dann wollte sie es vor allen anderen wissen und sehen. Das war sie ihrem Beruf schuldig, und es war ihr Erfolgsrezept.

»Ich komme am Mittwoch, vormittags«, kündigte sie ohne Begeisterung an.

Sie waren wieder aus dem Haus getreten. Die Maschinen rackerten auf dem Hof. Der erste Betonmischer fuhr durch die Einfahrt. Ihr Blick fiel auf die versammelten Baumaschinen, und sie entdeckte überall das Logo, das ihr schon vor einer Stunde hätte auffallen müssen: »KK – Bau mit uns!«

KK, die Kontrollkommission, das kommunistische Konsistorium, von dem Ulf gestern Abend sprach? Oder nur einfach Karlo Kochendörfer. Hundertmal ist sie in den letzten Jahren an Baustellen mit den hellgrünen Ungetümen vorbeigefahren, ohne sich etwas zu denken. Über den Bauauftrag also war Kochendörfer mit Kötter in Kontakt gekommen und hatte sie, die Journalistin, auf die Spur gesetzt, von der sie immer noch nicht wusste, wohin sie führen sollte.

Kötter blieb zurück und gestikulierte mit dem Fahrer im Betonmischer. Um zu ihrem Auto zu gelangen, musste sie in einem großen Bogen die Absperrung mit den rot-weißen Flatterbändern umgehen, dicht vorbei am Turm mit seinen geschlossenen Fensterläden. Obwohl sie in Gedanken war, fiel ihr Blick für einen Moment auf die Eingangstür. Sie war nur angelehnt. Wertvolles oder gar Geheimnisumwittertes hatte Kötter dahinter offensichtlich nicht versteckt. Oder war es nur jahrhundertealte Gewohnheit, die heute als Fahrlässigkeit gilt?

Schon nach einigen hundert Metern bog sie von der Hauptstraße ab. Sie hatte sich etwas vorgenommen. Der Kötter macht es richtig, ging es ihr durch den Kopf. Man muss sich etwas einfallen lassen, nicht auf bessere Zeiten warten. Fakten schaffen. Nicht nur über sie berichten. Das Leben am Kragen packen und durchschütteln, bis die Taler unten herausfallen.

In einem Supermarkt am Ortsrand von Blaufelden kaufte sie eine Taschenlampe, Ersatzbatterien und ein Buch mit dem aufmunternden Titel: »Leben – trotz Hartz IV.« Sie hatte noch einige Stunden Zeit.

Von der Bank am Waldrand auf einer der höchstgelegenen Stellen der Gegend hatte sie einen weiten Blick auf die Hohenloher Ebene, die in der Ferne an die rundläufige Hügelkette der Frankenhöhe und des Schwäbischen Waldes stieß. Von diesem Weitblick in die Landschaft erhoffte sie sich neue Horizonte für ihr zukünftiges Leben.

Doch Schemen der Vergangenheit bevölkerten die Szenerie vor der vertrauten Kulisse. Sie fuhr in Gedanken die alte Straße von Hall nach Rothenburg ab. Dort im Westen, in der Nähe des Ilshofener Wasserturms, endete das hällische Gebiet. Auch hier bewachten Landtürme die Straßen und kontrollierten die Postkutschen, die auf das hohenlohische Duodezstädtchen Kirchberg zustrebten. Es lag wie eine Muschelperle zwischen den Talhängen der Jagst verborgen. Wer nach Frankfurt oder Ellwangen umstieg, konnte sich dort die Beine vertreten und sich in der Poststation eine Erfrischung gönnen, wie heute noch. Wer geradeaus fuhr und endlich wieder auf der Hochebene war, stand hinter Gaggstatt an der Grenze ins Brandenburg-Ansbachische Fürstentum, das irgendwie mit Preußen verbunden war. Nur drei Meilen weiter sah Birgit den grauen Kirchturm von Musdorf, kurz vor der rothenburgischen Zollstation, die heute Abend verwaist sein würde. Vier Länder in drei Stunden – das war keine Errungenschaft der neuen Zeit. Solche Rekorde lieferten auch die Alten.

Zwischen dem Musdorfer Kirch- und dem Rothenburger Landturm suchte sie nach dem großen Platz, auf dem seit vielen hundert Jahren im Oktober der freie Muswiesenmarkt abgehalten wurde, direkt vor der Nase der Rothenburger Pfeffersäcke.

Ihr Vater hatte sie oft mitgenommen. Einmal Karussellfahren und eine heiße Wurst aus der Hand, viel mehr war ihm nicht abzutrotzen. Doch sie durfte, solange es ihr gefiel, den frechen Sprüchen des »billigen Jacob« zuhören. »In der Burkardtswoche wird das Landvolk witzig«, mokierte sich der Vater. »Stirbt der Bauer im Oktober, braucht er im Winter kein' Pullover«, das sei nicht die gottgefällige Haltung. Aber eben typisch für diese Muswiesentage, die Birgit später auf ihren Streifzügen erlebte.

Ihr Blick wanderte noch weiter nach Osten hinter die Landhege ins reichsstädtische Gebiet hinein, und der gelbe Punkt auf der Anhöhe konnte Hohenlohe Schillingsfürst sein. Schon wieder ein anderes Land – damals.

Diese Bank mit diesem Blick wollte sie sich merken und mit Erik ... Wie spät ist es jetzt in New York? Noch zu früh. Durchhalten. Ulf hatte recht. Nicht das Experiment abbrechen. Und außerdem: Der Biochemiker könnte bei vorzeitigem Abbruch auf den glorreichen Gedanken verfallen, das Experiment mit geänderter Versuchsanordnung zu wiederholen. So weit wollte sie es nicht kommen lassen.

Der Lebensratgeber blieb ungelesen auf der Bank liegen.

Die Bauarbeiter hatten pünktlich Feierabend gemacht. Der Kötter'sche Hof lag verlassen. Kein PKW war auf dem Gelände zu sehen. Um sicher zu sein, ging Birgit auf das Wohnhaus zu und klingelte. Wenn Kötter ihr wider Erwarten die Tür geöffnet hätte, wäre sie wie ein aufgeregtes Huhn in seine Küche geflattert und hätte verzweifelt nach ihrem Notizbuch gesucht.

Nichts rührte sich. Trotzdem schlenderte sie wie enttäuscht am Turm vorbei. Die Tür war noch immer angelehnt. Der Weg war frei. Ihr Auto stellte sie nun an einem Feldweg ab, der von der Straße nur schwer einzusehen war, und bepackte sich mit ihrer Expeditionsausrüstung. Noch gab es keine Notwendigkeit, sich verdeckt zu halten. Erst als sie hinter die Tür geschlüpft war und sie von innen schloss, ertappte sie sich bei der Angst, etwas Unrechtes zu tun.

Dunkel umfing sie. Nur durch die Ritzen der geschlossenen Fensterläden drangen ein paar frühabendliche Sonnenstrahlen in den Turm, und der Lichtstreifen unter der Tür zeigte ihr, wo Ausgang und Fluchtweg waren. Vor wem sollte sie flüchten? Sie knipste die Taschenlampe an.

Rechts, unmittelbar neben der Eingangstür, führte eine hölzerne Treppe in den nächsten Stock. Vor ihr lag, wie Kötter bei ihrem ersten Besuch erwähnt hatte, eine Abstellkammer. Zwei Rasenmäher, Staubsauger aus drei Technologiegenerationen, Rechen, Spaten, Aluleiter, vergammelte Blumenkästen, Kartoffelkisten, ausgetrocknete Speiseimer, Latten, Bretter, zwischen denen alte und neue Spinnweben im Luftzug schaukelten, Kisten, aus denen Zangen und Schraubzwingen heraushingen, und anderes Werkzeug, das Birgit nicht dem Namen nach kannte. Dahinter ein halbleerer Zementsack und verstaubte Kabelrollen. Eine verrostete Sense hing an einem Zimmermannsnagel neben der Sichel, die in die Wand gespickt war. Unappetitlich hing die Mistbrühschapfe über dem ausgefransten Fangsäckchen eines Apfelbrechers. Das Erdgeschoss war vollgestopft mit all jenen Dingen, die man nie wegwerfen, aber auch nie wieder brauchen wird.

Birgit fotografierte systematisch von links nach rechts. In der Ecke unter der Treppe stand, von weiterem Gerümpel fast zugedeckt, ein rechteckiger Tisch, gesäumt von einer hölzernen Eckbank. Ein kleiner Amboss stand darauf, und an die Tischkante hatte Kötter einen Schraubstock angebracht. Nur weil sie es schon wusste, konnte sie unter dem neueren Plunder die zweite archäologische Schicht, die Relikte aus einer früheren Besiedlung, erkennen.

Drei einfache Türen mit Klinken aus grobem Aluminium füllten fast die gesamte gegenüberliegende Wand aus, die das Erdgeschoss in zwei Bereiche teilte. Birgit stieg über undefinierbares Gewurstel und öffnete die erste. Keine Überraschung: ein zweischläfriger Bettrost ohne Matratze, ein Tisch mit Hocker darunter, ein bemalter, alter hohenlohischer Bauernschrank. Gegenüber dem Fenster in einem Gestell standen Dieselöl, Weichspüler und Blumendünger. Sicher aus der jüngeren Nutzungsperiode.

Hinter der nächsten Tür ein ähnliches Bild. Statt des Hockers ein Schaukelstuhl. Den primitiven Sperrholzschrank hätte Birgits Großvater unschwer als Beutegut aus einem aufgelassenem Arbeitsdienstlager identifiziert.

Die dritte Tür führte in eine Art Küche mit Herd, Büfett, Anrichte und einem viereckigen Waschbecken. Über dem leeren Holzkasten hing ein halb abgerissenes Plakat, auf dem Birgit noch die ausgemergelten Gesichtszüge Gandhis erkannte. In die Mitte des Raumes hatte Kötter seine alte Putzmühle geschoben.

Alles war, wie Kötter es angedeutet hatte. Ausgedienter Kruscht und Überbleibsel der Landkommune, die hier eine Zeitlang gehaust hatte. Er schämte sich wohl ein wenig, ihr die Schlamperei zu zeigen, und wollte in der Zeitung kein Foto davon finden. Alles harmlos, aber der Location Scout würde begeistert sein. Sie selbst war ein bisschen enttäuscht. Sie hatte sich mehr erhofft. Weshalb mehr? Doch nur weil Kötter die Besichtigung zweimal verschoben hatte, war ihre Erwartung so hoch angestiegen.

Im Schein der Taschenlampe untersuchte sie die Festigkeit der Treppe in den ersten Stock. Sie wollte sich nicht wegen einer morschen Stufe das Bein brechen und erst am Mittwoch von Kötter und jenem Tommy vom Film gefunden werden. Ihre Vorsicht war klug, aber unnötig. Da war nichts morsch und verfault. Sie gelangte am Ende der Treppe in einen großen Raum. Dünne Lichtstrahlen von vier Fenstern kreuzten sich im Innern. Die Schießscharten waren mit Lappen ausgestopft. Sie konnte mehrere aneinandergestellte Bettroste ausmachen, einen abgewetzten Sorgenstuhl, ein leeres Bücherregal an der Wand und auf der linken Seite, kurz vor der nächsten Treppe, einen runden Tisch, der mit Staub bedeckt war. Bei näherem Hinsehen entdeckte Birgit Spuren von Mäusefüßchen und viele, viele kleine schwarze Köttel. Sie machte ein schönes, zumindest seltenes Foto davon. An der Wand hingen Che und Pink Floyd, und unter dem Tisch stand ein vertrockneter Kleistereimer. Die Handwerker waren nicht fertig geworden. Der Raum war nur zu Hälfte tapeziert. Mitten in der Arbeit hatte Kötter die Kelle weggeworfen.

Der Vollständigkeit halber stieg sie in den obersten Stock. Ebenfalls tapeziert, aber ringsum fertig. Die Decke war niedriger und der Raum vergleichsweise sauber, außer dem Staub, der süßlich-muffig roch, wie eine Geschichtsstunde bei Frau Hastenblatt. Ein Bett mit Strohsack, keine Plakate, ein Tisch, ein Stuhl, ein großer Schrank, mehr nicht. Zwei der drei Fenster waren zur Seite verrückt, ein bisschen außerhalb des goldenen Schnitts. Das Zimmer hinkte, als ob es einen zu kurzen Fuß hätte.

Dafür hatte sie sich nun die ganze Mühe gemacht und einen Einbruch riskiert? Die Fotos hätte sie auch noch am Mittwoch machen können. Nur der Staub hinderte sie, sich auf den Strohsack zu werfen, der auf einem ursprünglich weiß gestrichenen Stahlrohrbett lag. Sie hatte noch nie einen echten Strohsack gesehen und war sich nicht einmal sicher, ob »Strohsack« nicht nur eine despektierliche Bezeichnung für eine durchgelegene Matratze war. Sie gab ihrer Untersuchungslust nach. Mit zwei

Fingern befühlte sie den Barchent und spürte Strohhalme und ein kleines Brett darunter. Sie beugte sich über das Bett und fasste nach. Ihre Bewegungen wurden hastiger. An der Wandseite befand sich ein Riss im Barchent von etwa 15 Zentimetern Länge, aus dem grau gewordenes Stroh heraushing. Staub und Muff störten sie nicht mehr. Sie nahm die Taschenlampe in den Mund und fingerte wild nach dem harten Gegenstand, den sie nicht mehr für ein Brettchen hielt. Es klemmte. Ungeduldig riss sie den Strohsack weiter auf und zog ein schwarzes Buch hervor. Sie hielt es zunächst vorsichtig wie einen Regenwurm zwischen Daumen und Zeigefinger. Dann durchströmte sie der heilige Schauer der Schatz- und Gralsucher. An Stuhl und Tisch pustete sie sich eine staubarme Fläche frei und strahlte ihren Fund an. Schwarzer Ledereinband mit Reliefornamenten und Goldschnitt. Es war kein gedrucktes Buch, sondern eine mondäne Schreibkladde. Sie erinnerte sich an ihr eigenes Diarium. Wie ein Daumenkino ließ sie die Seiten durch die Finger gleiten. Im hinteren Teil bis weit über die Mitte hinaus fand sie nur nackte Linien, dann kam handgeschriebener Text. Schon die erste Seite war beschrieben. Keine Überschrift. Den Strahl der Taschenlampe richtete sie auf die erste Zeile und begann zu lesen.

Ich heiße Jochen und gewöhne mich schon daran, sitze am Tisch, bin müde. Die fünf haben mir das oberste Zimmer mit Eisenbett zugewiesen, für Gäste. Waschen soll ich mich morgen früh in der Küche. Gerstenbrei mit Grafschafter Sirup im gelben Becher als Abendessen. Morgen werde ich die Namen lernen. Müde.
2.6.70

Es juckte Birgit in den Fingern, die überflüssige Wiederholung im professionellen Übereifer durchzustreichen. Doch sie hatte nicht zu korrigieren, sondern zu lesen. Ein Tagebuch, vor vierzig Jahren. Gerstenbrei aus der Zeit der Langhaarigen. Gierig las sie weiter.

Granate, Lindes-Kaffee (»Nichts ist gemeiner als reiner Kathreiner«), Brot mit – ich fass es nicht – Gerstenbrei. Zähneputzen nur vor dem Frühstück. Danach war Spülen. Reihum. Ich war dran. Wer sonst.

Thomas ist Anführer, sitzt an der Stirnseite, bricht das Brot und verteilt es. Er herrscht über den Klöppel für die Klangschale, die über dem Tisch hängt. Hat Germanistik geschmissen. Hella führt die Arbeitsdienstliste, lange Haare, wäscht sich zu knapp. Sie fragt: »Garten? Rettiche und Gelbe Rüben?« und antwortet im gleichen Atemzug: »Ich selbst, und?«

Dieter meldet sich.

Meine Aufgabe: platten Reifen am Fahrrad flicken.

Dann mein Gaststatus. Oberster Stock, allein. Kein Radio. Lege die Miete für einen Monat auf den Tisch und ein üppiges Begrüßungsgeld. Sie haben mich aufgenommen. Elfi, zuständig für die Kasse: Das hilft. Frank streichelt die Scheine. Pferdefuß: Es gibt Tage, an denen die fünf allein sein wollen. Eventuell schläft jemand in meinem Bett. Ich habe keine Wahl. Soll keine Fragen stellen.

Jetzt Mittagsruhe. Nachts schlafen sie in der offenen mittleren Etage unter mir. Mittags in den Zimmern im Erdgeschoss. Für wie blöd halten die mich. A. müsste hier sein. Dann hätte ich auch Mittagspause.

3.6. 14.00

Abends lesen, vorlesen, wieder reihum. Thomas: Wenn jeder etwas anderes liest, können wir nicht darüber reden. Kurzgeschichten von Tolstoi und Gedichte von Wald Wittmann oder so ähnlich. Alle glotzen in die Ölfunzel, obwohl elektrisches Licht im Turm über Putz gelegt ist.

Sie fragen mich nicht aus. Nur Elfi, die Kurzhaarige mit der Kontenübersicht, plagt die Neugier: Musst ein schweres Karma abarbeiten? Go easy! Rät sie mir. Weiß nicht genau, was Karma ist. Kein Lexikon im Haus.

3.6. 23.00

Mittagessen. Letzter Spargel in diesem Jahr, von meinem Geld. Mit dem reparierten Fahrrad geholt, das eigentlich dem Bauern gehört. Frühkartoffeln, Petersilie aus dem Garten. Vormittags mit Thomas und Elfi im Wald Holz geholt für Küchenherd. Mein Vorschlag, einen größeren Vorrat an trockenem Holz zu lagern, wird verworfen: Wir sind keine Eichhörnchen, keine Raffies (Thomas). Elfi geht neben mir. Riecht nach Kölnisch Wasser. Binde ihr das Holzbündel auf den Rücken. Sie dankt mit einem Augenzwinkern.

Frank, hat Maurer gelernt, liest nach dem Spargel ein Kapitel aus dem »Steppenwolf«. Thomas trägt ein Gedicht vor, von Tagore, sagt er auf Nachfrage. Scheint mir ein eigenes Elabo

Hier brach der Text mitten im Wort ab. Mit Bleistift ging es weiter.

Mittagspause: Elfi kommt, zaust mir im Haar und schüttelt den Strohsack auf. Das Leben beginnt wieder. Findet Zeckenstich im Oberschenkel.

Abends bricht Thomas wieder das Brot. Danach Quintett. Hella Blockflöte, Frank Mundharmonika, Elfi Bongo-Trommel, Dieter Klangschale, ich Triangel. Thomas unmusikalisch.
4.6.70

Birgit fand keine Zeit mehr, sich den berauschenden Sound vorzustellen, der den Turm erfüllt haben musste. Sie zuckte zusammen, knipste sofort ihre Leuchte aus und verharrte still im Dunkel. Ein Auto war vorgefahren. Hatte Kötter seine Beerdigung verschoben? Wollte sein Dienstmädchen Adelheid noch nach dem Rechten sehen? Will jemand einen letzten Kontrollgang durch den Putenstall machen? Sie presste die Hand vor die Taschenlampe und suchte mit den schmalen Lichtstreifen nach einem Versteck, für alle Fälle. Unter das Bett in den Staub kriechen oder im Schrank verschwinden? Eine dritte Möglichkeit sah sie nicht. Sie entschied sich für den Schrank, raffte ihre Utensilien und ihre Fototasche zusammen und hockte sich quer auf den Schrankboden. Horchte.

Die Eingangstür ächzte. Dann ein Geräusch wie von einem umgeworfenen Spaten. Nach kurzer Stille kamen schwere Tritte eines Mannes die Treppe herauf. Vorsichtig zog Birgit die Schranktüren zu. Sie musste beide mit den Fingern festhalten, damit sie nicht zurückschwangen. Im mittleren Stock blieben die Schritte zunächst stehen. Der Besucher wird jetzt den Raum ausleuchten, dachte sich Birgit aus. Sie versuchte, sich aufzusetzen und ein Auge an das Schlüsselloch zu pressen, um den Mann zu sehen, der nun auch noch die letzte Treppe heraufkam. Es gelang ihr nicht, ohne verräterischen Lärm zu riskieren. Kötter ist es nicht, er schnauft nicht so wegen ein paar Stufen. Nun musste der Mann im Zimmer stehen. Er rückte den Stuhl und setzte sich, mit einem Seufzer. Hat er gesehen, dass Staub gewischt wurde? Birgits Finger, die an den Türen festgekrallt waren, begannen schon steif zu werden. Sie hörte ihn atmen, konnte ihn aber nicht sehen. Der Stuhl ruckte, seine Schritte näherten sich, gingen dann langsam zur Treppe vor und kamen eilig zurück. Er trommelte mit der Faust an die tapezierte Wand, die hohl klang. Auch ohne jegliche Heimwerkererfahrung traute sie sich diese Schlussfolgerung zu. Er zog den Stuhl wieder heran. Endlich sprach er leise murmelnd vor sich hin.

»Sie hatte recht.«

Birgit erschrak, als sie diese Stimme hörte. Kochendörfer? Er? Was will er hier? Eine heimliche Hausbesichtigung? Wollte er doch kaufen? War er der Kaufinteressent, der am Vormittag angerufen hatte? Ihre Finger wurden gefühllos. Wäre es schlimm, wenn sie jetzt als Gespenst aus dem Schrank stiege und Kochendörfer bis ins Mark erschreckte? Mit ein paar lockeren Sprüchen ließe sich die ungewöhnliche Situation verharmlosen. Schließlich hatte er ebenso wenig ein Recht, hier zu sein, wie sie. Sie, die vorwitzige Journalistin, die ihren Beruf ernst nahm. Er, der Immobilienhändler, der die Ware vor dem Kauf ungestört abtasten wollte. Wenn er Humor hatte, könnten sie beide über das zufällige und harmlose Zusammentreffen lachen, und sie wäre ihre Schmerzen in den Fingern los.

Ruckartig musste er aufgestanden sein. Der Stuhl fiel um. Der Sack auf dem Bett raschelte. Er suchte, riss den Schlitz am Barchent noch weiter auf. Stroh fiel auf die Dielen. Dann wieder Stille. Hatte er gefunden, was er suchte, oder dachte er nach, weil er es nicht gefunden hatte?

»Mist!«, sagte er laut und machte eine Pause. »Egal, steht nix drin.«

Als ob er es plötzlich eilig hätte, ging er mit entschlossenen Schritten zur Treppe, stieg vorsichtig auch die zweite hinunter und ließ die Eingangstür ins Schloss fallen. Birgit öffnete erleichtert ihre steif gewordenen Finger und blieb im offenen Schrank sitzen, bis der Motor nicht mehr zu hören war.

In Birgits Kopf herrschte ein erhebliches Durcheinander. Wenn er wusste, dass im Strohsack eine Kladde versteckt ist, dann hat er sie auch geschrieben, dann war er schon einmal hier gewesen, dann war er nicht Karlo Kochendörfer, dann war er – wie hieß er doch – Jochen. Oder, was glaubhafter schien, Jochen war Karlo, der K-Gruppen-Berufsrevolutionär im Untergrund. Fehlt nur noch, dass Gudrun Ensslin, die schwäbische Pfarrerstochter, zu Besuch kam. Sie musste weiterlesen, aber nicht hier. Ebenso abrupt und entschlossen wie Kochendörfer verließ sie den Turm und lehnte die Tür wieder an. »Bitte verlassen Sie den Raum, wie Sie ihn angetroffen haben.«

Sie konnte es kaum erwarten, in ihrer Wohnung die Kladde behutsam wie eine Handschrift aus einer mittelalterlichen Klosterbibliothek auf ihren Schreibtisch zu legen. Sie begann mit dem Lesen noch einmal von vorne. Vieles passte zusammen. Kochendörfer war Jochen, ein Name, an den er sich gewöhnen musste. Ulf hatte nebenbei erwähnt, dass Kochendörfer in den Semesterferien nicht arbeiten musste, er hatte also mehr Geld im Rücken als die BAföG-Leute. Gab es damals schon BAföG, im Sommersemester 1970? A. fehlte ihm in der Mittagspause. Die wütende Anneliese könnte gemeint sein, von der Ulf so anregend erzählt hatte. Kochendörfer war an der Uni verschwunden. War die Wald- und Wiesenkommune Unterschlupf, Versteck oder nur Operationsbasis für die Weltrevolution?

Der reich gewordene Bauunternehmer erlaubt sich im Alter eine nostalgische Marotte. Will sich den Turm unter den Nagel reißen, in dem er vor langer Zeit unter falschem Namen gewohnt hat. Will noch einmal den Strohsack fühlen nach so vielen Hiltons und Sheratons. Kötter will aber gar nicht verkaufen. Er braucht den Turm für seinen Straßenrand-Imbiss, wo er sicher auch bald Heizdecken auf Kaffeefahrten verhökern lässt. Den Verlust seiner Kladde verschmerzt Kochendörfer. Er ist nicht wegen ihr gekommen. Sie ist ihm plötzlich eingefallen. Niemand wird ihn mit dem Namen »Jochen« in Verbindung bringen. Niemand weiß, dass der große Bauunternehmer eine amüsante Zeit in einer Kommune verbracht hat, in der das Brot gebrochen wurde. Niemand? Sie wusste es, sie und er. Aber er weiß nicht, dass ich es weiß, und so soll es auch bleiben. Ist das gefährlich? Hat er noch mehr zu verbergen?

Dann war eine investigative Journalistin für ihn unangenehm. Sie könnte seine verschwiegene Vergangenheit an die Öffentlichkeit zerren. Oder er könnte glauben, dass sie ihn erpressen würde. Ärgerlich. Kaum will man etwas nur für sich selbst tun, gerät man in Gefahr, voll in einen Kuhfladen zu treten.

Die Kladde war ihm nicht wichtig. Der bauliche Zustand, die Festigkeit der Wände interessierten ihn mehr. Deshalb war er gekommen. Dass er damals etwas aufgeschrieben hatte, fiel ihm erst ein, als er am Tisch saß. Ihre Gedanken bewegten sich im Kreis.

Andererseits, überlegte sie, wäre es doch amüsant, sein Gesicht zu sehen, wenn sie ihm das schwarze Heft über den Schreibtisch zuschiebt.

Sie las weiter. Nun hatte der Schreiber Jochen alias Karlo ein Gesicht. Sie stellte sich vor, wie der Bauunternehmer in jung der kurzhaarigen Kölnisch-Wasser-Elfi das Holzbündel auf den Rücken schnürt und wie er mit der Triangel, im Wettlauf mit der Klangschale, den Takt schlägt.

Elfi fast eingezogen. Keine Zeit mehr.

Alles gehört allen, sagt Dieter. Er will mit meinem Auto fahren. Ich müsse noch viel lernen. Elfi sagt mit einem verlängerten Lidschlag »Ja« zu meinem »Nein«. Wegen der Versicherung, sage ich. Im Kfz-Schein steht mein Name, denke ich. Mit Elfi einkaufen. Ich zahle und entschuldige mich dafür. Warum kein Radio? Vor drei Wochen noch Radio Tirana gehört. Weit weg. 14.6.

Über die folgenden drei Tage gab es keine Einträge.

Heute Tag X. Muss weg. Die fünf wollen alleine sein. Meditieren. Wollen aber das Auto. »Soll ich zu Fuß gehen?« Im »Rappen« in Rothenburg. Zivilisation. Eine halbe Stunde unter der

Dusche. Zweimal Abendessen: Siedfleisch und danach Sauerbraten. Speisesaal leer. Irgendetwas mit Fußball.
18.6.1970

Bank. Kaffee gegenüber Rathaus. Bürgermeister Nusch trinkt drei Liter Wein am Tag, erklärt mir ein Tourist. Ich: Nach der Revolution hört das auf! Er schüttelt den Kopf, geht.
19.6. 14:00 Uhr

Strohsack riecht nach strengem Parfüm. Von den fünf lag also keiner drauf. Gast weg.

Stelle keine Fragen. Heiß. Frank hat keine Socken mehr. Bin ich die Weihnachtsgans?
19.6. 23:00 Uhr

Kind des Bauern macht Lärm, kickt mit dem Fußball gegen den Turm. Zeigt mir seinen Kaugummi. Onkel aus Amerika, sagt der Kleine. Der Alte pfeift ihn in den Stall.
20.6. 18.00 Uhr

Heute der zweite Tag X. Freue mich darauf. Elfi will mit nach Rothenburg. Muss bleiben, Beschluss beim Mittagessen.
26.6. 13.00 Uhr

Damit brachen die Eintragungen ab. Ein Thomas Mann ist aus Karlo Kochendörfer nicht geworden. Kein Wunder, dass der Bauunternehmer sein Elaborat verdrängt hat. Die Einkaufszettel wären interessanter gewesen. Kann er wiederhaben, damit er in seinen Jugenderinnerungen schwelgen kann.

Bevor sie die Kladde in ihre Handtasche steckte, fotografierte sie die Seiten durch. So konnte sie den Text jederzeit auf dem Schirm nachlesen.

Sie träumte von Erik, wie er die Freiheitsstatue umarmt, Kaugummi kaut und den Strohsack aufschüttelt. Das wird er ihr eines Tages erklären müssen.

Noch vom Bett aus meldete sie im Büro von Karlo Kochendörfer ihren Besuch an. Eine Vertreterin der Presse wimmelte das Vorzimmer nicht ab.

Sie war wieder etwas zu früh. »Er telefoniert noch, Kaffee, Tee, Wasser?«, fragte Frau Maurenbrecher, als Birgit in ihr Sekretariat trat, das gleichzeitig als Wartezimmer für Besucher und Bittsteller diente.

»Ich warte noch damit. Machen Sie sich keine Mühe.« Birgit wollte sich nicht die Zeit verkürzen lassen, verschmähte auch das »Handelsblatt« und die »Financial Times Deutschland«.

Kochendörfer hatte keinen Grund, sie hinzuhalten. Als er sie nach wenigen Minuten bitten ließ, war er aufgeräumt und freundlich.

»Sie bringen Glanz in meinen Bauwagen. Ich habe Ihren Artikel gelesen. Respekt, wie Sie es geschafft haben, dem Herrn Kötter den Hinweis auf die Gespensterumtriebe in den Mund zu legen.«

Das hatte er ihr schon am Telefon gesagt. Kochendörfer führte sie zu einem Konferenztisch in die Ecke, die mannshohe Zimmerpflanzen zu einer traulichen Laube machten.

Das Lob aus dem Munde des Immobilienhändlers berührte ihre Berufsehre, von der sie sich auch als freie Mitarbeiterin nicht verabschieden wollte. Sein Vorzimmergecko im wallenden Rock brachte Kaffee.

»Sie haben sich schon bekannt gemacht? – Danke, Frau Maurenbrecher.« Sie verstand und ging.

»Ihre Teesorte ›King of Frisco‹ führe ich nicht.« Er war nicht verärgert.

Kochendörfer hatte ihr den Floh mit den Geistererscheinungen im Turm ins Ohr gesetzt, um, wie sie schon auf der Rückfahrt von Echterdingen messerscharf geschlossen hatte, den Preis für den Turm nach unten zu korrigieren. Ihr Zorn von damals kam wieder hoch. Sie hasste es, benutzt zu werden, und war schlecht zu sprechen auf Leute, die es versuchten.

»Sie haben sich umsonst bemüht, mich vor Ihren Karren zu spannen. Ich sollte Ihnen helfen, den Preis zu drücken. Nicht mit mir.«

Sie sah, dass Kochendörfer nicht schockiert oder gar eingeschüchtert war, sondern sich lächelnd in seinem Gesprächsstuhl zurücklehnte und amüsiert wippte. Das mobilisierte bei ihr weitere Energie und wilde Schlussfolgerungen.

»Kötter hatte dieselbe Idee, um den Preis in die Höhe zu treiben. Das Turmgespenst muss mitgekauft werden, und das wird Sie einen Batzen Geld kosten. Außerdem will er gar nicht verkaufen«, setzte sie unlogisch hinzu.

»Das hat er mir längst gesagt. Warum sollte ich Sie für eine Manipulation benutzen wollen?«

»Benutzen, Sie sagen es.«

Nun setzte sich Kochendörfer in ernsthafter Gesprächsposition an den Tisch und sagte leise: »Sind Sie gekommen, um mich anzuschreien? Wir sind keine Geschäftspartner, die sich gegenseitig aus dem Weg räumen wollen. Ich habe Ihnen Ihre Auslagen erstattet. Nicht mehr und nicht weniger. Weshalb baten Sie so dringend um ein Gespräch?«

Birgit sammelte sich mühsam. War ihre Unterstellung aus der Luft gegriffen, ihrer Fantasie entsprungen? War es auch Fantasie, dass sie dem alt gewordenen Jochen aus der Kommune gegenübersaß? Wenn auch vieles in den Text passte und sein Verhalten gestern Abend dafür sprach, einen echten Beweis hatte sie nicht in der Hand, aber zumindest eine Überraschung in der Handtasche.

»Wir sollten das abgebrochene Interview von neulich mit einem neuen Thema fortsetzen. Ich habe da einen Leitfaden für unser Gespräch mitgebracht.« Sie nestelte in ihrer Handtasche.

»Das hätte aber noch Zeit ...«

Er unterbrach sich mitten im Satz, als Birgit die schwarze Lederkladde mit den unverkennbaren Ornamenten vor sich auf den Tisch legte. Sie sah, wie er sich mit Mühe unter Kontrolle brachte und seine Augen in eine andere Richtung zwang. Eher gelangweilt klang es, als er zu den aufgeschossenen Zimmerpflanzen hinaufblickte: »Dann lassen Sie mal hören, was Sie sich ausgedacht haben.«

Birgit war sich jetzt sicher: Er kannte das Buch, zumindest von außen. Weiter wollte sie mit ihren Unterstellungen diesmal nicht gehen. Sie schlug die Kladde auf einer leeren Seite auf und zückte einen Kugelschreiber, um sich Notizen zu machen. Kochendörfer verfolgte jede ihrer Handbewegungen. Er muss doch nun wissen, weshalb sie gekommen ist. Aber er fragt nichts, will auch nicht zugeben, dass er das schwarze Buch kennt. Gespannt wartete Birgit auf eine Reaktion, mit der er sich nachweislich verraten würde. Doch er stemmte sich aus dem Stuhl und ging zu seinem Schreibtisch.

»Ich muss mir auch etwas zum Aufschreiben holen. Bei Ihnen muss man vorsichtig sein.«

Er drückte auf den Knopf seiner altertümlichen Gegensprechanlage, die Birgit nur als Babyfon kannte.

»Frau Maurenbrecher, versuchen Sie doch bitte, den nächsten Termin etwas zu schieben. Die Ausrede überlasse ich Ihnen.«

Er ließ sich Zeit, schaute aus dem Fenster und genoss scheinbar den Anblick auf die gelben Rapsfelder, die sich bis zum Waldrand hinzogen. »Die Welt könnte so schön sein, wenn es nicht so viele hinterhältige Menschen gäbe, die nur auf ihren eigenen Vorteil bedacht sind.«

War das ein Eingeständnis? Meinte er außer sich selbst noch jemanden? Birgit vertiefte sich vor Aufregung in ihre schon hundertmal gezeichneten Standardkritzeleien auf den leeren Seiten der Kladde. Noch etwas bedächtiger, als er aufgestanden war, setzte sich Kochendörfer wieder ihr gegenüber und sah ihr zu.

»Kunst?«, fragte er gelassen.

»Nicht eigentlich.«

»Darf man es trotzdem einmal betrachten? Kunst muss man betrachten, nicht einfach ansehen.«

Birgit sah keinen Grund, ihm den Blick darauf zu verweigern. Es wäre ihr in diesem Augenblick auch keine Ausrede eingefallen. Sie drehte die Kladde, damit er ihre Kritzeleien betrachten konnte, hielt sie aber mit beiden Zeigefingern an den Ecken fest.

»Darf ich sie ins Licht halten?« Er wartete die Antwort nicht ab, zog das schwarze Buch zu sich heran und hielt es gegen das Fenster. Dabei kippten wie zufällig die vorderen Seiten für einen Moment nach hinten. Jetzt muss er es gesehen haben. Sie erwartete, dass er das Heft an sich reißen und sie anbrüllen würde. Nein. Er legte es wieder auffallend sanft und behutsam auf den Tisch zurück.

»Ein antikes Stück, so etwas gibt es heute gar nicht mehr. Wo haben Sie diese Rarität aufgegabelt?«

Jetzt musste sie sich entscheiden. Den Fund zugeben oder ihn noch hinhalten, bis er es endlich zugab, dass die Kladde ihm gehörte.

»Wo man alte Sachen eben findet.« Sie machte eine Pause und beobachtete aufmerksam sein Gesicht. »Auf dem Flohmarkt.«

»Logisch, und wo, wenn ich fragen darf?«

»Da fragen Sie mich was. Alle Naslang stellen die Leute ihren alten Krempel an die Straße, geben ihn der Kirchengemeinde oder dem Kindergarten. Man sieht, kauft und vergisst.«

Sie konnte es an seiner Mimik nicht ablesen, ob er es glaubte. Er schien aber zu zweifeln. Das war für sie Genugtuung genug. Eine, wie sie meinte, Mindeststrafe für den Versuch, sie unters Joch zu nehmen und für fremde Ziele einzuspannen. Lustvolle Bosheit überkam sie bei dem Gedanken, dass sie wusste, wer Jochen war, und er nicht sicher sein konnte, ob sie es wusste. Für wenige Minuten hing der Mächtige der Baubranche am Haken, ihrem Haken. Und sie genoss es. Die Kladde hatte ihren Dienst erfüllt.

»Wenn Ihnen das Heftchen gefällt«, sie schob es in die Mitte des Tisches, »schenke ich es Ihnen. Wenn Sie die Kritzeleien für Ihr Logo verwenden, will ich beteiligt sein.«

»Ich nehme, anders als Sie, das Geschenk gerne an. Ein interessanter Einband, findet man heutzutage selten«, wiederholte er und erhob sich aus seinem Stuhl.

Für Birgit war es das Signal für das Ende der Audienz. Sie kam ihm entgegen mit dem Eingeständnis: »Es ist schon spät geworden. Wir haben uns verplaudert. Sind Sie damit einverstanden, den zweiten Teil des Interviews noch einmal zu verschieben?«

»Ich habe mich gerne so ungezwungen und offen mit Ihnen unterhalten. Das fehlt mir oft in meinem Leben zwischen Betonmischer und Betriebsrat.«

Er ließ offen, ob sie sich noch einmal treffen sollten. Sie dagegen war sich sicher, dass sie nicht zum letzten Mal aneinandergeraten waren.

Die Wächterin im Vorzimmer behandelte Birgit betont höflich, wie es sich gegenüber einer Persönlichkeit geziemt, die ihrem Chef eine Terminverschiebung wert war.

Obwohl sie erreicht hatte, was sie wollte, war Birgit nicht mit sich zufrieden. Er war klüger, als sie nach der ersten Besprechung im Flughafenrestaurant vermutet hatte. Hatte sie ihm unrecht getan?, meldete sich eine Stimme. Wenn schon, geschieht ihm recht, hielt die andere dagegen.

»Ich entscheide nicht«, meinte der Scout zu Kötter, »ich schlage nur vor.« Trotzdem hatte der Bauer am Mittwochmorgen alles aufgeboten, um sich dem Pfadfinder von der interessantesten Seite zu zeigen. Birgit als Vertreterin der Presse war in ihrem strammen Outfit angereist, und auch Frau Rübsam fand sich ein, um dem Mann vom Film ihre profund-okkulten Einsichten zu präsentieren. Schon bei der obligaten Begrüßung fiel es der Frau vom Fach schwer, sich zurückzuhalten.

»Wenn es dunkel wird, werden sie wach und nähern sich sacht, um uns nicht zu erschrecken.«

Birgit wäre bei dieser wissenschaftlichen Erkenntnis – sie nannte es schlicht metaphysische Flatulenz – fast das Sektglas aus der Hand gefallen. Denn sie war nicht nur eine württembergische Pfarrerstochter, sondern versuchte, mit einigem Erfolg, mit beiden Beinen – mit beiden, wie sie häufig betonte – auf dieser Erde zu stehen.

»Und tagsüber schlafen sie im Heu, hab ich mir fast gedacht«, warf sie in die Runde.

Damit waren die Fronten schon geklärt. Ein wütender Blick von Frau Rübsam traf sie, und gleichzeitig strömte ein verständig-anerkennendes Lächeln von Tommy, dem Location Scout, zu ihr herüber, das sie gerne, aber unerwidert zur Kenntnis nahm.

Kötter wandte sich ihm zu. »Denken Sie sich die Baumaschinen weg. Es geht nur um den Turm, wenn ich Sie richtig verstanden habe.«

Tommy nickte mehrfach und deutete auf ein Auto, das langsam auf der Straße vorbeifuhr. »Da kommt er doch noch.«

Ulf Schwarz winkte ihnen zu, als er sich einen sicheren Weg über den Hof suchte. Nach der Vorstellungsrunde war Frau Rübsam zufrieden damit, dass nicht ein weiterer Fachmann in Sachen Gespenster ihren Alleinvertretungsanspruch bestritt.

»Dann sind wir wohl vollzählig«, stellte Kötter in fragendem Tonfall fest.

»Von meiner Seite aus ja«, meinte Tommy, und Frau Rübsam setzte ihren unterbrochenen Gedankengang fort: »Früher trieben sich die unerlösten Seelen auch außerhalb des Turms herum, sagen die Leute.«

»Um frische Luft zu schnappen«, hätte Birgit gerne angefügt, hielt sich aber zurück.

»Ich wohnte damals noch in Bielefeld, das kennen Sie doch, Bielefeld?«

»Gehen wir hinüber«, sagte Kötter, der schon zu bereuen begann, gerade Frau Rübsam unter den Anrufern ausgewählt zu haben und nicht Herrn Dr. Habermann oder eine Frau Göttig, die sich am Telefon ebenfalls als Kenner des Okkulten vorgestellt hatten.

Birgit fotografierte im Turm noch einmal dieselben Motive wie am Abend zuvor, das Chaos im Erdgeschoss, die Bettroste im mittleren und den Strohsack im obersten Stockwerk, um nicht eingestehen zu müssen, dass sie alles schon im Kasten hatte.

Der Scout nickte mehrmals. Nicken war offensichtlich sein Lieblingssatz. Nur mit Ulf unterhielt er sich näher und überhörte das Gemurmel von Frau Rübsam, das er als Selbstgespräche wertete.

»Hier ist eine seltsame Schwingung. Türme sind nach oben offen«, belehrte sie die Runde und flüsterte für alle hörbar dem Kötter zu: »Die Kleine begreift nichts.«

Birgit erhoffte sich von Ulf und diesem Tommy bessere Gesellschaft. Sie hörte noch den letzten Satz von Ulf: »Sie ist an der langen Leine, aber in festen Händen.« Die beiden kümmerten sich nicht um sie und setzten unbeirrt ihr Gespräch fort. Im obersten Stock öffneten sie einen Fensterladen. Der andere klemmte.

»Du hast aber nichts dagegen, wenn ich sie zu den Filmaufnahmen hinzuziehe. Sie hat gesunden Menschenverstand. Bei solchen Filmprojekten ist das selten und hilfreich.«

Birgit überrollte der gleiche Zorn, den sie schon als Kind verspürt hatte, wenn über sie geredet wurde und sie dabeistand, schwieg aber.

»Du hast dich schon entschieden?«, fragte Ulf erstaunt.

»Sagt es dem Kötter nicht. Wir sind in der Klemme und im Zeitdruck. Der Turm passt hervorragend. Aber wie gesagt, kein Wort zu Kötter. Sonst schraubt er den Preis ins Uferlose.«

Birgit fand den Schrank noch offen, in dem sie sich am gestrigen Abend versteckt hatte. Im Licht der drei Fenster sah sie den streifengemusterten Strohsack, für den sich nun Frau Rübsam erwärmte. Sie befühlte den Stoff zwischen den Fingern, roch daran und zog ihn an die Augen.

Die alte Huttel, sie wird doch nicht auch noch ... Birgits aufkeimender Verdacht zerstob schnell, denn Frau Rübsam hub wieder zu einem Vortrag an.

»Der Barchent ist handgewebt, vor 1890 hergestellt, mindestens. Hier ist Armut eingewebt.« Dieser Satz stimmte Birgit fast versöhnlich. Doch nur für eine Sekunde. »Grobstoffliches und Feinstoffliches ziehen sich an.« Sie ließ den Strohsack wieder auf den Lattenrost zurückfallen und schloss sich Kötter und Tommy an, die sich wieder der Treppe zuwandten.

Birgit hielt Ulf am Arm zurück.

»Weißt du, dass unser Freund Kochendörfer schon einmal hier war?«

»Wenn er den Turm kaufen will, wie du sagst, und den Hof zubetoniert, überrascht mich das nicht.«

»Du verstehst nicht – ich meine, er war vor vierzig Jahren schon einmal hier, als der Turm noch bewohnt war.«

Ulf lachte. »Nicht der Karlo – nicht hier. Er kannte nur Seidenhemd und Maokittel. Gesindestuben waren ihm fremd.«

»Er war als Jochen hier – nicht als Mao-Karlo.«

Im Stakkato von Zeitungsüberschriften berichtete sie von ihrem heimlichen Ausflug in den Turm, wie sie die Kladde gefunden hatte und Kochendörfer aufgetaucht war. Sie war froh, mit jemanden darüber zu sprechen, dem sie vertrauen konnte.

Ulf dachte nach und wurde sehr ernst. »Sorge dafür, dass Kochendörfer es nicht erfährt.«

»Kommt ihr?«, rief Tommy von unten.

Kötter servierte Ulf, Birgit und Frau Rübsam auf der Terrasse Kaffee und Tee nach Wunsch, um mit dem Mann vom Film in der zukünftigen Gaststube zu verhandeln. Die Rübsam richtete ihre giftigen Blicke auf Birgit, ohne ihr in die Augen zu sehen. Sie hatten sich nichts Freundliches zu sagen.

Ulf zeigte sich interessiert: »Sie befassen sich wissenschaftlich mit der Sache?«

Frau Rübsam entging die Heimtücke dieser einfachen Frage. Sie holte tief Luft und, wie erwartet, weit aus.

»Ich habe viel gelesen und bin auch in der Feldforschung tätig. Wir halten Kontakt mit dem Zwischenreich auf der Nachtseite der Natur. Nicht alle können herüberkommen, und nicht alle Lebenden haben die Gabe zu einem Schritt in die nächste Dimension. Ich habe sie im Turm gespürt. Sie wollen Kontakt. Wir werden die Brücke bauen.«

»Wer ist denn ›wir‹?«, hätte Birgit beinahe dazwischengefragt, wollte aber nicht in die Gesprächsstrategie ihres Kollegen eingreifen.

»Sie sind schon eine Gruppe?« Birgit bewunderte Ulf dafür, wie er ihre unausgesprochene Frage so elegant formulieren konnte, dass die Quelle der Information nicht versiegte, sondern zu sprudeln begann.

»Zwei sind schon den gefahrvollen Weg gegangen und mit Erlebnissen zurückgekehrt, die vielleicht nicht der Dame, aber Ihnen die Augen öffnen würden. Noch haben zu viele ein Brett vor dem Kopf, eine Binde vor den Augen. Sie wollen das Offensichtliche nicht sehen, ja, nicht einmal wissen. Sie spüren nicht den kalten Hauch, der uns alle einmal umfangen wird, wenn wir den letzten Schritt aus unserer leiblichen Hülle getan haben. Ein Licht wird uns dann führen.«

Sicher eine himmlische Stalllaterne, dachte Birgit, der das gekünstelt-naive Geschwätz der Alten auf den Senkel ging.

»Stellen Sie sich vor« – Frau Rübsam blieb ausschließlich Ulf zugewandt – »ein Herr aus unserer Gruppe ist neulich bei seinen Wanderungen in den jenseitigen Welten dem gottbegnadeten schwedischen Kundschafter des Jenseits Emanuel Swedenborg …«

Die Tür öffnete sich. Kötter und Tommy blieben unter dem Türrahmen stehen, um das Ergebnis ihrer Verhandlungen den beiden Vertretern der Presse zu verkünden.

»Herr Kötter hat unserer international tätigen ›Filmunion‹ die Erlaubnis erteilt, eine Szene für den aufrüttelnden Streifen mit dem Titel ›Danach‹ in und um diesen Turm herum zu drehen. Viele Locations, Herbergen und Burgen, haben sich darum beworben. Wir haben uns für Herrn Kötters Angebot entschieden, weil dieser Ort, dieser Turm, authentisch ist.«

Ein gottbegnadeter Lügner, dachte Birgit.

»Er hat es auch gespürt«, zischte Frau Rübsam dazwischen.

»Wir werden zeitnah mit den Dreharbeiten beginnen. Die Presse darf ausnahmsweise dabei sein.« Tommy blickte auf Kötter, um ihm das Wort zu erteilen.

Das Geschmeidige lag dem Landwirt nicht, und er war klug genug, es gar nicht erst zu versuchen. »Ich schließe mich den Worten meines Vorredners vollinhaltlich an. Doch eins noch: Die Forschungsgruppe ›Nachtseite der Natur‹ steht mit ihren Sachverständigen während der Dreharbeiten für Nachfragen zur Verfügung.«

Das Gesicht von Frau Rübsam hellte sich auf. Birgit wiegte den Kopf. Zu Frau Rübsam gewandt sagte sie: »Dann sehen wir uns ja noch öfter in dieser Welt, wenn nicht gar in Bielefeld, das es ja gar nicht geben soll.«

»Internet-Fake«, mischte sich Tommy ein, der sich einen Stuhl herangerückt hatte.

Frau Rübsam kannte diese Geschichte natürlich nicht, die seit Jahren durchs Internet geisterte.

»Mag sein, dass es Bielefeld im Internet nicht gibt. Ich kann nur sagen: Ich bin dort geboren«, behauptete sie standhaft, wodurch sich der Scout zu Geschwätz verleiten ließ.

»Nur geboren? Da haben Sie Glück gehabt, Frau Rübsam. Ich möchte dort nicht tot überm Zaun hängen.« Damit war auch dieses Thema abgehandelt.

»Was heißt in Hollywood zeitnah?«, wollte Birgit vom Scout wissen. »Mein Zeitplan ist eng.«

Tommy schob sich die Designer-Schneebrille auf seine blanke Kopfhaut. »Für Sie würde ich den Termin sogar vorziehen. Wenn ich Sie so ansehe. Sie passen zum Film. Ich wüsste sogar eine Rolle für Sie.«

Frau Rübsam schob gierig ihren Kopf über den Tisch, aber sie war nicht gemeint, und Ulf ahnte, was kommen würde. Birgit holte zur verbalen Ohrfeige aus.

»Ihre Casting-Groupies haben Sie versaut, Strohsack-Location-Scout. Immer dieselbe Masche. Zuletzt bleibt vom Filmangebot doch nur die Rolle rückwärts übrig. Eines Tages werden Sie von den Gespenstern unserer Frau Rübsam gefressen.«

Kötter und Ulf lachten aus vollem Halse, schon um keine nachhaltigen Unstimmigkeiten aufkommen zu lassen.

Tommy ließ sich von solchen leichten Florettgefechten nicht entmutigen. »Sie passen vor die Kamera, auch ohne Salto und Grätsche.«

Jetzt wurde es Frau Rübsam doch zu viel. Sie klatschte mit der flachen Hand auf den Tisch. »Herr Tommy, ich bitte Sie. Wir sind doch gesittete Menschen.«

Ulf, der sanfte Schlichter, kam Birgit zuvor und versuchte es mit Ironie. »Herr Kötter, das Dream-Team arbeitet schon prächtig. Wann geht es los?«

»Freitag, diese Woche noch. Die Krachmacher ziehen morgen ab.«

»Ich weiß nicht«, bemerkte Frau Rübsam, »ob dieses Forum« – sie schwenkte ihren Zeigefinger vorwurfsvoll über die Runde – »den nötigen Ernst mitbringt. Ich sehe schwarz und habe zu Hause noch zu tun.« Sie stand auf und verabschiedete sich von Ulf und noch freundlicher von Herrn Kötter.

Tommy schloss sich ihr an. »Ich muss, wir sehen uns«, genügte ihm als Abschiedsgruß.

Ulf und Birgit blieben in ihren Sesseln sitzen und wollten reden. Kötters Anwesenheit störte. Ulf hatte für solche Situationen immer die besten Ideen parat.

»Liebe Kollegin, sollten wir nicht hier in der fast freien Natur, die Baulöwen haben ihr Brüllen eingestellt, sollten wir nicht etwas essen? Herr Kötter, das wird doch ein Restaurant?« Ulf war zu ernsthaft, um Animateur zu sein. Aber er konnte ihn spielen. Kötter durchschaute es nicht.

»Meine Lizenz läuft am Freitag an. Es wäre allenfalls eine private Einladung.«

»Die wir als unabhängige Presse aber nicht annehmen«, warf Birgit sittenstreng ein.

Sie einigten sich schließlich darauf, dass sie als Restauranttester, Birgit nannte es Wirtschaftsprüfer, eine Kostprobe vom Besten, was Haus und Hof zu bieten hatten, nehmen dürften, in der Hoffnung, dass Kötter lange daran zu kochen hatte.

Als er endlich verschwunden war, drängte Ulf: »Nochmals, Kochendörfer soll hier gewesen sein, damals vor vierzig Jahren, da kannte ich ihn als Commandante Mao, hab ich dir doch erzählt, wie ihn Anne in der Mensa runtergemacht hat und er plötzlich unauffindbar war. So um 1970, sagst du. Das passt zeitlich. In einer Land- und Waldkommune, hier? Da hat ihn keiner gesucht. Ein raffinierter Hund, schon damals. Die ganze Szene in Frankfurt hat ihn gesucht, und er macht sich – was hat er eigentlich gemacht?«

»Nichts, Holz aus dem Wald geholt, Hausmusik und Mittagspause mit Rolle rückwärts und Grätsche. Wenn die echte Kommune unter sich sein wollte, ist er für eine Nacht zu einem Ausflug in die Zivilisation nach Rothenburg gefahren. Geld hatte er anscheinend.«

»Und ob. Er zeigte es nicht. Das wäre ihm schlecht bekommen bei seinen Spezis. Er musste nicht in die Universitätsbibliothek. Sein Alter zahlte alle Buchquittungen, zusätzlich zum Monatsscheck. Wie lange lungerte er hier herum?«

»Der Text geht nur über ein paar Wochen, eher Tage. Als sich diese Elfi mit auf den Strohsack legte, wurden die Eintragungen seltener. Sie brechen plötzlich ab, als die Amish-Leute wieder einmal für sich sein wollten.«

Ulf rechnete nach. »Der Kötter muss schon gelebt haben, muss in die Schule gegangen sein.«

Birgit erinnerte sich an die Stelle im Text, wo von einem Fußballkind die Rede war.

»Eventuell kennen sich die beiden aus dieser Zeit?«

»Kochendörfer weiß, wer Kötter ist. Aber dass Kötter in dem Bauunternehmer den Jochen aus dem Turm wiedererkannt hat, glaube ich nicht. Und weshalb sollte sich Kochendörfer unnötigerweise einen Mitwisser schaffen? Du bist eine Mitwisserin. Weiß er das?«

»Ich weiß nicht, ob er weiß, dass ich es weiß, oder ob er an den Flohmarkt glaubt.«

Der bedächtige Ulf mahnte: »Auf alle Fälle wäre ich vorsichtig. Es ist eine Vergangenheit, die er sicher nicht in der Zeitung lesen möchte. Ich hätte ihm das Notizbuch nicht zurückgegeben.«

»Ich hatte noch ein Hühnchen mit ihm zu rupfen. Ein Spielchen, das mir wichtig war. – Er kann ja alles abstreiten. In dem Büchlein steht Jochen, nicht Karlo.«

Kötter servierte das Essen und blieb am Tisch sitzen. Ulf war es diesmal recht. Er konnte mit seinem Verhör beginnen.

»Gut, drei Sterne für die Spätzle. Der Sauerbraten – mein Geschmack. Haben Sie das richtig gelernt?«

»Ja.«

»Gleich nach der Schule?«

»Mein Vater hatte die Kriegszeit noch erlebt. Fürchtete sich immer davor, dass einmal das Brot ausgeht. ›Als Koch bist du immer an den Fleischtöpfen. Und wenn Tausende verhungern, wird es immer ein paar Großkopfete geben, denen die Tauben ins Maul fliegen. Dann musst du derjenige sein, der sie brät.‹«

»Kluger Mann, Ihr Vater. Dann sind Sie hier auf dem Hof aufgewachsen?«

»Wir mussten schon als Schulbuben auf dem Feld arbeiten, dass die Schwarte kracht. Ich war froh, als ich in Rothenburg in der Küche stand. Auch das war kein Zuckerschlecken, das sag ich Ihnen. Als sich meine Schwester ins Badische verheiratete, musste ich den Hof übernehmen.«

Birgit suchte nach einer Möglichkeit, ihn unverfänglich nach dem Kaugummi zu fragen, den jener kleine 12-Jährige im Mund hatte, von dem Kochendörfer berichtet hatte. Sie wollte es auch so geschickt machen wie Ulf.

»Besonders zartes Fleisch. Da könnt ich mich reinsetzen. Neulich hatte ich ein sogenanntes Steak – zäh wie Kaugummi, wenn auch nicht süß.«

Kötter verzog das Gesicht. Sofort hakte Birgit nach. »Sie mögen keinen Kaugummi?«

»Nicht mehr. Als Bub, wenn die Amis hier vorbei ins Manöver fuhren – wir waren amerikanische Zone –, haben sie uns diese ›Rigleis‹ runtergeworfen. Wir haben uns darum gebalgt und tagelang darauf gekaut.«

Damit war auch das geklärt. Sie übergab wieder unauffällig an Ulf.

»Morgen wird hier alles fertig sein, eine schöne Aussicht auf die Straße, den Wald und die Reste der Landhege. Es werden viele Menschen kommen. Da bin ich mir sicher. Die Firma hat es ordentlich gemacht und ist pünktlich fertig geworden.«

»Kochendörfer ist zuverlässig.«

»Aber nicht auch ein bisschen teuer?«

»Hab ich auch gehört. Stimmt aber nicht. Er hat das mit Abstand günstigste Angebot eingereicht und kurzfristig zugesagt. Ein Bauunternehmer mit Leib und Seele. Liegt in der Familie. Bau in der dritten Generation. Als er neulich zum ersten Mal hier war, hat er sich in den Hof verguckt. Den Turm wollte er gleich kaufen. Wäre ein gutes Geschäft für mich geworden. Aber ich brauche den Turm natürlich für meine zukünftigen Gäste. Nichts gegen Kochendörfer, wenn er auch ein Angeber ist und meint, er könne sich mit seinem Geld Kleinode der Heimatgeschichte unter den Nagel reißen.«

»Ein Waldmeistereis zum Nachtisch? Frau Kollegin?«, fragte Ulf, um den Kiebitz wieder in die Küche zu schicken.

Schnell redeten die beiden aufeinander ein.

»Kochendörfer wollte sich hier einnisten.«

»Sein geheimes Leben im Turm macht ihn zum roten Schaf in der Firmendynastie.«

»Wegen einer Kladde den ganzen Turm kaufen! Es steht nicht einmal sein Name drin. Wenn ich an diesem Abend nicht zufällig im Schrank gesessen hätte, wüsste es niemand.«

»Er will nicht ins Gerede kommen.«

»Denk dran, Ulf, er ist nicht wegen der Kladde in den Turm geschlichen. Sie ist ihm erst eingefallen, als er den Strohsack sah.«

»Was hat er dann gesucht?«

»Er ist nur rumgelaufen und hat, wie es bei Maurern der Brauch ist, an die Wände geklopft.«

Sie verstummten, als die Tür ging.

»Zweimal Waldmeister. Langsam gewöhne ich mich an mein Leben als Wirt und an die Pflicht, meine Gäste zu unterhalten.«

Ulf konnte ihn nicht noch einmal wegschicken.

»Und ich könnte mich an das Leben auf der Terrasse gewöhnen – aber Sie sagen es, die Pflicht ruft. – Übermorgen ist Ihr großer Tag. Auch für den ›Anzeiger‹ ist es etwas Besonderes, wenn der Film kommt.«

Als sie ausgelöffelt hatten, brachen sie auf.

Hinter dem Rücken von Ulf steckte Kötter Birgit ein Kuvert zu, und mit einer ruckartigen wegwerfenden Handbewegung forderte er sie auf, die zweite Rate verschwinden zu lassen.

Mehr aus Verlegenheit und um vom Geld abzulenken, sagte Birgit nebenbei, ohne eine Antwort zu erwarten: »Die Rübsam ist eine, wie soll ich sagen – interessante Frau. Ich hoffe, dass ich noch häufiger mit ihr zusammentreffe.«

»Das finde ich auch«, sagte Kötter ebenso beiläufig und unverbindlich. »Mal sehen, was sich machen lässt.«

Ulf und Birgit weckten ihre Autos aus dem Parkschlaf. Die Blinklichter leuchteten kurz auf, als ob sie die Augen aufschlügen.

»Wie geht es Erik in Amerika?«

Sie legten beide die Unterarme auf die geöffneten Fahrertüren und sprachen von Haus zu Haus.

»Er hat nicht angerufen. Ich habe nicht angerufen. So haben wir es leider ausgemacht.«

»Leider?«

»Wenn das Handy auf dem Nachtkästchen liegt und seine Stimme nur vier Tasten entfernt ist, dann ist die Versuchung groß.«

»Verstehe«, sagte Ulf, »ihm wird es ähnlich gehen. In fünf Jahren werdet ihr euch an diese Wochen noch lebhafter erinnern als an den gemeinsamen Urlaub auf Kreta.«

»Korfu.«

»Verwechsle ich immer. – Frag nicht, wie es bei uns geht. Seit du weg bist, ist der Umgangston ruppiger geworden.«

»Das sagst du jetzt nur so, ich habe doch immer gemeckert und wie Mephisto alles herzlich schlecht gefunden.«

»Aber du hast so fröhlich gemeckert. Das hat selbst Baerenreiter manchmal aufgemuntert. Jeder macht nur noch sein Ding. Du bist immer eingesprungen, wenn Not am Mann war. Nur so, wie selbstverständlich. Meist hast du es nicht einmal bemerkt, wenn Baerenreiter dich ausgenutzt hat.«

»In seinen Augen war ich nur eine dumme Kuh. Vielleicht hatte er recht. Ich hab's nicht weit gebracht, wie du siehst.«

Fast der gesamte Mittwochnachmittag lag vor ihr. Jetzt, wo die Arbeit in der Redaktion richtig losging, hatte sie frei, so frei, dass es ihr bang wurde, als sie das Schloss zu ihrer Wohnung aufschnappen ließ. Sie trat nicht in eine geräumige Bauernstube wie bei Kötter, in keine Zwölf-Zimmer-Flucht, nur in ein Appartement, ein Wohnklosett mit eingebauter Kochnische, wo sie das Nach- und Nebeneinander von Essen, Schlafen und Arbeiten koordinieren musste. Zuweilen arbeitete sie auf dem Bett, aß im Stehen oder schlief über ihrem Schreibtisch ein.

Hinter ihrer Wohnungstür blieb sie verwirrt stehen. Was war anders als sonst? Sie sog langsam und tief Luft ein und erschrak. Seit sie nicht mehr rauchte, hatte sie eine Nase wie ein Drogenhund. Das Essen schmeckte besser, aber sie roch auch den Mülleimer und im »Doppelpunkt« den Achselschweiß vom Nebentisch. Hier ist oder war jemand, der geraucht hatte. Sie konnte ihr kleines Appartement weitgehend überblicken. Es war niemand da. Hat der Hausmeister die Heizung kontrolliert, ohne ihr vorher Bescheid zu sagen? Das gibt Ärger. Die Tür zum Bad stand offen. Niemand lag tot in der Dusche. Der schwache Geruch von Rauch lag kalt und trocken im ganzen Zimmer wie in einer Theatergarderobe. Es war jemand hier gewesen – oder war noch? Sie erinnerte sich an den Montagabend im Turm. Sie drehte den Schlüssel ihres wuchtigen Kleiderschrankes um. Für alle Fälle. Es wird der Hausmeister gewesen sein.

Es fehlte nichts, auf den ersten Blick. Auch auf dem Schreibtisch war noch alles da. Dann sah sie es.

Am Morgen hatte sie zuletzt mit Kötter telefoniert. Der Zettel mit seiner Telefonnummer lag oben auf dem Stapel ihrer Telefonnotizen, die sie sich von den einzelnen Anrufen gemacht hatte. Jetzt lag die Notiz zu Frau Rübsam oben, die sie zuerst angerufen hatte. Rasch ging sie die Zettel durch. Es fehlte keiner. Kötter und Kochendörfer lagen unten. Der Rauchfink hatte sie einzeln durchgesehen und in umgekehrter Reihenfolge wieder abgelegt.

Unter dem Bett lag niemand.

Erst jetzt überkam sie ein grässliches Unbehagen. Sie war nicht mehr Herrin ihrer Wohnung. Ein rauchender Schatten hat sich eingenistet, geht ein, geht aus und stöbert. Sie schaute sich noch einmal ängstlich um, ob wirklich nichts fehlte. Das Foto von Erik stand ein Regalbrett höher. Was interessierte sich der Hausmeister dafür, oder war es eine Frau gewesen? Wahrscheinlich einen Kopf größer als sie, jedenfalls kein Liliputaner. Nochmals schaute sie unterm Bett nach. Sie spürte, wie ihre Knie weicher wurden, und setzte sich. Ihr eigenes Zimmer wurde ihr fremd. Sie fühlte Ohnmacht, als ob ihr jemand gegen ihren Willen die Bluse aufknöpfte. Das Unbehagen und die Ohnmacht mischten sich mit hilfloser Wut.

Nicht der Angst nachgeben! »Nicht klein machen lassen«, versuchte sie sich einzureden. Sie war allein. Auch wenn sie Erik anrufen würde, könnte er nicht kommen.

Wie war der Einbrecher hereingekommen, wenn es nicht der Hausmeister war? Die Wohnungstür war nicht aufgebrochen. Sie hatte aber auch nicht richtig abgeschlossen, sondern nur einschnappen lassen. Woher wusste der Einbrecher, dass ich unterwegs war, grübelte sie. Das Handy war eingeschaltet. Handy orten – kann heute jedes Kind.

Nur langsam ließ ihr Kopf wieder klare Gedanken zu. Wenn nichts gestohlen wurde, dann war es kein Einbrecher. Er suchte nach Papier, nicht nach Fernseher, DVD-Recorder, Drucker, Computer. Computer? Sie fuhr ihn hoch. Die letzte verwendete Datei hatte den Namen »kochend«. Zeitlich davor lagen diejenigen, die sie heute Morgen vor der Turmbesichtigung bearbeitet hatte. Der Typ war am Computer. Noch keine zehn Minuten her, wenn die BIOS-Zeit am Computer richtig eingestellt war. Sie hatte sich nie darum gekümmert. Wer außer Kochendörfer sucht nach »Kochendörfer«? Aber er rauchte nicht, zumindest nicht in seinem Büro. Sie erinnerte sich aber auch an die leere Zigarrenspitze, an der er im »Doppelpunkt« gesogen hatte, als sie ihn zum ersten Mal sah. Was hätte er finden können? Sie hatte ihm alles gegeben, was sie hatte. Doch woher sollte er das wissen? Gab es noch eine zweite Kladde? Und weshalb sollte sie ihm so wichtig sein, dass er einen Einbruch riskierte? Der Fragenkatalog zum Interview, was wollte er damit? Immer wieder horchte sie, ob Geräusche aus dem Schrank kamen. Das wäre eine Gaudi, wenn sie ihn eingesperrt hätte. Aber sie hörte nichts Auffälliges.

Das Festnetztelefon klingelte. Der Kochendörfer wird doch nicht so unverfroren sein und sie jetzt noch anrufen. Es war Kötter.

»Frau Wallo, ich habe eine Bitte an Sie.«

»Bitten Sie!« Sie war nicht in Stimmung für Höflichkeiten.

»Sie sind kurz angebunden und halten nicht hinterm Berg, gehen direkt drauflos. Deshalb rufe ich Sie an.« Birgit verstand noch nicht. »Sie haben Frau Rübsam heute Morgen so – wie soll ich sagen? – so treffsicher behandelt. Ich möchte, dass Sie dabei sind.«

»Wo dabei?«

»Die Truppe, zu der Frau Rübsam gehört, diese ›Nachtschatten der Natur‹, wollen heute Abend kommen. Sie sehnen sich nach Kontakt, behauptet sie. Es sei ihre Aufgabe und so weiter.«

»Die gehen auf Gespensterjagd?«

»Nicht jagen, sie wollen nur mit ihnen sprechen.«

»Dann sollen sie mit ihren unerlösten Seelen telefonieren. Mumpitz!« Birgit hatte noch reichlich Zorn im Bauch. Wollte sie der Kötter wieder für seine Zwecke einspannen? Damit sie Werbung für seine Würstchenbude machte? Nicht mehr mit ihr!

Andererseits, so eine Gespenstertruppe kam ihr nicht jeden Tag vor die Linse. Journalisten haben normalerweise keinen Zutritt, wenn die Tür zum Jenseits einen Spalt geöffnet wird.

»Was sagt denn Frau Rübsam dazu? Sie wird begeistert sein, wenn ich auftauche.«

»Das gerade nicht, Frau Wallo. Ich habe es zur Bedingung gemacht. Nur wenn Sie dabei sein können, kann das Gespräch mit dem Jenseits oder was immer da an der Strippe hängt, stattfinden. Zuletzt hat sie notgedrungen zugestimmt.«

»Wann?«

»20 Uhr.«

»Ich komme.« Die Neugier hatte sie wieder einmal überrollt. Die Kötter-Kochendörfer-Geschichte wächst sich aus, stellte sie fest. Hoffentlich wirft sie auch etwas ab. Sie überzeugte sich mit einiger Mühe davon, dass ihre Entscheidung richtig war. Ich muss dranbleiben. Jetzt ist es auch eine persönliche Angelegenheit. Jede Information kann wichtig sein. Doch alleine wollte sie sich nicht unter die Jagdgesellschaft mischen. Niemand würde ihr hinterher glauben. Sie rief Ulf an. Er hatte Zeit.

»Bis acht könnte ich fertig sein. Wo bist du hineingeraten?«

»Frag mich heute Abend. Außerdem ist bei mir eingebrochen worden. Kann nicht drüber reden. Ich weiß nicht, ob jemand zuhört.«

Sie dachte immer wieder an ihren zugesperrten Schrank, aus dem sie noch keinen Laut gehört hatte.

Zum Thema Gespenster fand sie in ihrem Bücherregal wenig.

»Hat Sie der Kochendörfer geschickt?«, fragte sie wie im Selbstgespräch zwischendurch ihren Schrank, aus dem keine Antwort kam. »An Ihrer Stelle würde ich auch den Mund halten. ›Schnauze‹ sagt man doch in Ihren Kreisen. Feige sind Sie auch. Trauen sich nicht raus.« Sie gab sich mutig, weil der Schlüssel umgedreht war.

Im Internet las sie: »Gespenster« – 489 000 Webseiten ohne die Gespenstergeschichten. Das konnte dauern.

Was sollte sie mit Erkenntnissen von ostfriesischen Gespensterfachleuten anfangen wie: »Dabei gibt es viele Beweise für Geistererscheinungen. Denn sie treten keineswegs selten auf«; »Leider scheinen die Taten dieser Gespenster keinen großen Sinn zu haben. Entweder gehen sie umher oder verharren nur still an einem Ort und schauen.« Sie wiederholte es für den Schrank laut: »Entweder gehen sie umher oder verharren nur still an einem Ort; sie können durch Wände gehen, auch Schrankwände, vermute ich, hören Sie? – Schrankwände!« Sie gab es auf, ihren unsichtbaren Gast herauszulocken, und fragte sich, wie lange es dauert, bis ein Gespenst pinkeln muss.

Um sieben machte sie sich auf den Weg und verschloss ihre Wohnungstür ordnungsgemäß.

Birgit wartete am Pendlerparkplatz an der Autobahnabfahrt auf Ulf, den Frau Rübsam mehr leiden mochte als die beneidenswert junge Gans, die nichts begreift. Sie wollte ihr diese hochmütige Ignoranz nicht ungestraft durchgehen lassen. Doch nicht heute Abend, nahm sie sich fest vor. Wird alles in gespannter Stille ablaufen? Mussten die Gespenster mit Tischrücken angelockt werden? Oder schwebten sie freiwillig durch Fenster und Wände, um sich mit den Geistersehern einen unterhaltsamen Abend zu machen? Ihr Vater hatte gepoltert, wenn er von solchen Sitzungen hörte, besonders wenn sie sich anheischig machten, irrende Seelen zu erlösen, um ihnen endlich den Eingang ins Reich Gottes zu verschaffen. »Niemand kommt zum Vater denn durch mich«, zitierte er, »mehr braucht es nicht.«

So hatte sie zu Dämonen und Geistern eine Meinung, aber keine Erfahrung mit ihnen.

»Bevor es nicht dunkel wird, kommen sie sowieso nicht aus ihren Gräbern heraus«, entschuldigte Ulf seine überzogenen Minuten und stieg in ihr Auto um.

»Es sind Geister von Verstorbenen, keine untoten Vampire aus den Karpaten. Wir fahren in den armseligen Turm des Herrn Kötter, nicht ins Schloss des Grafen Dracula.«

»Du redest schon so besserwisserisch wie Tante Rübsam.«

»Sie hat ein Auge auf dich geworfen. Wenn du dabei bist, wird sie mich geduldiger ertragen. Hauptsache, wir erfahren etwas Neues, wenn auch nur aus der anderen Welt.«

Kötter und Frau Rübsam standen schon im Hof. Mit beiden Armen redete sie auf den Hofbesitzer ein, wobei sie, vermutlich nach jedem Satz, ihre umgehängte Handtasche nach hinten schubste.

»Nachhilfestunden in Sachen Metaphysik, der Ärmste«, kommentierte Birgit, solange sie noch weit genug von den beiden entfernt waren.

»Ich muss da nicht rauf. Mich haben sie bis jetzt nicht belästigt. Und ich lass den Geistern ihre Ruhe«, waren die ersten Worte von Kötter, die sie vernahmen.

»Das ist es doch gerade, Herr Kötter. Sie finden keine Ruhe. Glauben Sie, die machen das gerne? Jahre – was sag ich – Jahrhunderte irren sie von Reue und Selbstvorwürfen geplagt hinter kalten Mauern und in abgelegenen Waldstücken umher, manchmal sogar in den Wohnungen der Menschen.«

Ulf und Birgit stellten sich wortlos dazu.

»Früher, ja früher« – Frau Rübsam nahm ihre wissenschaftliche Beratungsaufgabe ernst –»da machte man ein großes Geheimnis daraus. Kinder sollten sich gruseln und Angst bekommen. Heute leben wir mit ihnen wie selbstverständlich und helfen ihnen, den letzten erlösenden Schritt in die jenseitige Welt zu tun. Sogar die Presse« – Frau Rübsam nickte Ulf freundlich zu – »schreibt darüber ganz ohne Scheu. Sie gehören zu unserem Alltag.«

Birgit vergaß ihren Vorsatz, ihre Zunge im Zaum zu halten, das Schauspiel zu genießen und ihr, wie es sich gehört, erst hinterher, wenn der Vorhang gefallen ist, eine zu klatschen. »Sie streifen im Haus herum, Herr Kötter, wie schwarze Kater und schnurren ins Sofakissen. Frau Rübsam hat recht. Haben Sie keine Angst. Gespenster sind Menschen wie du und ich.«

Ulf strafte sie mit einem ungewohnt wilden Blick. Kötter winkte nur ab. »Ohne mich.« Birgit erwartete das geharnischte Kontra von Frau Rübsam. Doch die zog nur wieder ihre Mundwinkel nach unten und fasste sich mit der flachen Hand an die Stirn. Birgit spürte, dass sie keine gute Figur abgab, und war froh, dass ein weiterer Gast zögernd über den Hof kam und sich vorstellte.

»Heigert. Ist das der Turm?«

»Seien Sie uns willkommen. Ich freue mich, dass Sie sich doch entschlossen haben zu kommen. Es hat mich sehr berührt.«

Birgit schätzte den leicht untersetzten, aber noch frischen Herrn im Anzug auf etwa sechzig. Den hellen Sommermantel trug er zusammengefaltet über dem Arm.

»Wir warten noch auf Frau Amado und Herrn Habermann. Ohne sie geht es nicht. Sie bauen die Brücke.«

Die anregende Unterrichtsstunde war unterbrochen. Kötter ging ins Haus und brachte ein Tablett Gläser mit Orangensaft, Waldmeisterlimo und Wasser. »Geht heute noch aufs Haus.« Ulf unterhielt sich mit Frau Rübsam. Kötter empfahl Herrn Heigert den Waldmeister. Birgit stand nur dabei und suchte mit den Augen die Straße ab.

Sie kamen zusammen im Auto. Herr Habermann führte eine schwarzgekleidete Dame, die an Alter und Fülle alle übertraf, an den rot-weißen Bändern entlang, mit tastenden Schrittchen in den geschotterten Hof. Auffallend ehrerbietig ging ihnen Frau Rübsam entgegen, lotste die Neuangekommenen in den Kreis und stellte vor: »Herr Kötter, der uns die Erlaubnis gab, Herr Schwarz von der Zeitung in Begleitung, Herr Heigert, den Sie vom Hörensagen kennen, Donna Francesca Amado und Herr Dr. Habermann. Er hat den Schlüssel, und unsere verehrte Frau Donna Francesca Amado öffnet das Tor. Gehen wir hinauf.«

Birgit ließ keinen Blick von der italienischen Serenissima, die mit ihren Tippelschritten das Tempo vorgab. Niemand überholte sie, und Kötter blieb zurück. Als Erste betrat sie auch die Treppe, nachdem sie sich das Chaos im Erdgeschoss angesehen hatte. Mit dem linken Fuß nahm sie die nächste Stufe und zog den rechten hinterher. Dicht hinter ihr sicherte Dr. Habermann ihren Aufstieg. Sie schwieg, und alle anderen schwiegen mit ihr. Selbst Birgit fühlte sich im Netz der stummen Grandezza befangen.

Kötter und Frau Rübsam hatten zuvor noch ein paar Stühle in den obersten Stock getragen und in Halbkreisen aufgestellt. In ihrem imaginären Mittelpunkt standen ein Sessel und davor ein Hocker. Donna Francesca ging auf den Sessel zu. Frau Rübsam musste keine Sitzordnung verkünden; wie selbstverständlich setzten sich Ulf und Birgit in die zweite Reihe, Frau Rübsam mit Herrn Heigert in die erste. Die Palaver-Atmosphäre, die auf dem Hof geherrscht hatte, war verflogen. Alle saßen jetzt andächtig wie in der Kirche.

Dr. Habermann blickte jedem im Kreis forschend ins Gesicht, nickte wohlwollend und begann: »Sie wohnen um uns und in uns, im Bösen wie im Guten. Wir gehen nicht zu ihnen. Sie kommen zu uns von der Nachtseite der Natur. Sie wissen alles aus unserer Welt. Wir kennen ihre Welt nicht, noch nicht. Donna wird uns wie beim letzten Mal die Augen öffnen für die Welt, die uns jetzt noch fremd ist. Ich bitte Sie, in den nächsten Minuten zu schweigen und den Geheimnissen aus der anderen Welt zu lauschen. Danach können Sie Fragen stellen.«

Er setzte sich auf seinen Hocker und wandte sich Donna Francesca zu, presste zunächst beide Handflächen an die eigenen Schläfen und nahm dann ihre Hand.

Das faltig gewordene Gesicht von Donna Francesca blieb starr auf den Doktor gerichtet, der nun beschwörend zu murmeln begann. Sie lehnte sich in ihrem Sessel zurück, ohne ihre Augen von Dr. Habermann abzuwenden. Aus der Brusttasche seines Jacketts nestelte er ein Kettchen hervor, an dem ein kleiner vergoldeter Schlüssel baumelte. Das Kettchen nahm er zwischen Daumen und Zeigefinger der rechten Hand und ließ das Schlüsselchen vor den Augen der alten Dame hin- und herschwingen. Birgit konnte von ihren Platz aus sehen, wie Donnas Pupillen dem tanzenden Schlüsselchen folgten und die Augäpfel heller wurden. Routiniert ließ Habermann das Kettchen in seine Brusttasche zurückgleiten, stand auf und beugte sich über die alte Dame, die zu schlafen schien. Mit Zeige- und Mittelfinger strich er ihr sanft von der Mitte der Stirn aus nach beiden Seiten über die Schläfen, die Wangen entlang bis zum Kinn. Er wiederholte die Striche mehrmals und sagte dann leise mit seiner sonorigen Stimme, die aber die minutenlange Stille wie eine Lautsprecheransage durchschnitt: »Donna, bist du dort?«

»Ja«, antwortete sie ruhig und sanft.

»Wo bist du?«

»Auf einem Fixstern weit über der Sonne, im neuen Jerusalem, allwo Gott eigentlich seine Wohnung hat. Jeder Stern hat seine Bewohner, und ist eine Welt. Unsere Erde ist gegen die ganze Schöpfung Gottes für nichts zu achten, und dem allem ungeachtet hat doch Gott uns Menschen lieb.«

Birgit notierte auf kleinen Zetteln mit. Von Schutzengeln war die Rede und von Krönchen, die die Seligen auf dem Kopf trugen. Sie würde ihre Kritzeleien hinterher wegwerfen, denn ihr mp3-Recorder lief schon seit zwanzig Minuten. Das brauchte aber niemand zu wissen.

»Ich werde in einen großen Raum geführt. Eine Frau, sie lächelt, kommt in ihrem grünen Sommerkleid auf mich zu. Sie sei Frau Heigert gewesen. Ich komme wieder, sagen Sie es ihm.« Herr Heigert in der ersten Reihe drückte sich den Mantel ins Gesicht. Tröstend legte ihm Frau Rübsam die Hand auf die Schulter.

»Philippa ist auch wieder hier. Sie winkt mir freundlich zu. Wir dürfen ihr demütig Fragen stellen.«

Frau Rübsam faltete ihren Zettel auseinander. »Können die Blinden im Neuen Jerusalem wieder sehen?«

Die Stimme Donnas veränderte sich. Sie wurde heller, eher die Stimme eines jungen Mädchens.

»Diejenigen Menschen, die auf unserer Welt körperliche Gebrechen an sich gehabt haben, zum Beispiel blind, bucklicht, lahm, krumm und so weiter. Die sind das (aber nur, wenn sie selig werden) nicht mehr, weil allda die Unvollkommenheit aufhört.«

Birgit hätte gerne noch länger zugehört. Doch von der Treppe waren Tritte und schwere Atemzüge zu hören.

»Ein Mensch – Seelen wiegen nur 21 Gramm«, flüsterte Frau Rübsam. Kochendörfer stand etwas verlegen auf den letzten Treppenstufen und wischte sich den Schweiß von der Stirn. Frau Rübsam winkte ihn heran und wies ihm einen leeren Stuhl zu.

Birgit dachte an ihren verschlossenen Schrank. Kochendörfer sitzt jedenfalls nicht drin. Er wird ja nicht so naiv sein und sich selbst die Hände schmutzig machen. Wozu gibt's Lakaien. Ulf beachtete Kochendörfer nicht. Er stellte seine schöngeistige Frage: »Sind Sie jemals Johann Wolfgang von Goethe begegnet, mit was beschäftigt er sich?«

»Wohl, wohl, dieser ist im Uranus als Lehrer«, berichtete die kindliche Stimme ernst und verständig.

Ulf schmunzelte in sich hinein.

Kochendörfer fragte nichts, schaute nur zu.

»In genau vierzehn Tagen bin ich wieder für dich da, liebe Donna Francesca.«

Dr. Habermann beugte sich über die ehrwürdige Dame und strich ihr mit den Fingern vom Kinn hinauf zu den Schläfen. Beim dritten Mal hob sie den Kopf, blickte um sich und lächelte. Sie war wieder die Serenissima.

Birgit trat mit Ulf aus dem Turm in eine klare Sommernacht. Die Nebelfetzen über dem Bach waren weiß und die Schatten, die der Mond zeichnete, schwarz. Sie standen wieder im Diesseits. Nicht ganz. Birgit hatte noch ein Problem.

»In meinem Schrank sitzt vielleicht ein Gespenst, in echt.«

Ulf lachte lauter als sonst. »Lass dich von der Rübsam nicht verrückt machen. Die spinnt, ist schon nicht mehr von dieser Welt.«

»Darum geht es nicht. Gehen wir ein paar Schritte.« Mit ihrer Taschenlampe leuchtete sie den Weg aus und berichtete Ulf etwas verlegen, dass jemand in ihre Wohnung eingedrungen sei, Telefonnotizen durchgestöbert, ihre Kochendörfer-Notizen angesehen und wahrscheinlich kopiert habe. »Das Foto von Erik hat der Einbrecher ins falsche Regal zurückgestellt. Er hat in der Wohnung nicht geraucht, aber seine Kleidung muss in Zigarrenrauch eingehüllt gewesen sein.« Sie tippte mit ihrem Finger an die Nasenflügel, was Ulf in der Dunkelheit aber nicht sehen konnte.

»Ich habe den Schrank abgeschlossen und bin mir jetzt nicht sicher, ob jemand drinsitzt. Bevor ich ins Bett gehe, hätte ich es gerne gewusst.«

»Kaum ist Erik weg, hüpfst du von einem Näpfchen in das andere. Wird Zeit, dass er sich nachhaltig um dich kümmert.«

»Ich komme gut alleine zurecht«, behauptete sie.

»Wie man sieht. Du machst dich lustig über die Geisterseher und hast Angst vor einem Gespenst im Schrank. Das ist die Strafe für deinen Unglauben.«

Ihr war es ernst. »Kannst du nachher kurz mit raufkommen? Wenn wir zu zweit den Schrank öffnen, packen wir ihn am

Schlafittchen und werfen ihn aus dem Fenster. Er fällt nicht hart, ist nur aus Nebel, wie du eben gehört hast.«

»Ich gehe mit. Das will ich sehen.«

Ulf untersuchte das Schloss an der Wohnungstür. »Keine Kratzspuren, mit einem Nachschlüssel aufgemacht oder bei deinem alten Schloss reicht primitives Einbrecherwerkzeug. Morgen ist ein neues Schloss fällig.«

Vorsichtig blieben sie an der Tür stehen und schalteten das Licht ein.

»Sieht aus wie vorher. – Komm, die Luft ist fast rein.« Sie deutete auf den Schrank. »Gepinkelt hat der Geist nicht.«

Ulf dachte nicht lange nach. Er drückte den Schrank an der Seitenwand hoch und setzte ihn wieder leise auf die Füße ab.

»Wenn es kein Liliputaner ist, wie du sagst, dann ist hier niemand drin. Überzeuge dich selbst.«

Birgit stemmte den Schrank nun ebenfalls vom Boden seitlich hoch und ließ ihn wieder absacken.

»Darauf hätte ich wirklich auch selbst kommen können. Typisch männlich-primitive, instrumentale Intelligenz im Dienst patriarchalischer Arroganz, damit wir als dumme Gänse danebenstehen und die Krone der Schöpfung bewundern sollen. Danke für die Lektion. Du bist ein Scheusal.«

Sie ließ sich mit schallendem Gelächter auf ihr Kleinsofa fallen, während er die Wohnung eingehend betrachtete.

»Ulf, lauf nicht aufgeregt rum, setz dich. – Du hast die Wahl: Tauber, Jagst oder Kocher.

»Dann Jagst. Die hat am wenigsten Wasser.«

Birgit holte eine Flasche aus ihrem Mini-Weinregal, das sie ihrem Weinhändler mit einem seufzenden Augenaufschlag abgeschwatzt hatte. Sie schenkte ein. Ein drittes Glas machte sie nur halbvoll.

»Eines für den unsichtbaren Gast. Wenn es in einer halben Stunde leer ist, haben wir verloren und müssen alles auf den Kehricht werfen, was wir in unseren Köpfen angesammelt haben.«

Nach dem ersten Glas schon sagte Ulf mit todernster Miene: »Willst du nicht endlich deinen Schrank öffnen?«

»Wir haben doch probiert. Da ist keiner drin.«

»Du hast nicht wirklich nachgesehen. Erinnere dich, was uns Frau Rübsam eingeschärft hat. Gespenster wiegen 21 Gramm.«

»Spinner. Aber sie können an zwei Orten gleichzeitig sein.«

Sie drehte den Schrankschlüssel zurück und trat zur Seite, wie eine Dompteuse. »Voilà, Geist des Kochendörfer, wir bitten zu Tisch!«

Der Schrank war, wie erwartet, leer. Nur die Kleider waren vom Hochstemmen etwas verrutscht.

»Ich hätte es dem Kochendörfer zugetraut«, sagte Ulf. »Menschen verändern sich weniger, als man gemeinhin glaubt. Die Umstände, die Kulissen ändern sich. Menschen wechseln die Masken, spielen aber immer das gleiche Stück im Original – als Remake und als Farce.«

»Ich möchte wissen, was er im Turm will und weshalb er ihn unangemeldet besichtigt hat, und vor allem, was er heute Abend dort wollte. Die Filmaufnahmen übermorgen könnten ihn interessieren. Man müsste ihn unauffällig hinlocken.«

»Ich wollte auch dabei sein. Film gehört schließlich zu meinem Ressort.«

»Dann könntest du …«

»Schon verstanden. Eine kleine Notiz über das kulturelle Highlight, mit dem für einige Stunden der Glamour aus Hollywood auf der Rückseite des Mondes zu Gast ist.«

»Wenn er das liest, wird er kommen.«

»Mond, Sterne? Was sollte eigentlich deine blöde Frage nach Goethe heute Abend an diese Donna, die sprach, als wäre sie ein zweihundert Jahre altes Kind.«

»Die Geisterseherin ist darauf hereingefallen. Ich wollte nur wissen, ob sie dasselbe Buch gelesen hat wie ich.«

»Verstehe ich nicht.«

»Musst du auch nicht. Gehört in die Abteilung Feuilleton.«

Sie brachen die Flasche von der Tauber noch an, aber tranken sie nicht mehr aus. Der Geist hatte sein Glas verschmäht.

»Birgit, mir gefällt die Sache nicht. Du hast eine offene Wohnung. Und es gibt ungeladene Besucher, die nicht durch Wände gehen können.«

Sie verstand sofort und verfinsterte ihr Gesicht nicht.

Er nahm es als Zustimmung.

»Eine Decke für das Sofa reicht mir. Ein Kissen vielleicht noch.«

»Nimm das vom Bett.«

Birgit war als Erste im Bad und richtete das Frühstück, solange Ulf unter der Dusche stand. Sie holte auch noch die Zeitung aus dem Briefkasten, damit ihr Sofagast seine eigenen Artikel noch einmal lesen konnte. Sie wollte sich bedanken.

Ulf las zuerst die Todesanzeigen, die nicht in sein Ressort fielen, aber den höchsten Neuigkeitswert hatten.

»Zwei sind jünger als ich.«

»Ich hoffe, es dauert noch, bis ich die Zeitung von hinten lese«, kommentierte Birgit.

»Es wird dann keine Zeitung mehr geben. Nicht mehr zum Frühstück, nicht mehr aus Papier.«

Es klingelte an der Tür.

Birgit sprang auf. »Die Post.«

Ein schmächtiger junger Mann im grauen Monteuranzug stand auf der Fußmatte und machte ein erstauntes Gesicht. Er suchte sichtlich nach Worten.

»Frau Wallo?«, fragte er vorsichtig an.

»Wer sonst?« Sie wartete.

Der junge Mann beugte sich zur Seite und suchte etwas hinter ihrem Rücken. »Ist Ihr Mann zuhause?«

»Der ist in Amerika.«

Der Jüngling grinste. »So kann man es auch sagen.«

»Sie kennen Erik? Dann kommen Sie doch herein.«

Als der Monteur Ulf mit der Zeitung am Kaffeetisch sah, stutzte er und blickte sich suchend um.

»Es ist noch etwas unaufgeräumt«, entschuldigte Birgit.

»Hat Erik bei Ihnen angerufen? Sollen Sie mir etwas ausrichten?«

Er antwortete nicht. Wie ihre Mutter, die Pfarrersfrau, Landstreicher und Bettler zu einem kräftigen Imbiss einlud, bat sie den verstörten und maulfaulen jungen Mann, Platz zu nehmen und kräftig zuzulangen.

Mit eckigen Bewegungen setzte er sich und suchte mit den Augen die Wände und das Bücherregal ab.

»Es geht mich ja nichts an. Ich will nichts Falsches sagen. Ich habe nur gestern Abend mein Werkzeug vergessen.«

Ulf und Birgit schauten sich an. Der Einbrecher kommt zurück und sucht sein Werkzeug. Das ist ein besonders blöder Einfall.

»Das haut mich um. Dann waren Sie auch der Räuber, der zweimal den Supermarkt überfallen hat und davongerannt ist, als die Kassiererin jammerte, weil sie ihren Finger in der Kasse verklemmt hatte.«

»Nein, nein, Sie verstehen nicht«, protestierte er verwirrt. »Sie sind nicht Herr Wallo?«

Kaltblütig, sie waren ja zu zweit, ging Birgit hinter dem Rücken des Handwerksburschen an ihre Besteckschublade und griff sich ein Brotmesser. Sie stellte sich hinter ihm auf, das Messer aufgerichtet in der rechten Hand. Mit den Fingern der linken tippte sie sich an die Stirn.

Ulf hatte zu viele Tatortkrimis gesehen. Er herrschte das verunsicherte Bürschchen an: »Ich stelle hier die Fragen. Was wollen Sie hier?«

»Nur mein Werkzeug«, brachte er schwach hervor.

»Waren Sie gestern Abend hier?«

Er nickte zögernd, obwohl er das längst zugegeben hatte.

»Nur mein Werkzeug«, wiederholte er und wollte aufstehen. Birgit drückte ihn von hinten auf den Stuhl zurück, ohne ihm das Messer zu zeigen.

»Hiergeblieben.« Sie fiel in den barschen Ton von Ulf ein. »Kennen Sie diesen Schrank?«

»Ja, das war das leichteste.«

»Du gibst es zu«, brüllte ihn Ulf an. Birgit hatte ihn noch nie so brüllen hören. Das konnte nicht echt sein. Der Feuilletonredakteur spielte Theater.

»Du warst da drin?«

»Nein.«

»Ja, nein, ja, nein, ein bisschen genauer darf es schon sein. Raus mit der Sprache.«

Hilfesuchend blickte der junge Mann zu Birgit zurück und sah das Messer.

»Nicht«, rief er voll Angst. »Nicht ich, Herr Wallo ...«

Ulf ließ ihn nicht ausreden. »Ich bin nicht Herr Wallo.«

»Ja, ich weiß.«

»Woher willst du das wissen, du mickriger Einbrecher.«

»Herr Wallo ist dick.«

Ulf blickte zu Birgit hoch. »Dann von Anfang an. Wer hat dich hierhergeschickt?«

»Niemand. Herr Wallo hat mich geholt, mich angerufen.«

Ulf blickte noch einmal zu Birgit hoch und signalisierte Entspannung. Auch sie hatte bemerkt, dass hier nicht ein gewalttätiger Bösewicht saß, sondern ein verstörter Monteur, dem mit Streicheleinheiten mehr zu entlocken war als mit dem Holzhammer. Birgit setzte sich an den Tisch und machte die Gute.

»Wir wollen in Ruhe miteinander reden, wie erwachsene Menschen. Lassen Sie Ihren Kaffee nicht kalt werden. Wir haben Zeit.« Sie legte das Brotmesser quer auf den Tisch und stülpte ihre Unterarme darüber. »Erzählen Sie. Gestern Abend hat Sie jemand angerufen. Wann ungefähr?«

Der Handwerker zog sein Notizbuch aus der Brusttasche.

»19.21 Uhr, ich soll zu Wallo in die Haydnstraße 13 kommen, unten sei sicher noch auf, das Schloss in der Wohnungstür im zweiten Stock öffnen. ›Meine Frau hat mich aus Versehen eingeschlossen‹, hat er gesagt. Mit dem Schloss kam ich zurecht, altes Modell. Aber Herr Wallo war nicht da. Er saß in diesem Schrank und klopfte. Das war leicht. Der Schlüssel steckte noch. Seine Frau ...« – er blickte Birgit unsicher an und begann einen neuen Satz. »Ich habe Herrn Wallo ...« Er zögerte wieder und wandte sich Ulf zu. »Das sind nicht Sie gewesen, auch alt, aber kräftiger.«

Beim Wort »alt« verzog Ulf abschätzig die Mundwinkel nach unten.

»Und dann?«

»Er hat bezahlt. Eine Rechnung brauchte er nicht, und gab dafür gutes Trinkgeld. Er hatte es eilig, wollte schnell seiner Frau hinterherfahren, wohin, hat er nicht gesagt. Er rannte fast aus der Tür. Dabei habe ich mein Werkzeug vergessen.«

Seine Augen suchten es immer noch.

Ulf mimte weiter den Bösen, kehrte aber wieder zum »Sie« zurück.

»Sie tischen uns hier eine abgedroschene Großstadtlegende von einem Mann im Kleiderschrank auf und erwarten, dass wir so etwas glauben.«

»Wenn's aber wahr ist.«

Langsam glaubte auch Ulf daran.

»Zeigen Sie Ihr Handy.«

»Gebe ich nicht aus der Hand«, sagte der Mechaniker trotzig, »Was wollen Sie wissen?«

»Die Nummer von Herrn Wallo. Aufschreiben!«

Birgit holte einen Zettel. Der Bursche schielte auf das zurückgelassene Messer. Ulf zog es an sich. Birgit grabschte nach dem Zettel mit der Telefonnummer und tippte die Ziffern ein. Niemand meldete sich.

»Bei wem sind Sie beschäftigt?«, fragte Ulf weiter.

»Beim AAAA-Schlüsseldienst, damit wir im Telefonbuch ganz vorne stehen.« Er zog einen Firmenausweis aus der Tasche mit Foto.

Ulf kontrollierte, ob Original und Bild hinlänglich übereinstimmten. Offensichtlich saß vor ihm kein Täter, sondern ein zufälliges Opfer. Ein gewisser Norman Bleicher.

»Dann wollen wir doch mal das vergessene Werkzeug suchen, Herr Bleicher.«

Auf dem Schrank, im Regal, im Bad war es nicht. Schließlich fiel es ihm ein. Von der Ablage über der Garderobe zog er eine Zange und ein eigentümliches Gerät, wie Ulf noch nie eines gesehen hatte.

Der junge Handwerker fing den fragenden Blick auf. »Eine Spezialanfertigung unserer Firma, ist noch in der Probe. Deshalb musste ich heute Morgen sofort kommen. Ich wusste ja nicht, dass es so kompliziert wird.«

Ulf zeigte Birgit das Gerät. »Gehört mir nicht, gib es ihm. Wahrscheinlich hat er nicht gelogen.«

Ihr Handy spielte »Alle Vögel sind schon da«. Ulf hörte gespannt zu.

»Es ist nichts Wichtiges. Ich wollte Ihnen nur sagen, dass am Freitag im Turm eine Filmszene gedreht wird, falls es Sie interessiert. Sonst ist alles wohlauf. Kötter eröffnet am Freitag seine Wurstbude.«

Birgit lachte etwas gequält. »Freut mich – dann bis Freitag.« Sie nickte Ulf zu. »Er war es.«

Der Schlüsseldienstmitarbeiter wollte sich nach diesem Verhör mit Folterandrohung schnell verabschieden. Birgit hatte ein schlechtes Gewissen. Zumindest eine kräftige Entschuldigung wäre angebracht, oder noch besser ein Auftrag.

»Herr Bleicher, wie schnell können Sie ein neues Schloss einsetzen? Eines, das man nicht mit einem Stück Blech aufdrücken kann.«

Der Fachmann besah sich den Schließmechanismus. »Eigentlich brauchen Sie eine neue Tür. Habe ich nicht. Aber ich kann Ihnen ein deutlich besseres Schloss einbauen, ein bisschen hilft es. Zwanzig Minuten?«

Wie umgewandelt wuselte der Handwerker zu seinem Auto, kam mit dem Werkzeugkasten zurück, bohrte, schraubte, probierte. Ja, er wurde sogar witzig, als er vom Flur aus den letzten Schließtest machte.

»Jetzt könnte ich Sie einschließen, und Sie könnten mich wieder anrufen.«

Als sich Birgit nach aufgerundeter Barzahlung im Flur von ihm verabschiedete, schwoll ihm der Kamm noch mehr.

»Sie mögen eifersüchtige alte Herren? Da hat unsereins natürlich keine Chance.«

Birgit schluckte, antwortete aber nicht. Der Unschuldige hatte sich diesen Satz, der ihn ein wenig aufrichtete, hart verdienen müssen.

»Kochendörfer saß im Schrank«, johlte Birgit, als sie zum unterbrochenen Frühstück zurückkehrte. »Den ganzen Nachmittag, bis die Gespensterstunde im Turm begann. Seine Blase möchte ich haben. Zum Lachen: Ich sitze im Schrank im Turm, während er am Tisch sitzt. Er schleicht sich bei mir ein, sitzt im

Schrank und verschwindet wieder. Clever hat er sich daraus befreit, das halte ich ihm zugute. Er musste noch in die Gespenstersitzung kommen, um sich ein Alibi zu verschaffen. Aber warum geht er überhaupt ein solches Abenteuer ein?«

»Du hast sein Notizbuch kopiert. Davon musste er ausgehen. Kochendörfer suchte es auch auf dem Rechner.«

»Hätte er lange suchen können. Ich habe es immer noch auf der Speicherkarte im Fotoapparat. Du hast mitgehört: Kochendörfer kommt am Freitag zum Turm. Die Ankündigung in der Zeitung ist hinfällig geworden.«

»Wir sind in einer guten Position«, analysierte Ulf. Er schien beruhigt. »Wir wissen mehr, als er ahnt. Wenn er es so spannend macht, steckt mehr dahinter. Dieser Karlo. Und er weiß jetzt, dass wir unter einer Decke stecken. Bestimmt glaubt er, ich hätte dich auf seine Spur gehetzt.«

»Steckt noch mehr dahinter bei euch beiden? Sind noch alte Rechnungen offen?«, fragte Birgit skeptisch.

»Nicht von meiner Seite«, antwortete Ulf, womit er weitere neugierige Nachfragen erst einmal unterbunden hatte.

Der Donnerstag war für Birgit ein Ruhetag, um die Pfennigaufträge abzuarbeiten: eine Firmenfestschrift stilistisch aufschwurbeln, die Gebrauchsanweisung für eine Kaffeemaschine in Hausfrauendeutsch übertragen und mit der Steuererklärung beginnen, die in Zukunft komplizierter werden würde. Um vier Uhr warf sie sich aufs Bett und starrte an die Decke, drehte den Kopf zum Schrank und zu Eriks Foto hin, das wieder auf ihrer Augenhöhe stand. Seit sie wusste, dass Kochendörfer der Eindringling war, fühlte sie die Ohnmacht nicht mehr so erdrückend. Der fremde Übergriff hatte einen Namen. Kochendörfer auf der Suche nach seinem Tagebuch aus peinlicher Zeit – daraus lässt sich doch etwas machen. Kein kurzer Zeitungsbeitrag, sondern eine lange Reportage mit Überraschungen. Die Chance lag so nah. »Kochendörfer, du bist ein dicker Schatz. Ich kann dich heben.« Sie sprang vom Bett auf und begann zu tippen, freihändig, freiwillig, übermütig.

Freitag früh kündigte sich Heimatfilmwetter an. Birgit wollte dabei sein, wenn am Turm das mobile Filmstudio anrollte und sich die Schaulustigen drängten. Seit sie ohne Auftrag an der Geschichte des doppelten Lebens Karlo Kochendörfers schrieb, sah sie Kötter und selbst Ulf, die Rübsam und auch Kochendörfer aus neuer Perspektive. Sie waren menschliche Figuren auf einem riesigen Schachbrett geworden, die sich zwar selbst bewegten, deren Züge aber, so glaubte sie, ausgedachten Strategien folgen, um ihre Reportage spannend zu machen. War das der Hecht, von dem sie geträumt hatte, der Delphin, der sie auf dem Rücken in die Welt hinaustragen würde? So hoch flogen ihre Träume schon nicht mehr. Das Schreckgespenst »Gerichtsvollzieher an der Wohnungstür« zu verscheuchen, war ihr inzwischen Zukunftshoffnung genug.

Obwohl nur eine kleine Szene gedreht werden sollte, hatte sich vor dem Turm schon der erste Kamerakran aufgereckt. Vier Lkw und ein Kleinbus mit den Komparsen standen an der Straße. Einige kleine und auch mittlere SG-Zelte, die sie aus Zeltlagern kannte, waren auf dem Hof verstreut aufgestellt. Tonassistenten trugen ihre Mikrofonangeln wie Monstranzen vor sich her, und die Kabelhelfer trotteten mit ihrem Dolly hinterher. Der segeltuchbezogene Regiesessel stand noch verwaist auf dem neuen Pflaster. Drei Megafone bekämpften einander und regten die Truthähne im Stall auf. Der Filmtiertrainer spielte mit seinem Hund. Gelbe Overalls bastelten an einem Trampolin oder Sprungtuch, das sie an den Turm heranschoben. Ihr Megafon rief den Mann mit der Säge in Schutzkleidung und Ohrenschützern, um Holunder am Gemäuer abzurasieren. Kötter würde sich nur zurückhaltend darüber freuen. Der Gaffer, der Oberbeleuchter, brachte seine Scheinwerfer in Stellung.

Birgit suchte nach bekannten Gesichtern, fand aber keine. An der lauten Stimme und den herrschsüchtigen Gesten erkannte sie den Regisseur. Sie steuerte auf ihn zu und stellte sich vor.

»Fotos machen wir selbst. Sie können welche von uns haben.«

Damit war sie schon in die erste Falle getappt. Sie bedankte sich artig für das vermeintlich großzügige Angebot und überlegte, wie sie ihre eigenen Fotos unbemerkt in den Kasten bringen könnte.

»Die Prominenz sitzt drüben im Zelt drei bei den Visagisten. Versuchen Sie dort Ihr Glück und lassen Sie uns weiterarbeiten. Wie war der Name?«

»Wallo.«

»Ich meine die Zeitung.«

»Anzeiger.«

»Danke. Stolpern Sie nicht über die Kabel.«

Sie flüchtete außer Rufweite. Ulf war immer noch nicht zu sehen. Er war der ewige Zuspätkommer. Nicht so Frau Rübsam, die schon aus dem Turm trat. Ihre Haare waren durcheinander geraten, als hätte sie auf einem der Bettroste übernachtet.

»Dass Sie sich noch einmal hertrauen, altklug und materialistisch.«

Birgit ließ sie kaum ausreden. Von dem kurzen Gespräch mit dem Regisseur war sie noch etwas angefressen und suchte in ihrem Kommunikationswerkzeugkasten nach einer glühenden Zange. »Verehrte Frau Rübsam«, unterbrach sie, »mir scheint, Sie waren schon als Kind immer etwas kindisch.«

Die Geisterseherin machte auf dem Absatz kehrt und lief der Straße zu.

Na bitte, sagte sich Birgit. Es wirkt noch immer. Jetzt hat sie etwas zum Nachdenken. Wenn ich mir schon keine Freunde machen kann, mache ich mir eben ein paar Feinde.

Der glattrasierte Kopf des jungen Location Scout Tommy kam ebenfalls aus dem Turm und stracks auf Birgit zu, die ihm wie eine Rose in einem Meer von Gänseblümchen trotz seiner Schneebrille ins Auge stach. Das schwarze Stretchband markierte den Äquator seines matt glänzenden Kopfes.

»Ich hab es gewusst: Der Film lässt Sie nicht mehr los. Da liegt Ihre Zukunft.«

Sie ärgerte sich, dass sie seine Augen nicht sehen konnte, wenn er sprach.

»Heute wieder auf dem Weg zum Nanga Parbat, Herr Staudinger?«

Er ging nicht wie Frau Rübsam sofort seiner Wege, sondern lachte erfrischend und nahm es wohl als Zeichen für ihr Interesse an einem weltgewandten jungen Mann aus der Filmbranche.

»Meine Rede: Sie passen zu uns. Bleiben Sie mir auf den Fersen. Mich kennt man hier. Sie noch nicht.«

»Tommy!«, rief ihm der Regisseur über den Platz zu. »Top Location. Passt genau.« Er hob den Daumen wie Kaiser Nero im Kolosseum, wenn er gut gelaunt war. »Die Komparsen im Bus könnte man mit einem Kaffee besänftigen. Danke, dass Sie das übernehmen.«

»Von Murnauer gibt es nicht einmal die Streicheleinheiten gratis«, bemerkte der Scout.

»Beim Film geht's zu wie überall in der Welt«, stichelte Birgit. »Turm schlägt Läufer, und gleich wird der Läufer den Bauern bedrängen.«

»Genau, Frau Wallo. Ganz genauso! Dort drüben steht er.« Jetzt erst sah Birgit, wie Kötter mit Kochendörfer heftig am Übergang von der Straße zum Hof gestikulierte. Sie ließen sich nicht stören, und Tommy musste mit seiner Kaffeebestellung eine Sprechpause abwarten.

»Ich schlage Ihnen einen Plattenweg vor«, hörte Birgit den Bauunternehmer. »Wer an der Straße anhält, trampelt durch die Wiese. Es ist Ihre Wiese, Herr Kötter.«

»Können diese Phlegmatiker nicht die fünf Meter im Bogen über den neu angelegten Kiesweg gehen? Das ist doch nicht zu viel verlangt.«

»Herr Kötter, zehren Sie von meiner Erfahrung. Sie unterschätzen die fußläufige Umwegempfindlichkeit des Publikums. – Oh, die Presse ist auch da. Frau Wallo, ich grüße Sie. Danke für den Hinweis. Wie Sie sehen, hält mich die Arbeit vom Vergnügen ab.«

Birgit schätzte ab, wie eng es ihm bei seiner Fülle in ihrem Schrank geworden sein mochte. Geschah ihm recht, dem Einbrecher. Sie genoss es, davon zu wissen, ohne dass er wusste, dass sie es wusste.

Tommy holte die Komparsen aus dem Bus. Wie vom Fachmann vorhergesagt, sparten sie sich die fünf Meter und trampelten über die kleine Wiese zur Terrasse.

Kötter war überzeugt. »Dann legen Sie eben die Platten, Herr Kochendörfer – ich werde in der Gastronomie gebraucht.«

Den besten Überblick kann ich behalten, wenn ich die Spieler beieinanderhalte, dachte sich Birgit und wandte sich an Kochendörfer.

»Ich lasse mich vom Scout führen, von Herrn Staudinger, dem Bergführer mit alpiner Erfahrung, wie Sie sehen. Er wird uns vieles erklären können.«

Damit war der Bauunternehmer eingeladen. Tommy schien nichts dagegen zu haben.

»Darf man sich anschließen?« Frau Rübsam fragte eindeutig Herrn Staudinger, den Pfadfinder. Wie ein Geist hatte sie sich herangeschlichen. Sie ignorierte Birgit in der irrigen Annahme, sie damit zu strafen. Es fehlte nur noch Ulf.

Die Türen im Untergeschoss standen offen. Sie waren zu öffentlich einsehbaren Garderoben geworden. Im Vorraum, wo einst der Tisch für die kargen Mahlzeiten stand und die Klangschale ertönte, hatten die Filmleute dem unsäglichen Durcheinander mit ihrer Ausrüstung eine dritte archäologische Schicht übergestülpt, die nur Birgit und Kochendörfer auseinanderhalten konnten.

»Wir drehen oben«, entschuldigte Tommy den Vandalismus seiner Kolleginnen und Kollegen.

»Die Sense und die rostige Sichel noch rauf in den Dachstuhl.«

Die Stimme des Bestimmers war unverkennbar. Birgit lief ein Schauer der Widerspenstigkeit über den Rücken. Solange er noch außer Sichtweite war, fotografierte sie die Räume zum dritten Mal. Die kleine Gruppe, die der Scout hinter sich herzog, drückte sich an die Wand, um die Helfer mit den rostigen, aber immer noch spitzen Gerätschaften vorbeizulassen.

»Was wollen die denn hier?«, fauchte Regisseur Murnauer Tommy an, als er die schaulustige Truppe die Treppe heraufkommen sah.

»Presse und wissenschaftliches Beratungsteam«, gab Tommy so prompt zurück, dass selbst dem Alphamännchen eine Antwort schwerfiel.

»Meinetwegen, aber nur kurz. Wir dürfen doch hoffentlich weiterarbeiten?«, setzte Murnauer ironisch hinzu.

Aus dem Barchent hing noch das Stroh, das Kochendörfer vor ein paar Tagen herausgerissen hatte. Der Schrank stand wieder offen. Auf dem Tisch hatte der Regisseur seine Papiere ausgebreitet. Dazwischen sammelte sich Gerümpel an.

»Ist der Kran schon da?«, bellte seine Stimme.

»Eben angekommen.«

»Wir schieben den Balken durch das Fenster herein.«

Die Zuschauer versuchten, nicht im Wege zu stehen, und drückten sich in die Nischen.

Ulf nahm zwei Treppenstufen auf einmal. Kötter hatte ihn hinterhergeschickt und zur Eile gedrängt. Er entschuldigte sich für seine Verspätung, obwohl es gar keine Terminverabredung gab.

Wieder dröhnte Murnauer: »Kann mal jemand endlich das andere Fenster ganz öffnen?«

Durch zwei Fenster kam Licht. Am dritten fummelte ein junger Mann aus der Stadt an der ihm unbekannten Technik des Fensterladens. Er scheiterte mit seinem Versuch, den zweiten Ladenflügel zu öffnen. Hausfrau Rübsam kam ihm mit mütterlicher Besserwisserei zu Hilfe.

»Lassen Sie mal, junger Mann, Fenster sind Frauensache.« Sie rüttelte, suchte oben und unten nach Hebeln und Griffen. Auch sie war bald mit ihrem Küchenlatein am Ende. »Altes Glump, als ob jemand den Laden zuhalten würde.«

»Darf ich mal?« Zögernd kam Kochendörfer aus seiner Nische hinter dem Schrank hervor. Mit einem zielsicheren Handgriff zog er einen verborgenen Stift aus dem Scharnier und drückte den Fensterladen nach außen.

»Na endlich, wir wollen Weihnachten fertig sein. Danke, Herr … Wer sind Sie überhaupt? Wo bleibt der Kran mit dem Balken?« Murnauer erwartete von Kochendörfer keine Antwort. Bis sich der Bauunternehmer eine Funktion ausgedacht hatte, mit der er seine Anwesenheit erklären konnte, hing der Regisseur mit seinem Oberkörper schon weit aus dem Fenster. »Herrliche Luft. Hier drin stinkt's irgendwie.«

Frau Rübsam suchte triumphierend Blickkontakt mit Birgit, womit sie sagen wollte: »Sehen Sie, Sie dumme Nuss, er riecht es auch, das unverkennbare Fluidum der ewigen Finsternis.«

»Jetzt den Balken, mit der Spitze zuerst, waagerecht hereinschieben, aber vorsichtig, hier sind Menschen, zu viele Menschen.«

Die überflüssige Zuschauertruppe machte aber keine Anstalten zu verschwinden.

»Hier?«, fragte Ulf im Flüsterton, nachdem er sich vergewissert hatte, dass Frau Rübsam seinen Studienfeind Kochendörfer in ein Gespräch gezerrt hatte. Birgit nickte und wies fast unmerklich mit dem Kopf auf den Strohsack.

Vor dem Fenster schwankte ein zugespitzter Balken unschlüssig hin und her. Erst bekam der Fensterladen etwas ab. Beim nächsten Versuch blieb er in einer Angel hängen.

»Nochmals!«, schrie der Meister des Films. »Mit Schwung, aber genau!«

Das Holz am Fenstersims splitterte.

»Schon besser!«

Beim dritten Anlauf lag der Balken wie ein neugieriger Hausierer im Fensterrahmen.

»Alle anpacken und reinziehen, mit Schmackes, auf drei«, kommandierte Murnauer.

Bei vier hatte der angespitzte Balken die gegenüberliegende Wand, die Kochendörfer an jenem Abend abgeklopft hatte, durchstoßen. Sie war nicht mehr als eine doppelte Gipsplatte gewesen und von einer Tapete und einer Plastikhaut überzogen.

»Halt! Halt!«, rief der Regisseur wütend, aber zu spät. Die Wand hatte nicht nur ein Loch. Sie war halb eingedrückt.

»Dann weg mit dem Gipszeug.« Der Meister legte selbst Hand an.

»Riechen Sie was, Frau Wallo?«, rief die Rübsam dazwischen. »Oder ist Ihre Nase zugewachsen?«

»Riechen? Es stinkt!?«, rief der Regisseur und riss ein weiteres Stück Wand ab. Plötzlich hielt er inne und steckte den Kopf hinter die Gipsplatte.

Die Umstehenden warteten, schon etwas gelangweilt wegen der misslichen Verzögerung, die der Schaden an der Wand verursacht hatte. Sie wollten sehen, wie es beim Film zugeht, nicht, wie ein Haus eingerissen wird. Frau Rübsam presste sich ein weißes Tuch auf den Mund.

Den Kopf noch halb hinter der Wand, schrie der Regisseur plötzlich. »Raus, alle raus, sofort!«

»Was ist?«, fragte Kochendörfer. »Können wir Ihnen helfen, haben Sie sich verletzt?«

»Raus, ihr Idioten, alle raus«, wiederholte er, ohne ins Zimmer zu blicken. Er hustete.

Birgit behielt, zu ihrer eigenen Überraschung, kühles Blut und ließ sich nicht von dem erregten Gebrüll einschüchtern. Wenn jemand ausrastet, gibt es was zu schreiben und zu fotografieren. Mit dreihundertmal geübten Handgriffen stellte sie ihre Kamera ein, schlich sich an den Regisseur heran, hielt den Fotoapparat ins Dunkel und drückte den Auslöser. Murnauer schrie im Blitzlicht noch einmal auf, riss seinen Kopf aus der Wand zurück und schleuderte Birgit so hart und unerwartet zur Seite, dass sie zu Boden fiel. Ulf sprang auf sie zu und half ihr, wieder auf die Beine zu kommen.

»Was fällt Ihnen ein? Sind Sie verrückt geworden?«, schrie Ulf nun seinerseits in das entsetzte Gesicht des Regisseurs, das die Farbe gewechselt hatte.

»Gehen Sie endlich«, sagte der langsam in einem Ton, der weder Fragen noch einen Widerspruch zuließ. »Das ist eine Sache für die Polizei.«

»Ich habe es gespürt. Da stimmt etwas nicht. Ich will es sehen.« Frau Rübsam ging auf Murnauer zu, der sie aber von der Wand zurückriss. »Nicht hinsehen!«, befahl er, aber schon mit einer Bitte im Unterton.

»Mich haut es nicht so schnell um«, drängelte nun auch Kochendörfer heran.

Murnauer herrschte ihn an. »Wenn Sie helfen wollen, stellen Sie sich unten vor die Tür und lassen Sie niemanden herein, bis die Polizei da ist. Wir gehen jetzt alle runter.« Er wartete, bis alle auf der Treppe waren, und rief die 110 an. »Ja, das gesamte Programm. Ich habe mal einen Krimi gedreht. Ich weiß, wie es bei euch zugeht.«

Dann verließ auch er den Turm. Kochendörfer, der beflissen den Eingang bewachte, nickte er wie einem diensteifrigen Statisten zu und beantwortete ihm eine nicht gestellte Frage.

»Schädel, ohne Augen, scheußlich, dunkel und schwarz, eingemauert. Mir wird schlecht.«

»Und Sie sind sicher, dass es kein Gag der Requisite und der Maskenbildner ist?«

»Ich kann zwischen Kriegsbemalung und echter Mumie unterscheiden, glauben Sie mir.«

Murnauer ging mit eiligen Schritten auf Kötters Ausschank zu.

Nach dem ersten doppelten Obstler zog Murnauer den Turmbesitzer in die Küche und setzte ihn ins Bild. »Den stark Untersetzten mit Krawatte habe ich vor die Tür gestellt.«

»Sie machen Witze, der Kochendörfer steht Wache?«

»Mir ist schlecht. Ich mache keine Witze.«

»Mit einer Zahl auf diesem Bierdeckel und seiner Unterschrift könnte er den ganzen Hof, den Turm mitsamt der Bescherung da oben sofort kaufen. Er braucht keine Kredite. Er hat Kredit.«

Murnauer verzog das Gesicht und ließ nachschenken.

»Fettnäpfchen, voll reingetreten. Egal. Rollenwechsel ist die Seele des Films.«

»Die Leiche?«, wollte Kötter wissen. »Wie alt, sagen Sie, wie alt?«

»›Im Bericht – nicht vor morgen früh‹, bruddeln die Leichenbeschauer in unseren Filmen. Ich kann den Satz schon nicht mehr hören. Es muss Jahre her sein. Die Augenhöhlen sind leer und schwarz.«

Als Birgit und Ulf aus dem Turm traten, bogen sie sofort um die Ecke und suchten sich ein Gebüsch, hinter dem sie sich verstecken konnten. Birgit ging noch zur nächsten Eiche, um sicher zu sein, dass niemand sie belauschen konnte.

»Was ist auf dem Foto, das du eben gemacht hast?«

»Ulf, hetz mich nicht. Ich habe es selbst noch nicht gesehen. Ich habe nur draufgehalten.«

In der Sonne konnte sie auf dem Display der Kamera wenig erkennen und suchte Schatten.

»Jetzt sehe ich es. Die Augen sind hohl, ausgetrocknet, ausgefressen.« Birgit starrte auf das Foto und berichtete abgehackt. Sie reichte den Fotoapparat an Ulf weiter.

»Abgemurkst und eingemauert. Wer ist das? Wer war das? Es könnte auch eine Frau sein.«

»Haben Totenköpfe ein Geschlecht?« Birgit tastete ihre eigenen Gesichtsknochen ab. »Ich will gar nicht daran denken.«

»Bleib bei der Sache, Kollegin. Das ist keine Komödie. Wenn er eingemauert ist, war es Mord. Von uns war's keiner, auch nicht von den Filmleuten. Die Leiche ist alt. Du warst vielleicht noch gar nicht auf der Welt, als der dort oben sie verlassen hat. Der Kötter ist dran. Den werden sie gleich mitnehmen. Er hat sich aus gutem Grund vor der Geisterstunde gedrückt.«

»Ulf, Ulf, wo bleibt dein psychologisches Gespür?« Birgit hatte sich wieder etwas gefasst. »Wieso sollte der Kötter ein Filmteam in den Raum lotsen, wo er vor Jahren eine Leiche entsorgt hat? Dass er den Turm in den letzten Jahrzehnten stillgelegt und nicht mehr vermietet hat, spricht gegen ihn, zugegeben. Aber er ist weder dumm noch vergesslich.«

»Halb akzeptiert.« Ulf überlegte. »Aber du vergisst, dass manche Verbrecher die Polizei mit der Nase auf ihr Mordopfer stoßen, um endlich erwischt und bestraft zu werden. Sie halten die Schuld und das schlechte Gewissen nicht mehr aus, und glauben, dass sie dann endlich wieder durchschlafen können.«

»Aus Romanen kenne ich das auch. Aber im Gerichtssaal kommt das doch eher selten vor. Warum sollte Kötter sich mit sichtlichem Eifer in seine neue Unternehmung mit der Terrassengaststätte stürzen, wenn er gleichzeitig alles daransetzt, endlich hinter Schloss und Riegel zu kommen. Nein, Kötter scheidet für mich aus. Du vergisst unseren gemeinsamen Freund Kochendörfer. Erinnere dich. Ich habe dir doch erzählt, wie er in jener Nacht auf seiner Besichtigungstour im Dachzimmer war. Ich habe gehört, wie er an die Wand gepocht hat. Es klang hohl. Er hat untersucht, ob das Versteck noch sicher ist. Er wollte den Turm kaufen, um sein Opfer unauffällig beim Großreinemachen zu entsorgen. Du hast selbst erlebt, wie wichtig es ihm war, dass niemand weiß, dass er vor vierzig Jahren schon einmal in diesem Zimmer gewohnt hat. Nicht einmal vor einem Einbruch schreckte er zurück. Er war in der kurzen Geisterstunde und musste heute dabei sein, um zu sehen, ob sein Versteck gefunden wird. Und ich habe ihn auch noch dazu eingeladen. Der Mörder mischt sich unter die Schaulustigen und spielt den Harmlosen. Das kommt häufiger vor, nicht nur bei pyromanen Feuerwehrleuten.«

»Ich mag ihn nicht«, sagte Ulf, »aber ich wünsche ihm nicht, dass er es war.«

»Der Mord steht nicht im Notizbuch. Trotzdem. Vom Tagebuch führt eine Spur zu ihm. Deshalb riskierte er einen Einbruch, kam selbst und schickte keinen Lakaien.«

Sie traten hinter der Eiche hervor und kamen, wie ein Liebespaar, das sich eine kleine Auszeit genommen hat, um die Ecke des Turms. Die Polizei war noch nicht angerückt.

»Das kann dauern, bis die Blauen kommen. Der Mordkommission gebe ich vierzig Minuten drauf«, sagte Ulf, während Birgit ihren Voice-Recorder anschaltete und in ihrem Jackentäschchen verbarg.

»Vielleicht können wir etwas aufschnappen.«

Kochendörfer bewachte noch den Eingang. Ulf machte einen Bogen um ihn. Aber Birgit wollte gerade ihm nicht aus dem Wege gehen.

»Nur wegen eines stinkenden Marders macht der Filmchef ein solches Gedöns – oder ist das die Art, wie man beim Film eine Frühstückspause ankündigt?«

Kochendörfer war verdutzt. »Haben Sie einen Marder auf dem Display Ihrer Kamera? Darf ich mal sehen?«

»Fast nichts zu sehen, alles ziemlich schwarz – könnte auch eine tote schwarze Katze sein. Frau Rübsam hat sicher eine.« Birgit zwickte der Übermut. Sie suhlte sich in dem Wonnegefühl der Überlegenheit gegenüber dem großen Baumogul, der ernst blieb.

»Ich wollte, Sie hätten recht, aber Murnauer hält das, was ihn so erschreckt hat, für eine kohlrabenschwarze Mumie. Die große Täterä wird bald hiersein.«

»Sie meinen, es ist ein Mensch, der da oben liegt?«, fragte Birgit unschuldig-naiv.

»Ich fürchte ja, Frau Wallo. Ich glaube, es ist eine ernste Sache.«

»Wenn Sie es sagen.« Birgit wusste hinterher nicht mehr, ob sie das »Sie« nicht doch zu scharf betont hatte. Schnell wechselte sie das Thema. »Darf ich Sie kurz bei Ihrer Arbeit im Dienst der öffentlichen Sicherheit und Ordnung fotografieren? Es macht Ihnen doch nichts aus, wenn Sie auf der Speicherkarte neben einer toten Katze liegen?«

Bis sie mit ihrem Satz zu Ende war, hatte sie Kochendörfer schon im Kasten und rannte Ulf nach, der sich unter das Pausenvolk gemischt hatte.

Die Filmaufnahmen waren unterbrochen worden. Schauspieler in Landsknechtsverkleidung und Bauersfrauen aus dem 16. Jahrhundert neben spitzhütigen Bürgerstöchtern standen betreten, aber doch geschwätzig, in Grüppchen auf dem Hofgelände verteilt. Dort wusste man schon mehr.

»Ein Elektriker hat an die Starkstromleitung gefasst und ist zu einem schwarzen Klumpen zusammengeschrumpft, hundert Pro«, mutmaßte ein Kabelhelfer. »Ein Gag der Requisite, die endlich eine Pause haben wollte«, widersprach ihm seine Praktikantin.

»Dem Gestank nach ist es ein toter Fuchs, ich rieche es bis hierher«, meinte die aufwendig herausgeputzte Patrizierfrau.

»Schwarz und riecht schlecht, dreimal dürft Ihr raten!«, warf ein Komparse dazwischen und trällerte sein Lieblingslied »Negeraufstand war in Kuba«. Ihn traf ein Bannstrahl aus den Augen von Birgit, der aber an dem grobschlächtigen Landsknecht mit Hellebarde im Arm abprallte.

»Schon bei ›Ohm Krüger‹ mitgespielt? Vom Klumpfuß persönlich ausgesucht?« Birgit versuchte ihn zu beleidigen. Aber er verstand nicht und blieb guter Dinge.

»Weg hier von diesem chatterhaften Gesindel«, flüsterte sie Ulf zu. Aber auch bei den anderen Grüppchen, denen sie sich zugesellten, gab es nur Getratsche. Informationen hatte niemand.

»Die Zunge ist ein ruheloses Übel«, zitierte die Pfarrerstochter. Ihr Vater hätte noch »Jakobus drei acht« hinzugefügt.

Ulf, der Feuilletonredakteur, der sein bildungsbürgerliches Scherflein beitragen wollte, belehrte seine Kollegin: »Bei den alten Römern wohnte Fama, die Göttin des Gerüchts, in einem Palast, in dem die Wände redeten. In den nächsten Stunden werden die Wände im Turm auch reden.«

Als das Martinshorn zu hören war und kurz darauf zwei Autos mit Blaulicht über die Landstraße jagten, rannte Murnauer zur Straße hinunter und redete aufgeregt mit einem uniformierten Polizisten. Birgit und Ulf sahen von weitem zu.

Beim Anblick des Polizeiautos fiel Birgit eine Ermahnung aus der Journalistenschule ein: Nach jedem wichtigen Foto die Speicherkarte wechseln und die neue nicht leer lassen. Sie brauchte nicht hinzusehen. Das alte Kärtchen mit dem Foto verschwand im Reißverschlussfach ihres Geldbeutels. Sie knipste in der Gegend herum. Für alle Fälle.

»Im zweiten Stock, sagen Sie«, wiederholte der Polizist, als sie an dem Grüppchen vorbeimarschierten, in dem Ulf und Birgit gerade hängen geblieben waren. Alle Augen aus dem Pausenhof folgten der uniformierten Truppe, die dem Turm zustrebte. Vor Kochendörfer blieben sie stehen. Zwei Polizisten traten an seine Stelle und bewachten das Objekt nun offiziell.

Kötter kam von der anderen Seite angerannt. Für die Bedienung der Gäste hatte er inzwischen drei Statisten aus dem Bus engagiert, die die Kaffeemaschine und den Bierhahn bedienen konnten. Das Kommando gab er vorübergehend an seine treue Adelheid weiter. Denn er selbst wurde am Turm gebraucht. Wie Murnauer redete er auf den langen Polizisten ein, den Birgit und Ulf schon oft gesehen hatten, wenn wieder mal eine Feldscheune abbrannte, ein Motorradfahrer an einem Baum klebte oder der Landwirtschaftsminister einen Schweinestall besichtigte.

Alle dreißig Sekunden schob der Lange seinen Uniformärmel zurück und las die Uhrzeit ab. Ein Mann der alten Schule, der sich nicht daran gewöhnen konnte, dass die sekundengenaue Uhrzeit nun über das Handy zu erfahren war. Der Bericht des Regisseurs Murnauer hatte ihn wohl davon überzeugt, dass es für die Ambulanz zu spät war und es am wenigsten Ärger brachte, wenn sie abwarteten, bis die Mannschaft in Zivil und den weißen Mänteln anrückte. Flatterband, das noch vor einigen Tagen den Hof zu einer Baustelle gemacht hatte, sperrte nun einen noch nicht besichtigten Tatort ab. Mehr geschah zunächst nicht.

Auch Ulf und Birgit warteten auf den Hauptkommissar, der für Tötungsdelikte zuständig war. Er war, wie sie sich erinnerte, auf den ersten und zweiten Blick das genaue Gegenteil des langen Dürren von der Schutztruppe: kleingewachsen, die Hosenaufschläge kräuselten sich auf seinen Schuhen, und seine Glupschaugen rollten unentwegt, damit ihm ja nichts entging.

Auf dem Hof setzte sich nunmehr die Überzeugung durch, dass im oberen Stock ein Augustinermönch in schwarzer Kutte hinter der Wand lag.

Das ständige Gemurmel wurde lauter, als endlich zwei zivile Autos in die Hofeinfahrt kurvten und die Wartenden aus dem Weg scheuchten.

Birgit sah, wie der kleine Kommissar mit dem Finger auf Kötter und Murnauer zeigte und danach mit ihnen und einer Frau in Weiß mit Koffer im Turm verschwand. Drei weitere

Personen folgten ihr kurz darauf. Birgit zählte mit: Arzt, Spurensicherung, Assistent. Die Umstehenden betrachteten die Szene wie einen Film, realitätsgerecht begleitet von den Anpreisungen der angeworbenen Statisten, die mit Tabletts von Grüppchen zu Grüppchen eilten, Kaffee in Plastikbechern feilboten und »Würstchen gibt es am Desk« verkündeten.

Jetzt fiel Birgit auch der Name des kleinen untersetzten Kommissars ein, der ihr seit einer halben Stunde auf der Zunge lag. Peppinghaus, besser bekannt unter dem Namen »Sergeant Pepper«. Er sei schlau, hieß es. Seine Daumenschrauben spüre man erst nach dem Verhör. Er würde den Kochendörfer kriegen, wenn der Ruf stimmte, der ihm vorausging.

Langsam sammelte sich die alte Truppe wieder, die mit Regisseur Murnauer im Turmzimmer gewesen war. Der Scout gesellte sich wieder dazu und auch Kochendörfer schlenderte herbei. Nur Frau Rübsam, die Unterhaltsamste, wie Birgit fand, fehlte noch. Wie von unsichtbarer Hand geleitet, trottelten sie auf dem Turm zu, unter das Fenster, aus dem noch immer der angespitzte Baumstamm am Kran hing. Vielleicht lässt sich mithören, dachte jeder. Aber niemand sprach es aus. Als der Kopf von Murnauer im offenen Fester erschien, rief ihm Kochendörfer sofort zu: »Was Neues?«

Der Regisseur hörte gar nicht hin und brüllte sofort los. »Staudinger! Tolle Location! Sakrament, das hätten Sie wissen müssen.«

»Hab ich die schwarze Katze und den Augustiner gefunden oder Sie mit Ihren 1, 2, 3?«, verteidigte sich der Scout.

»Katze, Katze? Sie Tranfunzel, die Mumie ist seit mindestens dreißig Jahren …« Weiter kam er nicht. Eine kräftige, von unten nicht sichtbare Hand riss ihn am Kragen mit einem Ruck vom Fenster zurück.

»Das war der Mönch«, witzelte Ulf, der immer noch maximalen Abstand zu Kochendörfer hielt. Birgit beobachtete die beiden in der Hoffnung, etwas zu entdecken, das ihr weder der eine noch der andere erzählen würde. Und tatsächlich – Kochendörfer fing den Ball auf.

»Der kleine Sergeant.« Er sprach es französisch aus. Zu Ulf gewendet sagte er nur abschätzig: »Blindgänger, immer schon.«

»Können leicht hochgehen, wenn man am Zünder spielt«, setzte der Feuilletonredakteur sofort drohend dagegen.

Dann war wieder Funkstille zwischen den beiden.

Scout Staudinger zog sich die Schneebrille wieder über die Augen, um unauffällig den Zeitungsfritzen und den Bollermann ins Visier zu nehmen.

»Von dort oben werden keine neuen Offenbarungen mehr verkündet. Ein anderer schreibt jetzt das Drehbuch. Murni hat seinen Meister gefunden. Das ist schon mal einen Umtrunk wert. Ich schlage die Terrasse vor.«

»Einverstanden, du bist der Scout«, rief ihm Ulf zu, der neben Birgit ging, die eine Ungereimtheit in ihrem Gewissen störte. Ulf, der fest zu ihr hielt und den sie als Freund betrachtete, beobachtete sie mit der gleichen Distanz wie die anderen Figuren, die ihrer Reportage Farbe geben sollten.

Von früh auf hatte sie gelernt, sich selbst zu beobachten, in ihr Inneres zu sehen, zu prüfen, ob es rechtschaffen war, was sie tat und wünschte. Solange ihr noch Zöpfe geflochten wurden, bekam sie zuweilen Angst vor ihren eigenen Gedanken. Aber sie konnte bald das Gute vom Bösen scheiden. Später entdeckte sie im Guten auch das Eitle, Selbstgefällige, und war sich nicht mehr so sicher. Das Trotzig-Böse war dagegen oft mit dem erhebenden Gefühl gemischt: Das bin ich. Ich bin ich. Ihre Mutter lächelte leise, wenn sie auf den Boden stampfte, während ihr Vater die Stirn in Falten zog. Wenn sie zum Nachtisch wilde Geschichten von anderen Mädchen erzählte, die zu Hause Hiebe kriegten, in dunkle Keller eingesperrt wurden und ihr Geld für Süßigkeiten ausgaben, zügelte sie der Vater: »Spiel dich nicht auf, auch du bist nicht ohne Fehl.«

Die Mutter, das blieb ihr im Gedächtnis, sagte beim Spülen ohne Vorwurf: »Du kannst gut beobachten und erzählen.« Und einige Tage darauf schenkte sie ihrer Tochter ein leeres Buch, auf dem das unverständliche Wort »Diarium« stand, mit goldener Schrift auf schwarzem Grund, wie Karlo Kochendörfers Kladde, aber ohne Goldschnitt. Je mehr sie in das Buch schrieb, das Vater und Mutter als ihr Geheimnis respektierten, umso weniger erzählte sie bei Tisch. Die Ermahnungen ihres Vaters und die Aufmunterungen ihrer Mutter nahm sie am Abend in ihrem »Logbuch des Lebens« vorweg. Mehr und mehr bestimmte sie ihren Kurs selbst. Wenn Sturm aufkam, halfen ihr die Eltern, Ausweichrouten auszuloten. Als in der Hurrikansaison der Pubertät ihr Elmsfeuer nicht nur flackerte und sie in Seenot geriet, überließ der Vater die Kapitänskajüte der Mutter und ging an Deck auf und ab. »Das sind Frauensachen. Die gehen über meinen Verstand.«

Für einige Minuten war Birgit zu Hause auf dem Dorf gewesen.

Plötzlich stand Heribert Baerenreiter vor ihnen, zog Ulf am Ärmel zur Seite und winkte ihr, dazuzukommen.

»Mit euch beiden muss ich dringend sprechen. Ich mach's kurz: Das ist kein Fall für das Feuilleton, kein Roman. Das ist eine Episode in Echt. Ulf, das Kino ist aus. Du kannst dich zurücklehnen. Mein Ressort übernimmt das.«

Birgit blickte Ulf verständnislos an, weil er diese dumme Dreistigkeit wortlos über sich ergehen ließ und nur den Mund spitzte, als ob ihn das überhaupt nichts anginge. Sie dagegen baute sich vor Baerenreiter auf und stemmte wie eine zornige Bäuerin eine Faust in die Hüfte.

»Der Turm ist meine Geschichte, die tote Katze liegt im zweiten Stock. Sie gehört zu meinem Auftrag.«

Baerenreiter war nicht überrascht. Diese Wallungen seiner früheren Kollegin gingen ihm schon seit langem auf die Nerven.

»Frau Wallo«, begann er, »Sie halten sich hier am besten raus. Auch Ihre Geschichte ist zu Ende. Das Ausfallhonorar wird angewiesen. Ende der Diskussion.«

Birgit verschlug es zunächst die Sprache. Sie starrte ihm zornig in die Augen. Gleich geht das Donnerwetter los, dachte Ulf, denn er kannte solche Szenen aus der Redaktionsstube. Doch

Birgit schwieg. Fünf Gedanken rasten ihr gleichzeitig durch den Kopf. Er nimmt mir die Story weg, speist mich mit einem Almosen ab, spielt sich als Chef auf, die Einnahmen sind schon verplant. Das bleibt meine Geschichte, und wenn ich über meinen Schatten springen muss! Plustert sich auf, dieser blasierte Indoor-Sesselfurzer, hat nichts in der Hand, aber ich das erste Foto vom toten Augustinermönch und seinem mutmaßlichen Mörder, wie er den Tatort bewacht. War sie kleinmütig oder klüger geworden? Sie stieg nicht in den Ring.

»Es geht nicht um Personen. Es geht um die Sache«, sagte sie in fast versöhnlichem Ton. »Sergeant Pepper ist oben. Er ist heute ungewöhnlich auskunftsfreudig, hat uns alles, was er bislang weiß, erläutert. Aber Sie müssen es natürlich authentisch aus erster Hand erfahren. Eine spannende Geschichte. Nur eins noch auf den Weg. Die tote Katze ist keine Katze, sondern ein abgestochener Augustinermönch. Sagen Sie Pepper nicht, dass ich es Ihnen verraten habe.«

»Danke, Kollegin«, sagte er etwas überrascht und stolzierte auf den Turmeingang zu.

Sie schickte diese schwarze Figur auf ihrem Schachbrett wie einen vorwitzigen Läufer hinter die gegnerische Abwehrlinie, um dort Verwirrung zu stiften. Wenn er dabei ordentlich gezaust wird, muss er es seiner eigenen Unverfrorenheit zuschreiben.

Birgit straffte die Schultern. Ihr Zorn war noch nicht verflogen.

»Ulf, mein Gott, weshalb spielst du das Weichei? Nimm keine Rücksicht auf mich. Ich falle nicht ohnmächtig um, wenn die Nase dieses Angebers plötzlich blutet.«

»Gib nicht so an. Du kannst ja nicht mal eine Wespe klatschen und zeigst ihr den Weg aus dem Fenster.«

»Weich nicht aus! Warum lässt du dir diesen Ton gefallen, von diesem Aufschneider, diesem ...« Ihr fiel kein verschärfendes Schimpfwort ein. »Hoffentlich gibt ihm Sergeant Pepper eine Klatsche mit.«

»Ich wollte es dir nicht sagen, bevor es nicht endgültig ist. In drei, spätestens vier Monaten höre ich auf. Wie einem alten

Maulesel geben sie mir in der Zeitung das Gnadenbrot. Das schmeckt mir nicht.«

Birgit hatte nur selten daran gedacht, dass ein Arbeitsleben auch ein Ende haben wird.

»Heute geht's aber Schlag auf Schlag. Mir nehmen sie die Story und dir die Arbeit. Ich kann mir vorstellen, wie schwer es dir fallen wird.«

»Mach dir keine Sorgen um mich.« Er versuchte sie zu beschwichtigen. »Ich freue mich darauf, im Theater und Konzert zu sitzen und nur zu genießen, ohne darüber nachdenken zu müssen, was ich darüber schreiben soll. Warum sollte ich mich noch mit dem Baerenreiter anlegen?«

»Du suchst eine Ausrede. Ich koche meine Wut. Wenn sich diese Baerentreiber und Kotzdörfer daran verbrühen, wasche ich mir die Hände in lauwarmer Unschuld.« Birgit hörte ihre eigenen letzten Worte wie von weit her.

Der glubschäugige Kommissar und der lange Polizist in Uniform kamen mit Kötter aus dem Turm und steuerten auf die Gruppe zu. Birgit erwartete Vorhaltungen wegen Baerenreiters Auftritt, den sie sich nur zu gut ausmalen konnte. Doch es hagelte nur scharfe Kommandos von Sergeant Pepper.

»Alle, die bei den Dreharbeiten im zweiten Stock waren, versammeln sich in dem Zelt dort drüben.« Er wandte sich aufblickend an den langen Dünnen. »Und Sie sorgen dafür, dass die Zeugen nur übers Wetter reden, begriffen?«

Der Landpolizist nickte ihm zweimal aus lichter Höhe gehorsam zu.

»Herr Kötter, zeigen Sie mir den Weg ins Vernehmungszimmer. Wo bleibt Arno von Mecklenburg? Ohne ihn können wir nicht anfangen. Das Protokoll ist das Wichtigste«, verriet der Kommissar. Er blickte sich suchend um und deutete schließlich auf Birgit. »Diese junge Dame möchte ich zuerst sehen.«

Kommissar Peppinghaus hatte den Diensteifer seines Assistenten von Mecklenburg unterschätzt. In der Wohn- und nun auch Gaststube der Turmschänke hatte er schon alle Aufnahme- und Schreibgeräte bereitgestellt und die Sitzordnung aufgebaut. Zeuge und Befrager sollten sich am Tisch gegenübersitzen und der Protokollant am Katzentisch daneben.

»Herr von Mecklenburg macht das Protokoll«, stellte Peppinghaus seinen Assistenten vor. Birgit lächelte ihm höflich zu.

»Fertig?«, fragte der Kommissar das Mikrofon, nachdem er der Zeugin Wallo ihren Platz zugewiesen hatte. Er stierte ihr einige Sekunden schweigend ins Gesicht, als wäre sie eine Angeklagte. Im Dienst durfte er sich diese Zudringlichkeit herausnehmen.

Birgit war nicht in der Stimmung, der Welt einen Dienst zu erweisen; einen Bärendienst – vielleicht.

»Ich gebe es zu, Herr Hauptkommissar, ich war's«, begann sie. Sie wusste zwar nicht genau, welches Verbrechen sie gestand. Aber ein bisschen Durcheinander konnte nicht schaden.

Sergeant Pepper ließ seine großen Basedow-Augen über den Tisch hängen und kniff sie ganz langsam zusammen.

»Die Hiebe für diese Falschaussage erhalten Sie von Ihrem Kollegen, Herrn Baerenreiter. Sie haben ihn in den April geschickt. Wir haben Juni. Auch hier in diesem Zimmer ist Juni. Machen Sie diese Spielchen nicht mit mir.« Er lehnte sich zurück. »Die Katze da oben war schon tot, als Sie noch als Pfendbutz in der Gegend herumstanden, falls Sie nicht – heutzutage muss man alle Möglichkeiten in Betracht ziehen – das Geheimnis der ewigen Jugend kennen. Also machen wir's kurz. Ich frage, Sie antworten.«

Birgit sagte nur: »Zeugenpflicht.«

»Waren Sie anwesend, als die Wand eingedrückt wurde?«

»Ja«.

»Haben Sie etwas berührt?«

»Ja.«

»Auch die Fensterscheibe?«

»Ja.«

»Kommen Sie in den nächsten Tagen ins Kommissariat, Fingerabdrücke. Wer hat noch das Fenster berührt?«

Birgit zählte auf: »Frau Rübsam, der kleine Helfer, Herr Kochendörfer, als er den verklemmten Laden öffnete, der Regisseur vermutlich.«

»Vermutungen überlassen Sie mir. Haben Sie hinter der Wand fotografiert?«

»Ja, ein Foto.«

Der Kommissar nickte jetzt spürbar freundlicher. »Frau Wallo, Sie können die Ermittlungen erheblich erleichtern, wenn Sie uns das Foto zeitweilig überlassen und mit der Veröffentlichung noch etwas abwarten.«

»Sie wollen das Foto doch nicht etwa beschlagnahmen und die Arbeit der Presse behindern?«

»Es war eine Bitte, eine dringende Bitte.«

»Ich möchte das Foto nicht hergeben. Wollen Sie mich zwingen?«

»Ich wiederhole, nur eine Bitte. Sie helfen uns, und wir unterstützen Sie bei Ihrer Arbeit.«

Nun sah Birgit, dank ihrer Voraussicht, doch noch eine Möglichkeit, wenn nicht der Welt, so doch den Behörden an ihrem heutigen Tag der Niederlagen einen Dienst zu erweisen. Sie wiegte den Kopf und schien noch zu zögern.

»Ich helfe Ihnen – Sie helfen mir. Das könnte der Beginn einer …«

»Sagen Sie jetzt nicht Freundschaft. So weit geht die Liebe nicht. Ich verspreche Ihnen ein paar Hinweise. Was dran ist oder dahintersteckt, müssen Sie schon selbst herausfinden.«

Umständlich nestelte Birgit an ihrem Fotoapparat herum, fingerte mit gespielter Mühe die Speicherkarte aus dem Schlitz und reichte sie über den Tisch.

»Danke. Sie schreiben Ihren Bericht nicht für den ›Anzeiger‹?«

»Spricht sich schnell herum.«

»Baerenreiter ist der Platzhirsch. Von ihm kriegen Sie keine Blumen mehr.«

»Danke für den ersten nicht sehr versteckten Hinweis.«

»Wann waren Sie zum letzten Mal im Turm, oben?«, fragte Peppinghaus überraschend.

»Heute Morgen.«

»Ich meine davor?«

»Am Mittwochabend, zur Geisterstunde.«

»Zu waaas?«

»Geisterstunde eben. Wir haben die Toten befragt, wie es ihnen geht und so.«

»Haben Sie das auf Band, Herr von Mecklenburg? Das glaubt uns sonst nicht einmal der Staatsanwalt. Erzählen Sie.« Seine Augen kamen wieder über den Tisch.

»Ich kann dazu gar nicht viel sagen«, wehrte Birgit ab. »Die Geisterwelt ist mir verschlossen. Sehen Sie, mein Vater ist Pfarrer. Da hat man seine Probleme damit. Aber Frau Rübsam, sie ist wissenschaftliche Beraterin für diese Filmszenen, die sich ja nun leider verzögern. Sie kann Ihnen sachkundig über den Abend im Turm berichten.«

Der Kommissar schüttelte den Kopf. »Was es nicht alles gibt auf Gottes Erdboden.«

Geheimnisvoll setzte Birgit hinzu: »Es ging, wenn ich das recht verstanden habe, nicht nur um den Erdboden. Aber eine schwarze Katze und ein Augustinermönch waren nicht dabei, wenn Sie das meinen.«

»Wir werden sehen«, sagte Sergeant Pepper zum Abschluss der Zeugenvernehmung.

Genau dies bezweifelte Birgit. Er wird feststellen, dass das Foto leider, leider nichts geworden ist. Sie war mit ihrem Auftritt zufrieden. Sie hatte Frau Rübsam ins Feuer geschickt, und auch ihren winzigen Hinweis auf Kochendörfer wird der Kommissar in seine grauen Zellen aufgenommen haben.

Draußen auf der Terrasse belegte Birgit einen eben frei gewordenen Tisch, an dem sie die Gruppe nach der Sprechstunde erwartete. Allein im Korbsessel holte sie die Misere ein, in die sie geraten war. Mit dem »Anzeiger« wird es nichts mehr werden. Eine wichtige, überlebensnotwendige Geldquelle wird versiegen. Von den Übersetzungen der Gebrauchsanweisungen ins Verständliche ließ sich die Miete nicht bezahlen. Sie rutschte auf dem Abhang dem Abgrund zu. Einmal aus dem Geschäft, immer aus dem Geschäft, befürchtete sie. »Hab ich das verdient?«, grübelte sie in einem Anflug von Selbstmitleid. Verdienste, wer fragt danach im Haifischbecken? Zähne hab ich auch. Jeder Mensch hat Zähne, die er blecken kann. Ich habe das erste Foto vom Opfer und eines mit Kochendörfer vor dem Turm. Baerenreiter hat nichts und er bekommt nichts mehr, selbst wenn ich eine Woche lang Linsensuppe essen muss, beschloss sie nach dem ersten Espresso.

Sie wartete auf Ulf, der als Nächster auf der Zeugenbank saß. Mit wenigen geschickten Handgriffen legte sie ihre dritte und letzte Speicherkarte in die Kamera und fotografierte den Hof, auf dem noch immer Schauspieler, Statisten und zunehmend Neugierige von der Straße in Gruppen herumstanden. Frau Rübsam kam zurück und wurde sofort ins Wartezelt bugsiert. Birgit zoomte sie mit dem Tele heran. Selbst auf dem Foto quollen ihr die Worte aus dem Mund. Über den erhobenen Zeigefinger wird sie sich ärgern, wenn sie ihn in der Zeitung sieht. In welcher Zeitung? Birgit war wieder einmal am Anfang ihres Gedankenganges angekommen.

Endlich kam Ulf aus der Tür des Bauernhauses. Sie winkte ihn heran. Er nahm vom Tablett eines der drei Hilfskellner einen Kaffee im Plastikbecher und setzte sich.

»Ist Staudinger jetzt drin?«

»Er wird auch nicht viel wissen. Wir sind keine Tatzeugen.«

»Was hat dich Pepper gefragt?«

»Nicht viel. Ob und wie du fotografiert hast, wer die Wand kaputt gemacht und wer den Fensterladen aufgemacht hat. Belangloses. Er will meine Fingerabdrücke haben. Wozu eigentlich? Er tappt im Dunkeln und gibt sich geschäftig. Eine Speicherkarte lag auf dem Tisch. Deine?«

Birgit nickte.

Leute strömten auf den Turmeingang zu. Die Träger mit der grauen Wanne trugen den Augustinermönch fort.

»Sie bringen ihn zum Abdecker in die Rechtsmedizin«, kommentierte der Feuilletonist.

Birgit aber sprang auf und rannte auf eine Stelle zu, von der sie die Leichenträger mit dem Turm im Hintergrund aufnehmen konnte.

»Sie haben den Deckel nicht aufgemacht, obwohl die Schaulustigen darum gebettelt haben«, sagte sie bei der Rückkehr an den Tisch, wo jetzt ein Kamillentee für sie stand.

»Ist es dir auf den Magen geschlagen?«

Birgit wollte nicht mehr über ihre Misere reden. Sie musste an ihre Zukunft denken.

»Dem Baerenreiter hätte ich vorhin gerne auf den Magen geschlagen. Jetzt möchte ich ihm nicht mehr begegnen. Er wird ein Hühnchen mit mir rupfen wollen.«

»Du hättest ihm das Foto anbieten können, wenn du es nicht an die Polizei verschenkt hättest.«

»Was hätte ich dafür kriegen können? Zum Beispiel beim Spiegel, Stern, Focus, bei Reuters oder der dpa?«

»Viel. Du wärst die Erste gewesen. Du denkst schon nicht mehr an den ›Anzeiger‹?«

»Der ›Anzeiger‹ denkt nicht an mich. Du hast doch den Baerenreiter gehört: Ausfallhonorar. Gestorben.«

»Das hab ich in den letzten Wochen befürchtet. Die Nabelschnur zur Redaktionsstube ist zerschnitten. An welche Brust kannst du dich werfen, um deinen Hunger zu stillen?«

Birgit schüttelte sich. »Einmal Feuilletonist, immer Feuilletonist. Wir sind in der Sparte Polizeibericht. Wir haben einen Mord, wie du selbst sagst. Der Mönch muss mich ernähren.«

»Aber du hast doch nichts mehr, was Baerenreiter nicht auch hat.«

»Ulf, in einigen Wochen oder Monaten steht mir das Wasser bis zum Hals. Ich suche mir Socken im Second-Hand-Shop aus und stehe an der Tafel Schlange. Wenn ich Glück habe, kann ich ein paar Anzeigen für die ›Bäckerblume‹ einwerben. Entweder ich falle in Angst oder Raserei.«

»Du übertreibst. Gibt es keinen Weg dazwischen? Ich habe dir neulich meine Hilfe angeboten. Das gilt noch.«

»Ich habe einen Joker in der Hand und ein Problem. Ich habe noch das richtige Foto. Pepper hat nur einen missglückten Fotografierversuch einer unerfahrenen, geschassten Redakteurin. Er braucht meines ja gar nicht. Er hat doch selbst Fotos machen lassen. Er wollte mir nur meines wegnehmen.«

Sie zog ihren Geldbeutel aus der Tasche und ließ Ulf in das Reißverschlussfach blicken. Er starrte auf den schmalen hellen Streifen, die Kante der ersten Speicherkarte.

»Du hast ihn übers Ohr gehauen, ich meine, hinters Licht geführt.« Ulf setzte sein seltenes Lächeln auf. »Ich wusste doch, dass du nicht so blöd sein kannst.« Doch dann wechselten seine Gesichtszüge in ärgerlichen Ernst. »Du hast das Foto und räkelst dich seelenruhig vor deinem Baldriantee. Du heulst selbstmitleidig vor dich hin und sitzt auf einer Goldmine. Muss man euch jungen Leuten alles hinterhertragen?«

Er riss sein Handy aus der Jackentasche und lief auf den Putenstall zu, wo ihn niemand belauschen konnte. Birgit wurde rot vor Ärger und schämte sich, als hätte ihr Vater sie beim Faulenzen erwischt. Sie hatte trickreich das Foto für sich gerettet, ahnte auch, dass es wertvoll sein könnte, und träumte doch nur davon, der Welt einen Fußtritt zu geben, anstatt ihre Beine gewinnbringend in Bewegung zu setzen.

Gut gelaunt und mit der Sonnenbrille als Querscheitel kam der Scout Staudinger im unpassenden Moment aus dem Vernehmungszimmer auf sie zu.

»Diese Location geht in die Filmgeschichte ein, und ich bin mittendrin. Sie sehen, Frau Wallo, wie lustig es beim Film zugeht. Obwohl – zugegeben – die Wirklichkeit viel fantastischer ist als das Drehbuch. Denken Sie über mein Angebot nach.« Birgit überlegte noch, ob er seinen letzten Satz mit Frage- oder Ausrufezeichen gesprochen hatte. »Die Entscheidung wird Ihnen nicht schwerfallen, jetzt, wo Sie draußen sind, wie man sich erzählt.«

Das wollte Birgit nun nicht noch einmal hören, wollte aber auch nicht ganz unhöflich sein und wich aus.

»Was hat Sie denn der Kommissar Basedow gefragt?«

»Sie meinen den Pfefferkorn? Scheint mir mit der Aufgabe überfordert. Aus Verzweiflung oder Verlegenheit hat er nur gefragt, wer wen kannte und wer den Fensterladen aufgemacht hat. Müsste mal ein Praktikum in einem richtigen Mordbüro machen, in einer Stadt, wo das Leben pulsiert und jeden Tag drei Leichen auf dem Tisch liegen.«

»Nehmen Sie ihn doch mit zum Film, damit er was lernen kann.«

Birgit machte nicht den Fehler, den Kommissar zu unterschätzen. Sie mochte ihn sogar ein bisschen, obwohl er überhaupt nicht der Typ war, mit dem sie tanzen oder Händchen halten wollte. Er musste sofort erkannt haben, dass derjenige schon einmal am Tatort war, der den Fensterladen mit einem routinierten Handgriff öffnen konnte, nachdem mehrere selbsternannte Fachleute an dieser Aufgabe gescheitert waren. Sie war überzeugt: Sergeant Pepper hegte denselben Verdacht wie sie. Das Band zwischen beiden war noch unsichtbar.

Im Laufschritt kam Ulf Schwarz von seinem Ausflug zu den Truthähnen zurück. Den Scout, den er hierhergelotst hatte, beachtete er nicht. Hastig schrieb er eine Telefonnummer und einen Namen auf einen Zettel, den er Birgit wortlos in die Hand drückte.

»Mach dich auf die Socken, verhandle gut. Das Geld sitzt locker. Ich habe ein bisschen viel Wind gemacht. Man weiß ja nie, was noch daraus werden kann. Denk dran: nicht nur auf das erste Honorar starren. Der Lizenzanteil ist wichtiger. Und jetzt ab. Ich übernehme deinen Schlaftee.«

Beschämt gehorchte sie, raffte ihre Utensilien zusammen und brachte nur ein gestammeltes »Danke, Ulf« hervor. Von Staudinger verabschiedete sie sich mit einem mühsamen »Bis dann in Hollywood.«

Das neue Schloss an ihrer Wohnungstür war nicht aufgebrochen. Es war niemand in der Wohnung. Keiner saß im Kleiderschrank, und das Foto von Erik stand noch im richtigen Regal in ihrer Blickhöhe. Der Rechner arbeitete sich hoch, während sie schon die ersten Sätze auf einen Zettel schrieb, die sie unterwegs mehrmals laut vor sich hin deklamiert hatte, um sie nicht zu vergessen.

Google bahnte ihr den Weg zur Redaktionsliste einer Zeitung, die über eine Million Leser hatte. Damit ihr das Foto nicht durch einen misslichen Zufall verloren ging, zog sie es noch auf einen Stick und zusätzlich auf eine externe Festplatte. Sie wollte keinen Flüchtigkeitsfehler machen. Nicht, wenn ein Hecht an der Angel hing. Sie reduzierte das Foto auf eine so niedrige Auflösung, dass es für eine Veröffentlichung nicht mehr taugte. Man konnte gerade noch das Düstere, Unheimliche erkennen, das von den leeren Augenhöhlen ausging. In dieser Hektik gelang es ihr, den Ärger über sich selbst beiseitezuschieben.

Als Startkapital hatte sie nur eine Telefonnummer, einen Namen und einen guten Rat. Herr Albert war gleich am Telefon.

»Herr Ulf Schwarz hat vor einer halben Stunde mit Ihnen gesprochen.«

»Na endlich. Sie sind Frau Wallo?«

»Ja.«

»Wo bleibt das Bild?«

»In zehn Sekunden ist es bei Ihnen, niedrige Auflösung selbstverständlich.«

»Machen Sie schnell. Ich brauche noch einen Text.«

»Bin schon dabei.«

»Aaah, da ist das Foto. – Nehmen wir. Ins Sommerloch passt vieles rein.«

»Sie wissen, um was es sich handelt, Herr Albert?«, unterbrach sie ihn, um die Feilscherei zu eröffnen.

»Heiße Kiste mit Gespenstern und Bauunternehmer. Das kommt immer.«

»Wie viel?«

»Mehr als fünf kann ich nicht geben.«

»Was fünf?«

»Tausend.«

»Zehn.«

»Acht, exklusiv.«

Birgit erinnerte sich an die Mahnung von Ulf, auf den Lizenzanteil zu achten.

»Für den ersten Abdruck. Und der Lizenzanteil?

Am andern Ende der Leitung entstand eine kleine Pause. Birgit trommelte nervös mit ihren Fingern auf die Tischplatte. Sie verhandelte über ihre Zukunft, die Miete für die nächsten Monate und …

»Sechzig«, kam es endlich aus dem Hörer.

»Achtzig«, antwortete sie. Dann wieder eine Pause.

»Siebzig, international, exklusiv für ewig. Alle Verhandlungen zum Bild laufen über uns.«

Birgits Hand zitterte, als sie die »70« auf ihren Notizzettel schrieb. Sie wusste nicht, ob noch mehr drin gewesen wäre. Aber dies war schon mehr, als sie heute Morgen zu träumen gewagt hätte. Die Zeitung würde das Foto vermarkten und beträchtlichen Gewinn einstreichen. Diesmal wollte sie mitgewinnen.

»Im ersten Monat wöchentliche Abrechnung«, schob sie noch hinterher.

»Macht die Buchhaltung. Der Vertrag kommt gleich. Den Text, 110 Zeilen à 30, brauche ich in einer Stunde. Foto in maximaler Auflösung. Übermorgen will ich einen Verdächtigen mit Bild haben. Suchen Sie sich einen aus.« Sie hielt es für einen Scherz. »Später ist es sowieso ein anderer gewesen. Wir sind nicht die Polizei. Den Mörder in vierzehn Tagen. So lange müssen Sie die Sache auspressen, Stück für Stück.

»Das liegt nicht in meiner Hand.«

»Nehmen Sie es in die Hand. Wenn alles klappt, können Sie mich schon nächste Woche zu einem Lunch einladen.«

»Wenn Sie den Rehbraten so schnell verschlingen, wie Sie reden, wird nichts daraus. Wir essen gerne langsam und lassen uns dabei etwas einfallen.«

»Trotzdem, abgemacht, Frau ...« Er unterbrach sich. »Frau Wallo – du lieber Himmel – eine vierstellige Telefonnummer!«

110 kurze Zeilen genügten Birgit, um die Szenerie beim Leichenfund während der Filmdreharbeiten so geheimnisvoll wie möglich auszubreiten und alle anderen Fragen offenzulassen: »Die toten Augen der Mumie. Wem gehörten sie? Die bleichen Gebeine eines Soldaten aus dem Weltkrieg, ein Junkie, der sich den Goldenen Schuss gesetzt hat? Ein Racheakt der Mafia? Kommissar Peppinghaus steht vor einer großen Aufgabe.«

Noch am Abend konnte sie ihren Text online lesen. Das erste Foto von den »toten Augen« wurde für die gedruckte Samstagsausgabe versprochen. »Unsere Korrespondentin vor Ort wird unsere Leser laufend informieren.«

Sie nahm das Bild von Erik aus dem Regal und warf sich damit aufs Bett. Mit beiden Händen hielt sie es vor sich. Siehst du, ich komm wieder auf die Beine, wenn du wieder hier bist, ist alles vorbei. Sie drehte ihr Gesicht ins Kissen und wollte weinen. Es gelang ihr nicht.

Früh war sie ins Bett gegangen. Früh stand sie auf. Sie hatte vom Fallen und Fliegen geträumt und stieg mit widerstreitenden Gefühlen aus dem Bett. Unter der Dusche streifte sie die nächtlichen Chimären ab. Ihre Stimmung hellte sich merklich auf, als sie wieder in der Realität angekommen war. Gestern noch schmeckte der Kaffee, als hätte sie Stroh aufgebrüht. Heute genoss sie ihn wie fair gehandelten Mokka. Aus der Zukunft drangen Sonnenstrahlen in ihr Appartement.

Ungezählte Fotos von ihr waren in den vergangenen Jahren im »Anzeiger« erschienen. Sie kannte ihre Zeitung schon am Abend vorher und interessierte sich für die Ausgabe, die am Morgen ausgetragen wurde, überhaupt nicht mehr. »Nichts ist so alt wie die Zeitung von heute«, gab sie hochmütig zur Antwort, wenn man sie danach fragte. Heute war es anders. Sie rannte in den Schreibwarenladen. Den Totenschädel im »Merkurio« wollte sie sehen, das Foto, dem sie ihre Heiterkeit an diesem Morgen verdankte, ihr Foto.

»Was ist heute bloß los? Sonst liegt er wie Blei. Alle wollen den ›Merkurio‹. Ausverkauft. Die Stuttgarter, die Süddeutsche und auch die Frankfurter kann ich Ihnen noch anbieten.«

Birgit schüttelte enttäuscht den Kopf. »Frau Krause, können Sie in den nächsten Tagen ein Exemplar für mich zurückhalten? Ich hole es bestimmt ab, auch wenn es erst am andern Tag ist.«

Sie steuerte auf die Bäckerei mit Kaffeeausschank zu. Auf dem einzigen leeren Tisch lag ein zerblätterter »Merkurio«. Ohne sich zu setzen, schlug sie die Zeitung auf und suchte.

»Seite 28, ›Aus aller Welt‹, wenn Sie das Foto vom Zollturm sehen wollen«, rief ihr ein Gast zu, den sie vom Sehen, aber nicht dem Namen nach kannte.

»Stand gestern Nacht schon im Internet, aber das Bild ist die Granate. Mit diesem Fahndungsfoto finden sie den nie. Der sieht ja schlimmer aus als der Ötzi.«

Er hatte recht. Birgit betrachtete ihr Foto eingehend und war stolz darauf. Die Zahnreihen waren noch gut zu erkennen unter der ausgefressenen Nase und den leeren Augenhöhlen.

»Ihr ›Anzeiger‹ bringt nur ein Bild vom Turm. Nehmen Sie sich ein Beispiel am ›Merkurio‹.«

Birgit wusste, die Leute sehen sich die Fotos in der Zeitung an, aber lesen nur selten, wer sie gemacht hat. Für das Duodezstädtchen war sie immer noch »die vom Anzeiger«.

»Beschweren Sie sich in einem Leserbrief. Das ist wirklich ein Skandal. Wir sind doch hier aus der Gegend und nicht aus aller Welt.«

Die Kaffeetrinker an den Tischen quietschten, und sie ging, beschwingt wie seit Tagen nicht mehr, die Straße hinunter. Mit Wohlbehagen spürte sie die Blicke in ihrem Rücken.

Nun musste sie dranbleiben. Mit diesem Albert vom »Merkurio« hatte sie eine Serie von Beiträgen vereinbart, die in der Präsentation des Mörders gipfeln sollte. Sie konnte nicht hoffen, bis zum Sonntag neue, harte Informationen zu erhalten. In der Gerichtsmedizin wird man den Augustiner-Ötzi ins Kühlfach schieben. Der Mörder läuft seit dreißig oder vierzig Jahren frei herum. Seine letzten Tage in Freiheit wird er an diesem Wochenende genießen. Die Aufklärungsquote bei Mord ist zu hoch, um sich sicher zu fühlen.

Jetzt war noch Zeit, Geschichten über den Turm zusammenzutragen. Sie hatte bereits das Tagebuch, das Kochendörfer am Tisch im Turmzimmer geschrieben hatte, ein paar Anekdoten, die ihr Kötter bei ihrem ersten Besuch erzählt hatte und die sie nun für die Zeitung ausfabulieren konnte.

Die alte Muhme, die Strichlisten über die vorbeifahrenden Autos geführt hatte, wird wohl ordnungsgemäß beerdigt worden sein. Warum hätte man sie einmauern sollen? Aber sie war ein guter Einstieg in die düstere, geheimnisvolle Atmosphäre, in die Birgit den Turm einhüllen wollte. Da war noch die zunächst absonderlich erscheinende Story von 1945, als der schwarze Cowboy melkend unter der Kuh saß. Auch damit waren die Tage zu überbrücken, bis die Polizei Ermittlungsergebnisse auf den Tisch legen konnte. Sie hatte sich vergewissert. Kötter hatte keine Märchen erzählt. Heimatforscher waren schon in den fünfziger Jahren des letzten Jahrhunderts auf diese Kriegsepisode gestoßen und hatten sie im »Anzeiger« veröffentlicht.

Sie wollte noch einmal zum Anwesen Kötters fahren, um weitere Belege für die Wald- und Wiesenkommune zu finden. Hier musste der Schlüssel zur Klärung des Falles liegen, die Kochendörfer in erhebliche Erklärungsnot bringen würde. Aber davon wusste noch niemand etwas. Selbst Sergeant Pepper wird es nicht so schnell herausfinden, wenn Kochendörfer nicht sofort ein umfassendes Geständnis ablegt, um endlich die gerechte Strafe für seine Untat zu erhalten.

Die Filmarbeiten waren übers Wochenende unterbrochen worden. Die Gerätschaften und Zelte standen noch auf dem

Hof, der verlassen dalag. Nur die Autos fuhren seit heute Morgen langsamer am Turm vorbei.

Am Telefon hatte Kötter nicht den Eindruck erweckt, dass er sich durch ihren erneuten Besuch belästigt fühlte. Im Gegenteil. Er schien sich darauf zu freuen. Er kam ihr in einer Wolke von Truthahn-Fluidum entgegen.

»Sind alle ins Wochenende gefahren. Erst am Montag soll es weitergehen. Ich habe mich verspätet. Die Unruhe auf dem Hof hat die Truthähne jalous gemacht. Sie hacken sich mehr als sonst. Einige sind umgefallen. Der Stall geht vor. Ich bin in zehn Minuten wieder da.« Er wollte natürlich sagen, dass er wieder »hier« wäre und nicht irgendwo »da«.

Nach zwanzig Minuten erschien er in Jeans, Hemd und mit nassem Hinterkopf.

»Heute Morgen hat mir der Schlumberger-Heinz den ›Merkurio‹ mit Ihrem Foto vorbeigebracht. Ich krieg die hohlen Augen nicht mehr aus dem Kopf.«

»So soll es ja auch sein.«

»Da hätte ich eine Bitte. Können Sie mir einen großen Abzug von dem Foto machen, den ich als Plakat einrahmen und in meine neue Gaststube hängen kann? Wenn die Leute erst mal in der Stube drin sind, werden sie auch etwas zum Trinken bestellen, aus Höflichkeit oder um den Anblick zu ertragen. Ist es nicht auch ein bisschen ›mein‹ toter Mönch?«

Birgit versprach es ihm, obwohl ihr Bedenken kamen, ob sie ihr Foto ohne Rücksprache mit Herrn Albert verschenken dürfte. Aber wer sollte es ihm über die 800 Kilometer zutragen?

»Ich sehe da eine wunderbare Fügung. Erst kommen Sie zufällig auf meinen Hof, dann kommen Sie mit der abstrusen Idee, einen Film im Turm zu drehen und setzen den Geistesblitz sofort in die Tat um. Meine Dorfwirtschaft kann über Nacht berühmt werden wie das ›Weiße Rössl‹ am Wolfgangsee. Mir wird unheimlich, wenn ich darüber nachdenke. Auch Adelheid meint, dass eine höhere Hand im Spiel sein müsse. Sie kommt jetzt öfters.«

»Es geht alles mit rechten Dingen zu. Ein Fünkchen Glück und ein bisschen Zufall sind immer dabei.«

»Aber wer steht hinter dem Zufall, Frau Wallo?«

Birgit ließ die Frage im Raum stehen, wollte endlich zum Thema kommen. »Hat Ihr Vater oder Großvater mit den jungen Leuten damals im Turm – Sie haben mir vor ein paar Tagen davon erzählt – einen Mietvertrag abgeschlossen?« Sie interessierte sich nicht für die Höhe der Miete oder die Regelung der Abwassergebühren, sondern für die Namen, die unter dem Vertrag standen. Sie müssten jetzt zwischen sechzig und siebzig sein, wie Kochendörfer und Ulf.

»Herrjemine, so altes Zeug. Als mein Vater gestorben war, habe ich einige Monate später seinen gesamten schriftlichen Kram in einen Überseekoffer geworfen, Deckel zu und ab damit.«

»Aber Herr Kötter, Sie haben die alten Sensen, Sicheln, Staubsauger, die Putzmühle und das Schmieröl, tausend Dinge, die man nie wieder braucht, im Turm aufbewahrt, und alles aus Papier haben Sie weggeworfen?«, fragte sie enttäuscht.

»Ich habe nicht gesagt, dass ich es weggeworfen habe. Es ist nur einfach weg, irgendwo auf dem Boden, wo das ganze Jahr keiner hinkommt und wo der Krempel hingehört.«

Birgit schöpfte wieder Hoffnung. »Sie haben es noch? Im Haus? Auf der Bühne?«

»Auf dem Boden halt.«

»Könnte auch der Mietvertrag dabei sein?«

»Jetzt, wo Sie fragen, interessiert es mich auch. Aber ob es einen solchen Vertrag überhaupt gegeben hat? Damals nahm man es nicht so genau.«

Birgit blickte zur Decke. Der Boden war oben. Zwei Zimmerdecken weiter müsste der Überseekoffer stehen, wenn nicht ein Feind beschriebenen Papiers in einem Anfall manifester Ignoranz die Geschichte des Hofes während des Frühjahrsputzes entsorgt hatte.

»Sie meinen, der Koffer steht noch da oben?« Sie musste die Dokumente sehen, bevor die Polizei auf den gleichen Gedanken verfallen würde, wenn sie von den Langhaarigen erfuhr. Spätestens nächste Woche wird sie es in der Zeitung lesen.

Dann werden es alle wissen. Und was alle wissen, ist für eine Journalistin uninteressant.

»Wir sind ein gutes Duo, Frau Wallo. Und wenn Sie jetzt im ›Merkurio‹ schreiben, könnten auch die Busladungen aus West- und Norddeutschland anrauschen. Wir sollten nachsehen, ob die Truhe noch da ist. Sie müssen mitkommen. Es ist ein Ungetüm, wenn ich mich recht erinnere.«

Er führte sie zu einer steilen Treppe. Sie folgte ihm im ersten Stock über einen langen Flur zu einer Leiter, über der Birgit die Umrisse und den Handgriff einer Falltür sah. Kötter kletterte hinauf und stemmte sich mit eingezogenem Kopf gegen die liegende Tür. Staub und Dreck rieselten aus den Ritzen auf Birgit herab. Sie hatte kein T-Shirt zum Wechseln dabei. An einem Seil, das von einem Dachbalken herabhing, zog sich der Bauer in die letzte Etage.

»Jetzt Sie.«

Birgit versuchte an der Leiter zu rütteln. Sie wollte sicher sein, dass sie nicht wegrutschte, und kraxelte nach oben. Um in die Vergangenheit einzutauchen, musste man auf diesem Hof immer in Höhen hinaufsteigen. Im Turm hatte es sich wenigstens gelohnt.

»Hier muss irgendwo ein Schalter sein.« Es klang wie eine Entschuldigung.

Eine nackte, trübe 40-Watt-Birne spendete nur wenig Licht und konnte den langgezogenen Raum unter den Dachziegeln nicht ausleuchten. Direkt über der Funzel konnte sie die Schindeln sehen, die die Nahtstellen zwischen den Dachpfannen abdeckten. Der Boden erstreckte sich von einem Giebel zum andern.

»Vorsicht, hier hängt noch eine Leine.«

»Zum Wäschetrocknen?«

»Daran denken Frauen immer zuerst. Tabak, Frau Wallo, Tabak soll hier getrocknet worden sein. Noch in den fünfziger Jahren gab es im Garten ein Tabakbeet. Marke Eigenbau, Zollturm-Verschnitt taufte ihn mein Großvater.«

»Wie, Tabak?«, fragte Birgit, ohne die gespannten Leinen aus den Augen zu lassen.

»Fein gehäckselt für die Pfeife. Als Beigabe mischte mein Großvater im Sommer getrocknete Huflattichblätter unter. Husten und Katarrh kannte er nicht. Manchmal ging er auch an die Kleeböcke.«

Birgit stolperte über einen Karton, an dessen Seite sie gerade noch »Henko« entziffern konnte. Dahinter lagen wild durcheinander Schachteln aus der Nährmittelfabrik Gerabronn und von »Schüle-Nudeln«. Auf einer stand »Erbswurst«.

»Der Koffer müsste dort drüben stehen.«

Stand er aber nicht.

»Dann auf der anderen Giebelseite.«

Sie lief wieder hinter ihm her, an dem gefährlichen Loch mit der Leiter vorbei. Kötter blieb stehen und zeigte im Halbdunkel auf einen Überseekoffer mit gewölbtem Deckel, den man auch für eine Truhe halten konnte.

»Da ist sie.«

»Dieses Monstrum haben Sie hier heraufgeschleppt?«

»Ich war einmal spürbar jünger. Wir nehmen sie am besten, wie sie ist, mit hinunter in die Gaststube.«

Damit hatte sich Kötter übernommen. Er hob den Koffer am seitlichen Henkel hoch, kratzte sich hinterm Ohr und sagte nur »Ouh«.

In fünf kleinere Kartons mussten sie den Inhalt der Truhe umpacken, um die Papiere hinunterzutragen. Birgit zähmte ihre Ungeduld und fischte sich beim Umpacken nichts aus den Stapeln heraus. Sie wollte Kötter nicht zeigen, wie heiß sie auf neue Hinweise zur Landkommune war. Er wusste immer seinen Vorteil zu nutzen und könnte auf den Gedanken kommen, eine Gegenleistung zu erwarten. Was bislang an ihr vorbeigehuscht war, enttäuschte sie. Ein »Münchhausen« und ein »Robinson Crusoe« gingen durch ihre Finger, ein paar lose Kontoauszüge und das Sanella-Album »China-Tibet-Japan«. Sonst unterschied sich die Truhe kaum von einem Papierkorb.

In der Gaststube stapelten sie die Kartons auf dem Tisch vor der Eckbank. Kötter klopfte den Staub aus seinem Hemd und machte es noch schlimmer.

»Wir gehen die Sachen gemeinsam durch. Vielleicht übersehen Sie etwas Wichtiges«, sagte Kötter.

Birgit stimmte diesem Vorgehen zu, war aber eher der Überzeugung, dass er etwas Bedeutsames übersehen könnte.

Kaum hatte er den ersten Karton geöffnet und das erste staubige Papier auf den Tisch ausgebreitet, erscholl aus der Küche die Stimme von Adelheid: »Kötter, im Wasserhahn ist wieder Kalk! Ich habe es dir gestern …« Sie stand in der Tür und stockte. »Oh, ich wusste nicht, dass du Besuch hast.«

Sie ging auf Birgit zu und begrüßte sie wie eine alte Bekannte. »Nett, dass Sie uns besuchen. Wie Sie sehen, kommen wir hier voran.«

Birgit entging nicht ihr schräger Blick auf den Staub, der sich über die Tischplatte auszubreiten drohte. Sie sagte »uns« und »wir«. Innerlich übersetzte Birgit die Szene in Klartext: Adelheid war nicht nur die Stundenhilfe aus dem Dorf. Sie hatte das Regiment im Haus übernommen und Kötter zum Unteroffizier degradiert. Bald wird man mit ihr verhandeln müssen.

»Ich komme gerne zu Ihnen heraus. Es ist alles so adrett hier.« Sie wusste, wie man sich bei der Frau des Hauses lieb Kind macht.

»Sie sind eine Frau. Sie sehen das. Die Männer haben keinen Sinn dafür. Sie haben noch viel vor, sehe ich.« Ihr Blick glitt über die Kartons. »Sie bleiben doch zum Abendessen?«

»Gerade wollte ich es anbieten«, schaltete sich Kötter ein, der nunmehr der Knecht in seinem eigenen Hause war. Er griff zum nächsten Papier aus der Kiste, um dem Gespräch ein Ende zu machen.

»Pachtabrechnungen, Holzverstrich, Landwirtschaftskasse.« Birgit legte alle Papiere, die nicht ihr Thema betrafen, auf einen Stoß, der stetig wuchs. Sie fand nicht, was sie suchte. Nichts über Thomas, Elfi, Jürgen, kein Mietvertrag, kein Brief, in dem diese Namen vorkamen. Sie waren schon beim dritten Karton. »Gebrauchsanweisungen für den Rasenmäher«. Da, endlich. Ein festes Kuvert mit Feldpoststempel. Sie reichte es an Kötter weiter. Er schüttete den Inhalt des Kuverts auf den Tisch.

»Das ist ja ganz altes Zeug.«

Birgit überflog das beiliegende Schreiben der Württembergischen Staatsbahn vom März 1918, den Beförderungsschein für einen Johann Georg Kötter, der im Feldlazarett in Dieppe in Belgien gestorben war, zum Güterbahnhof in Rot am See. Zum Schreiben gehörte eine halbe Erkennungsmarke, die an einem Kettchen hing.

»Der Bruder meines Großvaters ist gefallen, damals.«

Birgit nahm die Erkennungsmarke sacht und scheu in die Hand, las den Namen nochmal und die eingravierte Nummer. Sie sah die im Schützengraben übereinandergeworfenen toten Soldaten, die die Gaswolke zurückgelassen hatte, die Müllhalden des Ersten Weltkrieges, die Gesichter mit den weggeschossenen Unterkiefern. Sie roch den Gestank, der aus den Bunkern kam. Noch einmal nahm sie die Plakette, drehte sie auf die Rückseite, die mit einem weichen Film überzogen war. Mit dem Fingernagel ritzte sie eine Linie ein. Plötzlich erstarrten ihre Finger, und sie ließ das Kettchen mit der Marke auf den Tisch fallen.

»Was haben Sie plötzlich? Ich habe ihn nicht gekannt.«

»Der Schweiß, sehen Sie!«, rief sie. »Der eingetrocknete Schweiß Ihres Großonkels aus den verdreckten, blutigen, verlausten Unterständen in Flandern, nach neunzig Jahren.«

»Nein«, sagte Kötter und meinte »Ja?«.

Birgit schaute nicht hin, wie er mit dem Fingernagel über die Rückseite strich.

»Sein Schweiß war auf Ihrer Bühne beerdigt.«

»Vielleicht hätte er den Hof übernommen, wenn er nicht draußen geblieben wäre. Mein Großvater hätte eine andere Frau genommen, und mich gäbe es dann gar nicht.«

Behutsam, ja ehrfürchtig schob er die Papiere und die Plakette wieder in das Kuvert zurück und legte es auf seine Tischseite.

Im vierten Karton endlich stieß Birgit auf ein verschnürtes Bündel mit Luftpostbriefen.

»Von Ihrer Verwandtschaft aus Amerika.«

Sie reichte das Päckchen an Kötter weiter, der es öffnete und sagte: »Wir hatten keinen Onkel in Amerika. Sie sind damals alle hier geblieben. Das ist ja auch in englisch. Damit kann ich nichts anfangen. Mehr als ›Ei häff nou Sätisfäckschen‹ ist bei mir nicht hängen geblieben.«

»Ich kann die Briefe für Sie übersetzen. Sie helfen mir – ich helfe Ihnen. Wir sind schon ein eingespieltes Team.« Sie hoffte, dass es ihm schmeicheln würde.

»Wenn Sie das für mich machen könnten? Englisch nützen mir die Briefe gar nichts.«

Birgit hatte auf den Kuverts Poststempel von 1946 und 1947 entdeckt. Mit der Kommune konnten sie nichts zu tun haben. Sicher mit dem Krieg und, wenn sie Glück hatte, mit den letzten Kriegstagen hier in der Gegend. Und wer kann schon sechzig Jahre alte Briefe ungelesen beiseitelegen? Sie musste sie haben. Der Bauer hat kein Herz. Weshalb sollte sie eines haben?

»Könnte ich die Briefe für einen Tag mitnehmen? Zum Übersetzen brauche ich sicher ein Wörterbuch.«

»Ich bitte darum«, sagte Kötter und wollte damit charmant wirken.

Sie knotete das Bündel wieder zusammen und ließ es ohne Hast in ihrer Handtasche verschwinden.

Eine winzige Quittung aus dem fünften und letzten Karton fiel ihr noch in die Hände, auf der sie endlich eine Information erhielt, die zu dem kurzen Tagebuch passten, das sie im Turm im Strohsack gefunden hatte. Eine gewisse Elfi Neureiter hatte eine Quittung über 80.– DM unterschrieben, am 25. Juni 1970. Ohne dass Kötter es bemerkte, ließ sie den Zettel aus einem üblichen Quittungsblock auf den Boden fallen. Er musste nicht alles wissen.

Der Regulator an der Wand schlug halb sieben, und pünktlich öffnete sich die Tür zur Küche, aus der die Anweisung erging: »Tisch abräumen, Essen ist fertig.«

»Wir sind ja auch ziemlich durch«, sagte Kötter. »Ich muss mir das alles noch einmal in Ruhe ansehen und lesen. Sie haben mich mit Ihrem Eifer angesteckt.« Er stapelte die Kartons in der toten Ecke der Bank, während Birgit in die Küche ging und von Adelheid einen Lappen erbat, um den verstaubten Tisch abzuwischen. Das brachte ihr noch einige Pluspunkte ein. Kommentarlos reichte ihr Adelheid einen nassen und einen trockenen Lappen. Damit war sie in die Hausgemeinschaft aufgenommen.

Selbstverständlich übersah Adelheid nicht den Zettel, der auf dem Boden lag. Birgit folgte ihren warnenden Blicken, hob schuldbewusst die Quittung der Kassenwartin Elfi auf und reichte sie an Kötter weiter, der sie las und zusammenknüllte.

»Unwichtig. Steht nicht einmal drauf, wofür die 80 Mark waren.«

Das Papierkügelchen rollte über das alpenländisch gemusterte Sitzpolster der Eckbank auf Birgit zu. Sie gab ihm noch einen spielerischen Schubs und setzte sich darauf, damit der schlampige Gastgeber es vergessen konnte. Nach dem Abendessen drängte sie darauf, schnell nach Hause zu kommen. Adelheid brachte sie bis vor die Haustür.

Sie hatte nicht gefunden, was sie suchte. Doch die alten Luftpostbriefe aus den USA zogen sie wie ein Magnet in ihr Appartement.

An diesem Abend würde sie Erik ein klein bisschen näher sein.

Wenn Ulf, das hilfreiche Weichei, recht hatte, konnte sie sich an diesem Samstagabend die vorletzte Flasche aus ihrem Miniweinregal leisten. Den Schwarzriesling-Weißherbst aus dem Unterland hielt sie für angemessen, um das Päckchen Briefe zu übersetzen.

Wie Liebesbriefe war das Bündel verschnürt. Sorgsam öffnete sie die Schlaufe und ordnete die Kuverts nach dem Datum. 1945 bis 1949. Sie nahm einen kräftigen Schluck, als sie feststellte, dass die Umschläge neben den handgeschriebenen Briefen in englisch auch maschinengeschriebene Übersetzungen enthielten. Das wäre schon mal geschafft. Jede Übersetzung war mit Gummilettern aus einer Kinderdruckerei gestempelt. »Frank Lindenmeyer Crailsheim«. Ab Mitte 1946 nannte er sich Franky. Das vielbenutzte »e« war grob und fett, das »y« jungfräulich gestochen scharf.

Neun Briefe von Daniel Walker aus Billings in Montana an Hans Georg Kötter. Das musste der Großvater des jetzigen Joachim Kötter gewesen sein, der noch ein Kind mit Hunger auf Kaugummi gewesen war, als sich 1970 die Kommune und Kochendörfer im Turm einquartiert hatten.

»Lieber Hans-George«, begann die Übersetzung des ältesten Briefes vom 15. August 1945.

»Schade, ich konnte Sie / dich nicht mehr besuchen, bevor dem Abreisen. Alles ging sehr schnell von Crailsheim nach Bremerhaven. Ich habe Sie / dich, die Farm, den Turm und die alte Lady nicht vergessen. Ich hatte Heimweh, irgendwie.

In New York dankte ein General uns allen. Viele weinten. In Helena und Billings waren die Leute freundlich zu uns allen und Sterne und Streifen hingen aus den Fenstern.«

»Professionelles Übersetzungsbüro«, murrte Birgit vor sich hin.

»Betty hat mich an der Busstation abgeholt. Wenn ich Arbeit finde, werden wir heiraten. Ich hoffe so. Ich habe ihr alles erzählt. Sie glaubt es nicht. Es war doch Krieg, sagt sie, Soldatenmärchen. Sie möchte Fotos sehen von Lisa, Bawee und Rossell als Beweis. Kannst du mir ein Foto schicken? Auch vom

Hof. Schreiben Sie, wie es Ihnen geht. Das Paket mit dem Kaffee und der Schallplatte habe ich auf das Postbüro gebracht.«

Birgit konnte sich nun sicher sein: Daniel Walker war der schwarze Cowboy, der im April 1945 die Kühe molk und fütterte. So hatten die Kötters doch noch einen Onkel in Amerika bekommen, der ihnen in der schlechten Zeit private CARE-Pakete schickte.

Im zweiten Brief bedankte sich Walker für die Fotos von den Kühen, dem Turm und der Lady. »Es ist schade, kein Bild zusammen zu haben.« Im Kuvert lag noch das Foto von Betty, drall, kräftig und gesund.

Im dritten Brief vom März 46 schrieb Daniel Walker, dass er und Betty Arbeit auf der gleichen Farm angenommen hatten. So könnten sie sich auch tagsüber manchmal von Weitem sehen.

Im vierten Brief heirateten sie.

Weihnachten war sie schwanger, und im nächsten Umschlag lag ein Foto von einem lachenden schwarzen Baby mit Kulleraugen. Sie ließen ihn »Sunrise« taufen.

Dann gab es im Briefwechsel eine längere Pause. Fehlte ein Brief? Wohl nicht, denn Daniel entschuldigte sich im nächsten Brief dafür. Jeden Tag vor und nach der Arbeit bauten sie an ihrem Heim, das jetzt, im Juli 1948, fast fertig sei. Der Krieg sei auch schon so lange her, und bei den Sorgen um den Hausbau hätten sie ihn fast vergessen. Der kleine Sunrise käme ganz nach seiner Mutter, kräftig und gesund. Walker fragte etwas verwundert: »Was ist das, ›neues Geld‹? Und von Berlin höre man viel.«

Im letzten Brief Walkers konnte der kleine Sunrise schon die Zeitung aus dem Briefkasten holen, und sie sparten für ein Auto.

Viel war es nicht, was Birgit aus den Briefen für ihre Zeitung herausdestillieren konnte. Aber es ließ sich mit den Fotos eine ergreifende Familiengeschichte im Sinne der deutsch-amerikanischen Freundschaft stricken. Das wird immer noch gerne gelesen, wenn es sich in der Vergangenheit zugetragen hat.

Die tatsächlichen Ereignisse standen der Story nicht allzu sehr im Wege. Schließlich sollten die Beiträge nur die Zeit überbrücken, bis Sergeant Pepper mit den ersten Untersuchungsergebnissen aufwarten konnte.

Birgit tippte den ganzen Sonntag auf Halde. Von dem alten Weiblein und ihrer privaten Verkehrszählung, den Gespenstern, die in den zwölf Nächten um den Turm schlichen, und von der Landkommune, ohne Kochendörfer zu erwähnen.

Am Montag stand in der Zeitung, nicht im »Anzeiger«, sondern wieder im »Merkurio«, wie die Kuh Lisa Mitte April 1945 den Einmarsch der Amerikaner ins Hohenloher Land überlebte, an jenem Ort, an dem die Uhr des Weltgeschehens für einen Augenblick stehen geblieben war und über ein halbes Jahrhundert später die unbekannte grausliche Leiche entdeckt wurde.

Herr Albert vom »Merkurio« hatte eine Mail abgesetzt: »Firma dankt. Weiter so.«

Hoffentlich dachte er an die Überweisungen.

Birgit wunderte sich darüber, dass sie vor dem Polizeigebäude spürte, wie ihr Herz pochte. Die Fingerabdrücke, die sie in die Verbrecherkartei einspeisen sollte, waren es nicht, die ihre Fluchtinstinkte aktivierten. Sergeant Pepper würde sie, wenn sie ihm nicht ausweichen konnte, ordentlich zurechtstutzen. Andererseits wäre dies eine Gelegenheit, ihm einige Neuigkeiten zu entlocken. Auf dem langen Flur, in den sie der Wegweiser dirigierte, tauchte er nicht auf. Dennoch fühlte sie seine Augen in ihrem Rücken. Aber es war nur der Indoor-Logistiker, der die Akten und Briefe in die Büros verteilte und wieder einsammelte.

»Frau Wallo?«, vergewisserte sich der Fingerabdruckpolizist und ließ sich den Ausweis ein zweites Mal zeigen.

»Frau Wallo ist da«, rief er ins Nebenzimmer.

»Wo da?«, kam eine Stimme in hochdeutsch zurück.

»Hier, bei mir im Zimmer.«

»Hier? Ach so, ja dann.«

Der Polizist schüttelte den Kopf. »Ausländerin zur Fortbildung, aus der Lüneburger Heide, entschuldigen Sie, Frau Wallo. Sie hat noch Schwierigkeiten mit unserer Sprache. – Ich habe Ihren Artikel gelesen.«

Birgit versuchte in seinen Augen zu lesen, ob er ihm gefallen hatte. Er wich aus.

»Alle haben ihn gelesen. Wenn Sie ein Buch darüber schreiben, werde ich es mir kaufen.«

»Ich biete Ihnen den Finger, und Sie wollen gleich die ganze Hand.«

Er lachte breit. »Sehen Sie, deshalb würde ich es sogar lesen. Herr Peppinghaus möchte Sie sprechen, wenn wir hier fertig sind«, streute er nebenbei ein.

Also doch, dachte Birgit und redete sich Mut ein.

»Ein guter Chef?«

»Nein. Man weiß nie, was er vorhat. Das nervt.«

»Hilft aber beim Denken«, gab sie schulmeisterlich dazu. Dann brach das Gespräch ab.

Die Dame aus der Lüneburger Heide führte Birgit über den langen Flur zurück und gab sie bei Peppinghaus ab. Wortlos wies ihr der Hauptkommissar den Vernehmungsstuhl an.

Wieder, wie am Freitag in der Kötter'schen Gaststube, schob er seine Kuhaugen über den Tisch auf sie zu und schwieg. Gleich wird er losbrüllen. Sie hatte sich den Panzer der Pressefreiheit umgeschnallt. An ihm würden alle Vorhaltungen abprallen. Er konnte sie nur beschimpfen, ihr aber nichts anhaben. Sie fühlte sich stark, weil sie sich hinter ihrem demokratischen Recht verstecken konnte. Trotzdem war es ihr peinlich, dass sie ihm eine Nase gedreht hatte.

»Sie wollen besonders tüchtig sein in Ihrem Beruf. Dabei gehen Sie über Leichen. Das gefällt mir nicht.«

»Ich muss Ihnen nicht gefallen«, gab sie trotzig zurück.

»Geben Sie sich keine Mühe«, sagte er gedehnt. »Herrn Baerenreiter gefallen Sie auch nicht, vermute ich.« Peppinghaus studierte ihr Gesicht, sah aber nur, wie sie die Unterlippe nach oben schob, als ob ihr das gleichgültig wäre. »Sie werden ihn morgen sehen. Um 11.00 Uhr Pressekonferenz. Das ist eine Einladung.« Er stand auf und schaute aus dem Fenster in den Hinterhof.

»Sie wissen, was auf Unterdrückung von Beweismaterial steht? Bis morgen!«

Sie wagte nicht zu fragen, ob es neue Ermittlungsergebnisse gab, ob die Mumie einen Personalausweis in der Jackentasche bereitgehalten habe oder ob der Mönch in seiner Klause verhungert sei. Antworten auf solche Fragen hatte sie sich verscherzt. Sie hatte ihn hereingelegt und hoffentlich einen großen

Batzen Geld damit verdient. Weshalb sollte er gerade ihr eine Information zustecken? Uneins mit sich selbst, verließ sie das Polizeigebäude.

Noch am frühen Nachmittag sandte sie ihren schon vorbereiteten Artikel an diesen Herrn Albert und versuchte, etwas über ihren Kontostand herauszufinden.

»So viel Glück möchte ich auch mal haben. Kein Foto weit und breit – nur diese toten Augen, die selbst mir Angst einjagen. Für einen Becher im Eiscafé reicht's.« Herr Albert machte eine Pause. »Und für den Kleinwagen, mit dem Sie davor parken. Ihren Dusel möchte ich haben.«

»Sie … Sie meinen?«, stotterte Birgit.

»Fünfstellig mit zunehmender Tendenz.«

Sie brauchte einen Moment, um diese Nachricht zu verdauen. Sie hatte die Talsohle verlassen und rannte auf einen Gipfel zu. Sie hätte aus ihrem Schreibtischsessel hüpfen können, wollte es ihn aber nicht merken lassen und tat, als ob sie solche Mitteilungen routinemäßig zur Kenntnis nähme.

»Ich werde es auf der Abrechnung sehen. Für morgen ist zu einer Pressekonferenz eingeladen. Vermutlich gibt es Untersuchungsergebnisse. Heute noch einmal einen Rückblick auf eine durchgeknallte Landkommune, Hippies aus den Siebzigern, Aussteiger, die Holz im Wald sammelten und nach der Klangschale meditierten.«

»Danach muss aber Fleisch an die Mumie. Sie können nicht laufend Vorworte schreiben. Ein Verdächtiger muss her und etwas mehr Leidenschaft. Ihre Ironie zwischen den Zeilen versteht sowieso keiner.«

Birgit versprach es und machte dem Gespräch schnell ein Ende, um sich in Gedanken in der fünfstelligen Zahl auf ihrem Kontoauszug zu suhlen.

Im Landgasthof der Langsamesser bestellte sie am Abend ein Gericht, das auf der Speisekarte weit unten stand.

Die Scheinwerfer waren noch nicht aufgebaut, als sie im Besprechungsraum des Polizeipräsidiums in der Kreisstadt ankam. Ulf war nicht zu sehen. Er würde ohnehin wieder zu spät kommen oder überhaupt nicht, denn es war nicht mehr sein Ressort, wie ihm der Aufschneider Baerenreiter unmissverständlich klargemacht hatte.

Zwei Tische waren an der Stirnseite quer gestellt. Die Dame aus der Lüneburger Heide stellte je ein halb gefülltes Wasserglas ab und die angebrochene Flasche in die Mitte. Den Journalisten sollte der sparsame Umgang mit Steuermitteln ins Auge fallen. Hatten sie so viel zu sagen, fragte sich Birgit, oder sollte nur dem Kommissar bei kniffligen Fragen der Griff zum Glas einige Sekunden zum unauffälligen Nachdenken verhelfen? Schreiberlinge tauchten auf, die sie nicht kannte. Sie mussten von weit her kommen.

Kurz bevor nachgestuhlt werden musste, kam Baerenreiter durch die Tür und musterte überrascht die ungewohnt zahlreiche Konkurrenz. Ohne den Kopf zu drehen, erspähte sie durch den Augenwinkel, wie ihr früherer Kollege auf sie zusteuerte. Im Vorbeigehen zischte er ihr zu: »Treuloses Miststück.« Sie reagierte nicht, und ein Gruß war überflüssig geworden. Nur kurz wallte Zorn in ihr auf. Denn nicht sie hatte die Freundschaft zum »Anzeiger« aufgekündigt.

Auch wärmende Genugtuung verspürte sie. Der »Anzeiger« hatte ihr Foto des Toten bei dem Herrn Albert bestellen und sicher mehr dafür bezahlen müssen, als sie je für ein Foto mitsamt Artikel von Baerenreiter bekommen hätte. Sie war zur Charaktersau geworden und genoss es. Noch vor drei Wochen wäre sie vor Scham in den Boden versunken.

Birgit hatte sich einen Platz in der ersten Reihe reserviert und stolzierte nach vorne. Ob die anderen Pressefritzen hinterrücks über sie tuschelten?

Hauptkommissar Axel Peppinghaus und die kräftige Frau, die am Tatort einen weißen Mantel getragen hatte, nahmen hinter den Wassergläsern Platz. Er nickte Birgit freundlicher zu, als sie es erwartet hätte. Nach einem ordnenden Griff zum Krawattenknoten, als ob er seine Stimmbänder kontrollieren wollte, fasste er den Fall in knappen Sätzen zusammen: Der Tote, männlich, etwa zwanzig Jahre alt, dunkle Hautfarbe. Todesdatum mit hoher Wahrscheinlichkeit zwischen 1968 und 1972. Aufgesetzter Schuss aus einer amerikanischen Armeepistole, die neben der Leiche gefunden wurde. Freitod unwahrscheinlich.

»Ich habe noch keinen Selbstmörder gesehen, der die Pistolenkugel eingesammelt und sich hinterher selbst eingemauert hat. Wir gehen von Mord aus. Alle Personen im Raum unter fünfzig Jahren haben wir aus der Liste der Verdächtigen gestrichen.«

Einige lachten und notierten eifrig den Satz, den Peppinghaus in der Zeitung lesen wollte.

»Das macht er immer. So diktiert er uns die Artikel«, hörte sie aus der zweiten Reihe.

»Hatte der Tote einen Namen?«

»Da bin ich sicher. Aber wir wissen ihn noch nicht. Befreundete Dienste helfen uns bei der Identifizierung.«

Aus dem Raunen der Zuhörer kam eine weitere Frage: »Befreundete Dienste? Was kann man darunter verstehen? Ich habe im Hof ein Fahrzeug mit amerikanischem Kennzeichen gesehen. Gibt es einen Zusammenhang mit dem Irakkrieg?«

Sergeant Pepper grinste breit und legte seine Glupschaugen fast auf den Tisch.

»Ich will nicht unhöflich sein und auch kein Schulmeister.« Er fixierte den aufgeschossenen Jüngling, der redete, bevor er kopfrechnete. »Sie dürfen trotz gegenteiliger Erfahrung fest damit rechnen, dass in dieser Welt alles mit allem zusammenhängt.«

Birgit hätte ihn für diesen absurden Satz umarmen können. Er wird ihn lesen können.

Die Sensation hatte sich Peppinghaus für den Schluss aufgespart. »Heute Morgen haben wir Herrn Karlo Kochendörfer vorläufig festgenommen. Ein Haftprüfungstermin ist anberaumt.«

Für einen Moment wurde es sehr still. Dann redeten plötzlich alle durcheinander. Angestellte von Nachrichtenagenturen rannten mit dem Handy am Ohr zur Tür hinaus, um ihre Redaktionen zu informieren.

Peppinghaus lehnte sich zurück und wartete, bis sie wieder Platz genommen hatten.

»Wo waren wir stehengeblieben?«

Vier unerfahrene Volontäre fielen darauf herein. »Haftprüfung«, wieherten sie ihm zu.

»Danke. Wo wären wir ohne die Presse? – Bei einem Verdächtigen, der überall Freunde hat, über finanzielle Mittel verfügt, um sich an jedem Ort der Welt verstecken zu können, und der im Ruf steht, die Flugpläne der wichtigsten Airlines auswendig zu kennen, besteht vermutlich Fluchtgefahr. Aber das muss der Richter entscheiden.«

Auch Birgit war elektrisiert. Sie hatte richtig getippt. Pepper hatte denselben Verdacht wie sie.

»Ich kann den endgültigen Ermittlungsergebnissen nicht vorgreifen. Aber so viel steht fest: Der Verdächtige kennt sich am Tatort aus und weiß besser als jeder Heimwerker, was Trockenbau ist. DNA-Spuren legen darüber hinaus nahe, dass er sich nicht nur in den letzten Tagen, sondern vor langer Zeit am Tatort aufgehalten und auf demselben Strohsack geschlafen hat wie das Opfer.«

Das klang überzeugend.

»Gibt er die Tat zu?«, fragte Baerenreiter.

»Er hat bei seiner Festnahme nur ein Wort gesagt: ›Nein.‹ Dann hat er mit seinen Anwälten telefoniert. In zwei Tagen, Donnerstag früh, gleicher Ort, gleiche Zeit, wissen wir vielleicht mehr.«

Birgit war als Erste an der Tür. Um Peppinghaus wollte sie heute einen weiten Bogen machen. Sie fürchtete Fragen, bei denen sie ihr Geheimnis verschweigen oder preisgeben müsste. Beides wäre gleichermaßen unangenehm. Sie wollte die Erste sein, die über das Leben des Bauunternehmers bei den Hippies berichtete, ohne Hilfe der Polizei. Ein Foto dieses Herrn vor dem Mumien-Turm hatte sie auch noch auf der Festplatte. Albert vom »Merkurio« hatte endlich seinen Verdächtigen.

Im Hof suchte Birgit vergeblich nach einem Auto mit amerikanischem Kennzeichen.

Die Fakten über die bisherigen Ermittlungsergebnisse waren schnell zusammengefasst. Lob träufelte auf den Kommissar nieder. Seine Bonmots zitierte sie wörtlich und sparte nicht an Häme über ihre eigene Zunft bei der Frage nach dem Irakkrieg.

Auf welche Frage hat Kochendörfer mit »Nein« geantwortet? Das hatte Sergeant Pepper den Journalisten nicht verraten, und keiner der Döskopfe hatte danach gefragt. Sie selbst war an einer schnellen Antwort nicht interessiert. Je länger an dem Fall gekocht wurde, desto länger konnte sie ihr täglich Brot damit verdienen.

Ohne Zweifel hatte Kochendörfer vor vierzig Jahren im Turmzimmer gehaust und im selben Bett wie der Ermordete geschlafen. Sie kannte ihre Kollegen: Welch ein Thema! Das geheime Leben des Baumoguls. Sie werden sich daraus ein Eifersuchtsdrama im Homosexuellenmilieu der 68er zusammenfantasieren, als es noch kein AIDS gab. Die katholische Presse wird Verständnis heucheln, da ja keine Kinder beteiligt waren. Oh Gott, ist das schön, wenn man mehr weiß als alle anderen!

Sie zitierte süffisant und ausführlich aus dem Tagebuch, das ihr im Strohsack in die Hände gefallen war und von dem sie sich eine private ebook-Version gemacht hatte. Vom Holzholen im Wald, dem Brotbrechen bei Tisch, den literarischen und musikalischen Soireen, den spermatischen Mittagspausen und den Zwangsurlauben dieses fiktiven Jochen, in dem jeder Leser den festgenommenen Kochendörfer erkennen konnte, zumal, wie auf der Firmenhomepage nachzulesen war, der Großvater des jetzigen Kochendörfer, der Firmengründer, mit Vornamen Jochen hieß. Wenn er in demselben Bett geschlafen hat wie das Mordopfer, dann nicht gleichzeitig, sondern nacheinander. Das Foto, auf dem Kochendörfer seinen mutmaßlichen Tatort bewacht, rundete den Bericht ab.

Aus Freude über ihr neues Leben hätte sie fast Erik angerufen und die Abmachung gebrochen.

Frau Krause vom Schreibwarenladen hatte Birgit Wallo, ihrer »Frau Nachbarin«, wie sie neuerdings behauptete, wie gestern einen »Merkurio« zurückgelegt. Sie staubte die Bleistifte ab, die aus ihren Röhren wie Stalinorgeln auf unentschlossene

Kunden zielten. Frau Krause hoffte auf Neuigkeiten, die sie mit Berufung auf zuverlässige Quellen bei ihrer Kundschaft aussäen konnte. Doch Birgit hatte es eilig. Sie hatte sich vorgenommen, den ganzen Tag zu schreiben.

»Geben Sie mir von allen Tageszeitungen, die Sie haben, die heutige Ausgabe.«

»Ich habe schon alles gelesen. Das ist der Vorteil der Zeitungsfrau. Sonst lese ich ja nicht viel. Aber das mit dem Kochendörfer ist ja eine merkwürdige und kuriose Angelegenheit. Der ›Anzeiger‹ hält ihn für einen schwulen Socken. Wo haben Sie das Tagebuch her? Sie sind noch so jung. Die andern können sich bei Ihnen eine Scheibe abschneiden.«

»Hoffentlich nicht.« Birgit fasste sich gespielt ängstlich an ihre Bluse.

Frau Krause lachte aus vollem Hals. »Sie sind eine. Meinen Sie, er kommt wieder raus?«

»Wenn er es gewesen ist, dann nicht. Wenn er es nicht gewesen ist, schickt er uns die Bagger ins Haus.«

Nach diesem Satz war sie aus der Tür und rannte mit ihrem Bündel zum Bäcker und dann an den Frühstückstisch. An diesem Morgen war sie sich sicher, dass kein Bauunternehmer in ihrem Schrank saß. Die Zelle war geräumiger. Zum Mord käme noch ein Einbruch hinzu, falls Sie gegen Kochendörfer in den Zeugenstand müsste. Eine unangenehme Vorstellung.

Angenehmer war es, sich die Gesichter ihrer geschätzten Kolleginnen und Kollegen aus den anderen Redaktionen vorzustellen, wie sie den langen Artikel im »Merkurio« lesen und darüber grübeln, wie man es anstellt, einen Verdächtigen zu fotografieren, der den Ort seiner mutmaßlichen Untat bewacht. Baerenreiter hatte sie damit an die Wand geklatscht und ihm das »treulose Miststück« heimgezahlt.

Das Telefon flötete. Peppinghaus schnaubte. »Ich will das Tagebuch noch heute Vormittag auf meinem Schreibtisch sehen. Satteln Sie Ihren Pegasus und flattern Sie hierher.« Birgit schüttelte sich. Wie immer setzte er das Wichtigste an den Schluss: »Kochendörfer will Sie sehen.«

Die Flure rochen nach Muff und Angstschweiß. Gestern war es ihr nicht aufgefallen. Sie wurde sofort vorgelassen. Schon an der Tür spürte sie es in der Nase: Sergeant Pepper hat in seinem Büro geraucht. Sicher nur aus ermittlungstaktischen Gründen, um einen Zeugen gesprächig zu machen. Verabreichung von Drogen während des Verhörs. Er wird es begründen müssen. Auch sie hatte sich einige Ausreden zurechtgelegt.

Bevor der Hauptkommissar beginnen konnte, legte sie ihm wortlos die Foto-CD mit Kochendörfers Tagebuch auf den Schreibtisch.

»Der gesamte Text.« Das Tagebuch hatte seinen Dienst erfüllt. Nach der Veröffentlichung hatte es keinen Neuigkeitswert mehr. Sie hatte es an die Öffentlichkeit gezerrt, strich Geld dafür ein und wurde berühmt. Das genügte. Morgen musste sie schon eine neue Sau durchs Dorf treiben.

»Das Original will ich haben. Nichts aus dem Internet. Papier, Handschrift, Buchstaben, wenn Ihnen das noch etwas sagt.«

»Ich habe davon gehört«, sagte sie schnippisch. »Ich besitze das Original nicht, aber ich weiß, dass es vollständig ist. Sehen Sie es sich an.«

Peppinghaus legte mit der rechten Hand die CD in das Laufwerk ein und wischte mit der linken das vergessene Feuerzeug in die oberste Schreibtischschublade, ein Pfeifenfeuerzeug, wie Birgit gerade noch ausmachen konnte. Er blätterte virtuell in der Datei, las einige Abschnitte und schlug in seinem Tischkalender eine Seite zurück.

»Letzten Dienstagabend nach elf Uhr abends haben sie den Text fotografiert. Das Aufnahmedatum haben Sie mir dankenswerterweise mitgeliefert.«

»Ja, es war am Dienstag. Ich habe nichts zu verheimlichen.«

»Mata Hari behauptete das auch und wurde trotzdem erschossen. Wo waren Sie am Dienstagabend?« Peppinghaus gab sich keine Mühe, seine Erregung zu verbergen.

Birgit beabsichtigte nicht, den Hauptkommissar noch einmal hinters Licht zu führen. Nicht bei dieser Sache. Da alle Welt einen

Teil des Textes inzwischen kannte, konnte sie ihm auch berichten, wie sie ihn gefunden hatte. Vielleicht konnte sie ihre anderen Informationen dann noch einige Tage im Hintergrund halten. Ihre Offenheit würde Vertrauen schaffen. So hatte sie es sich vorgenommen. Sie erzählte ihm von ihrem nächtlichen Erkundungsgang im Turm, wie sie den Barchent aufgerissen und die Kladde gefunden hatte. Dann sei, während sie sich im Schrank versteckt hielt, ein schwergewichtiger Mann in die Dachstube des Turms gekommen, der mit einer Stimme wie Kochendörfer gesprochen und an die Wand geklopft habe. Gesehen habe sie ihn nicht.

»Das sagen Sie erst jetzt? Wir haben Haare und Hautpartikel von Ihnen im Schrank gefunden und konnten uns noch keinen Reim darauf machen. Für die Tat sind Sie zu jung.«

»Mich hat niemand danach gefragt. Wer konnte letzten Freitag ahnen, dass Herr Kochendörfer …«

»Sie denken nur an sich und Ihre Zeitung. Es geht darum, einen Mörder dingfest zu machen. Das ist keine Privatangelegenheit. Kochendörfer hat an die Wand geklopft?«

»Ich vermute, dass es Herr Kochendörfer war.«

»Wie hat er geklopft? Machen Sie es vor. Klopfen Sie an diese Wand.«

Birgit stand auf und pochte gehorsam mit der Faust an die Wand.

Bum – bum bum;

»Noch einmal. Wir brauchen es zweimal.«

Bum – bum bum.

»Er hat geklopft, und dann?«

»Er murmelte noch ein paar Worte vor sich hin: ›Sie hatte recht.‹ Ich habe keine Ahnung, wer ›sie‹ ist und womit sie recht hatte.«

»Wir werden es herausfinden. Wenn der Haftrichter das gestern gewusst hätte, wäre ihm die Entscheidung leichter gefallen. Er hat sich schwergetan, Kochendörfer in die Zelle zu schicken. Er ist schließlich kein Landstreicher.«

»Halten Sie ihn für den Mörder?«, fragte Birgit, um vielleicht doch noch einen kleinen Gewinn für sich aus der Unterredung zu ziehen.

Peppinghaus setzte sich unwirsch zurecht. »Sehen Sie hierher und schreiben Sie es sich hinter Ihre Ohrringe: Ich halte hier meinen Bleistift in der Hand, und sonst halte ich gar nichts, begriffen? – Ich trage Fakten zusammen. Zum Beispiel: Wer hat jetzt das Tagebuch – das Original?«

»Ich habe es Kochendörfer gebracht. Hat er das nicht bei der Vernehmung zugegeben?« Sie versuchte ihm noch etwas zu entlocken.

Er fiel nicht darauf herein. »*Ich* frage *Sie*. Hat Kochendörfer sein Tagebuch erkannt und zugegeben, dass er es geschrieben hat?«

»Sie wollen Fakten, Herr Peppinghaus. Ich hatte den Eindruck, dass ihm die Kladde nicht unbekannt war. Er hat nicht gesagt, dass sie ihm gehört. Die Ledergravur auf dem Einband hat ihm gut gefallen. Ich habe ihm das Büchlein deshalb geschenkt. Rechtlich gesehen gehört es ihm doch, auch wenn er es noch nicht offen zugibt. Ich weiß, dass er den Text geschrieben hat, aber er war sich letzte Woche nicht sicher, ob ich es weiß. Jetzt weiß er es.«

»Weshalb müssen Sie alles so kompliziert machen. Sie haben also nichts – keine Fakten!«

»Nein, aber Sie brauchen ihn doch nur zu fragen.«

»Heilige Einfalt.« Peppinghaus schlug die Hände über dem Kopf zusammen. »Sie müssen noch viel lernen.«

Es klopfte an der Nebentür, als sie schon halb geöffnet war. »Zwei Kaffee, wie bestellt.«

»Danke, Frau Maeterlink, Sie kennen Frau Wallo schon? Sie hat bestellt.«

Birgit warf der Vorzimmerdame einen irritierten Blick zu.

Bum – bum bum, trommelte Frau Maeterlink auf die Schreibtischplatte und verschwand.

»Wieder was gelernt«, nuschelte Birgit in sich hinein.

Peppinghaus ließ sich davon nicht ablenken. »Wenn der Verdächtige schuldig ist, sagt er natürlich ›Nein‹. Wenn er den Schwarzen aus dem Herz der Finsternis nicht umgebracht hat, sagt er auch ›Nein.‹ So arbeitet sich die Polizei Schritt für Schritt auf die Anklageschrift zu.«

Birgit setzte noch einmal an. »War die Mumie schwarz oder nur dunkel?«

»So schwarz wie Martin Luther King.«

Zwei Schwarze an einem Ort in einem weißen Land. Der eine unter der Kuh, der andere tot. Sie legte eine Leimrute aus. »Dann ist es doch klar: Ein amerikanischer Tourist kommt auf der Fahrt nach seinem geliebten Rothenburg ob der Tauber vom Weg ab, sucht sich eine Unterkunft und wird vom Herbergsvater aus niederen Beweggründen in die ewigen Jagdgründe geschickt.«

»Das waren die Indianer, Schlaumeierin.«

Birgit ließ ihrer Fantasie freien Lauf. »Der Vater des jetzigen Kötter, Friedrich Kötter, hat sein Geheimnis mit ins Grab genommen und muss nun als unerlöste Seele im Turm umgehen. Wenn Sie das Frau Rübsam erzählen! Mit ihren Verbindungen ins Jenseits kann sie Ihnen den Tathergang direkt ins Protokoll channeln. Reuige Gespenster sind redselig.«

»Hören Sie mir auf mit diesem spiritistischen Trallala. Der Schwarze hatte 1253 amerikanische Dollar in der Brieftasche, aber keinen Ausweis, keinen Führerschein, nicht einmal eine Fahrkarte. Das war kein Raubmord.«

Jetzt hat er zu viel ausgeplaudert, dachte Birgit, als Peppinghaus abrupt aufstand, ans Fenster ging und sinnend hinausstarrte: »Am schwarzen Himmel geht die Sonne auf. Sie geht buchstäblich auf im Westen und erweist uns einen Dienst, auch wenn sie weit weg ist.«

So also beginnt präsenile Demenz, ging es Birgit durch den Kopf, war sich aber nicht mehr sicher, als er hinzufügte: »Sie können doch rechnen und Gedichte interpretieren. Dann machen Sie sich an die Arbeit, wenn Sie uns unbedingt einen Schritt voraus sein wollen.«

»Ich schreibe nur meine Artikel für die Zeitung.« Sie machte ein unschuldiges Gesicht.

»Das sollen Sie auch weiterhin. Aber wenn ich am Abend vorher lesen könnte, was am anderen Morgen in Ihrem Blatt steht, dann könnte ich vielleicht noch ein bisschen Lyrik beisteuern.«

Langsam begriff Birgit. Er bot ihr einen Deal an und war mit seinem sibyllinischen Satz in Vorleistung getreten. Sie konnte nichts dabei verlieren, aber viel gewinnen. Wie viele Scheibchen von der Salami sie ihm über den Tisch reichen würde, konnte sie immer noch selbst entscheiden. Sie war bereit, auf seine Spielereien einzugehen.

»Sehet ihr am Fensterlein, dort die rote Mütze wieder – nicht geheuer muss es sein, denn er geht schon auf und nieder. – Brennt es denn in der Tret-Mühle?«

»Stellen Sie mir keine unzulässigen Fragen. Kochendörfer will Sie sehen, bevor wir ihn im Schub in die U-Haft bringen.«

Peppinghaus zog sich die Jacke über. Das Feuerzeug aus der Schublade steckte er in die Jackentasche und die kalte Pfeife in den Mund. Seine Hosen waren zu breit und zu lang, wie Birgit fand, ein eingeschrumpelter Westentaschen-Maigret mit lyrischen Anwandlungen.

»Ich bringe Sie runter«, sagte Peppinghaus. »Er wartet auf Sie. Warum? Ich weiß es nicht. Der Staatsanwalt hat es genehmigt, wenn ich das Gespräch vorschriftsmäßig überwache. In unserer kleinen Klitsche können wir es uns leisten, etwas unbürokratischer zu sein. Väterchen Zar ist weit.«

Der Weg in die Katakomben war steil und ausgetreten von den schwerwiegenden Verbrechen und den belasteten Gewissen, die auf diesen Stufen hinuntergetragen wurden. Dieser Satz könnte in der Ulf'schen Kolumne stehen. Sie musste ihn anrufen. Denn ihm hatte sie ihren Erfolg und ihre neue Freiheit letztlich zu verdanken. Sie war gewachsen, über Kochendörfer hinaus, dem sie noch vor wenigen Tagen ein Interview abgebettelt hatte.

Trotz ihrer hochfliegenden Gedanken schüchterte sie die Höhlenarchitektur ein und machte sie wieder klein. Nicht eine Stunde wollte sie in diesem Kleinstadtverlies zubringen. Und das ist nur der Vorhof zur Hölle. Hoffentlich bringe ich nicht eines unschönen Tages jemanden um. Peppinghaus bemerkte ihre Scheu.

»Keine Angst, die Folterkammern sind einen Stock tiefer. Werden selten benutzt, heutzutage. Meist genügt es, den Kaufhausdieben die Instrumente zu zeigen. Wir gehen ins Vernehmungszimmer.«

Birgit schwieg und blickte verstohlen auf die Treppe zurück, auf der sie heruntergestiegen waren.

»Sie wissen, Sie dürfen ihm nichts geben und nichts von ihm nehmen, maximal dreißig Minuten.«

Sie nickte nur schwach.

»Hier ist es.« Peppinghaus öffnete eine schwere Tür und sagte leise, aber bestimmt zu dem uniformierten Polizisten, der an der Wand lehnte: »Ich übernehme.«

Kärglicher konnte ein Raum nicht möbliert sein. Ein kommodenähnliches Stück in der Ecke und in der Mitte ein länglicher Tisch, an dem Kochendörfer schon saß.

Peppinghaus deutete auf einen Stuhl gegenüber der wuchtigen Gestalt. Birgit ging zögernd auf den Tisch zu, hängte umständlich ihre Tasche über die Stuhllehne und setzte sich. Kein Lächeln, kein Wort kam von Kochendörfers Gesicht. Er zeigte nicht die geschäftigen Bewegungen, die sie im Flughafenrestaurant und in seinem Büro gesehen hatte. War er niedergeschlagen oder ein Pulverfass kurz vor der Explosion?

Ohne Gruß begann er. »Sie haben mich hierhergebracht. Ihnen habe ich das zu verdanken. Holen Sie mich hier raus!«

Er klagte nicht, er bat nicht. Kochendörfer war Kochendörfer, der Chef, der Befehle erteilte. Da war es wieder, das ärgerliche Gefühl, benutzt zu werden. Bei jeder Begegnung mit ihm rastete es ein.

Das muss ich mir nicht mehr bieten lassen. Jetzt nicht mehr. Vorerst muss ich nach keiner Pfeife tanzen. Seine Pranken, an denen mutmaßlich Blut klebt, dirigieren mich nicht.

»Die Polizei hat Sie hierhergebracht. Sie selbst haben sich hierhergebracht. Ich schreibe Artikel darüber, mehr nicht!«

»Artikel, die mich ins Unglück stürzen. Ich habe eine Firma aufgebaut, eine gute Firma. Und jetzt soll alles vorbei sein, wegen … wegen …«

»Einem Menschenleben, wollten Sie sagen«, fuhr ihm Birgit dazwischen. »Und mich beschuldigen Sie!«

»Ihr Geschreibsel im ›Merkurio‹ ist eine Vorverurteilung. Merken Sie das nicht? Von den anderen Gazetten ganz zu schweigen. Klassenjustiz. Ihr tobt euch an den Erfolgreichen aus.«

Birgit war an einer Grundsatzdebatte mit dem Häftling wenig interessiert. Sie hatte noch Unmut auf Vorrat.

»Sie erinnern sich an den Schrank?« Birgit sah mit hämischer Freude, wie der Koloss zusammenzuckte und seine Augen größer wurden. Sie machte eine kleine tückische Pause, um ihn zu quälen und dann Entwarnung zu geben.

»Ich meine den Schrank im Turm. Sie erinnern sich? Ich saß drin, und Sie suchten im Strohsack nach dem Tagebuch, das Sie geschrieben haben. Sie waren im Sommer 1970 im Landturm, als ich noch im Quark war. Nun soll ich schuld daran sein, dass Sie in dieser Katakombe sitzen?«

»Sie haben die Pflicht, mich hier herauszuholen.«

»Gar nichts habe ich.« Sie schaute sich nach Peppinghaus um. »Muss ich mir das anhören?«

»Fragen Sie ihn«, antwortete er ungerührt.

Birgit hatte keine Gelegenheit, seiner Bitte nachzukommen. Kochendörfer nahm die Frage auf.

»Sie müssen nur eins. Artikel schreiben, ehrliche Artikel, um wieder gutzumachen, was Sie angerichtet haben. Schreiben Sie!«

»Keine Befehle mehr!«, rief Birgit erregt, »ich bin es leid. Suchen Sie sich eine andere Schuhputzerin. Sind die dreißig Minuten nicht endlich um?« Sie wandte sich fragend an Peppinghaus, der immer noch keine Miene verzog.

Sie stand auf und schwang ihre Tasche über die Schulter. Kein Wort zum Abschied. Unter der Tür hörte sie noch die letzten Worte von Kochendörfer: »Sie werden es bereuen, Sie beide!«

Peppinghaus winkte den Uniformierten wieder in den Raum. »Besuchszeit zu Ende. Übernehmen Sie wieder.«

Auf dem Flur blies Birgit lange eine Menge Luft aus. Peppinghaus strich sich nachdenklich über Backe und Kinn.

»Weshalb hassen Sie ihn? Das habe ich nicht erwartet.«

»Ich hasse ihn nicht. Er ist mir gleichgültig.«

»Den Eindruck hatte ich nicht. Sie hätten mehr aus ihm herausholen können. Trotzdem danke ich Ihnen.«

Birgit war noch nicht wieder in geregeltem Zustand. »Ach, so läuft der Hase. Ich soll die Arbeit der Polizei machen und den Verstockten aufmuntern.« Ihre Worte hallten in den Kasematten wider. »Ich will hier raus. Haben Sie sich in den zehn Minuten wenigstens gut amüsiert und tiefe Einsichten gewonnen?«

Der Kommissar blieb gelassen. »Morgen, wenn die Sonne im fernen Westen aufgeht, geht es Ihnen wieder besser. Gehen Sie mit Johnny einen trinken. Das hilft manchmal.«

»Er heißt Erik«, sagte sie schnell, obwohl sie es gar nicht wollte. Sie blickte überrascht in seine Glupschaugen, und weil er hinterhältig lächelte, merkte sie sich seine Worte genau. Zum Abschied gaben sie sich die Hand.

Im Auto diktierte sie umgehend die Sätze des Kommissars, die in so auffallender Weise aus dem Rahmen gefallen waren. Ein Johnny kam vor und die Sonne, die unsinnigerweise im Westen aufgeht, und immer wieder »gehen«.

Die Stunden bei der Polizei verrechnete sie als verlorene Zeit. Für ihre Artikelserie hatten sie wenig bis fast gar nichts gebracht. Das hatte auch sein Gutes. Sie konnte noch einen weiteren Beitrag zur Vorgeschichte des Falles unterbringen, solange die Polizei noch im Nebel stocherte und von Kochendörfer nur das ewige empörte »Nein« hörte.

Kochendörfer war ein gutes Thema. Er war ein Mann mit Vergangenheit. Hatte sie am Morgen noch leise Bedenken, seine Zeit in der kommunistischen Studentengruppe ans Licht zu zerren – jetzt, nachdem er sie so dreist beschuldigt hatte und wieder vor seinen Wagen spannen wollte, waren ihre Zweifel geschrumpft. Ein paar Fragen mehr hätten sicher nicht geschadet. Damit hatte dieser Sergeant Pepper recht. Aber es ging auch so.

In zwei Büchern fand sie etwas über Kochendörfers Jugendstreiche. In diesen Auskotzbiografien zweier frustrierter Alt-68er fand sie seinen Namen, aber keinen Hinweis auf seine spätere Karriere. Die Informationen waren dürftig und kaum brauchbar. Zumindest waren sie ein Beleg, dass Ulf ihr im »Doppelpunkt« keine Studentenmärchen erzählt hatte. Die Leser des »Merkurio« werden morgen beim Frühstück wissen, weshalb der verdächtige Kochendörfer plötzlich von der Bildfläche verschwunden und bei der Kommune im Landwehrturm untergeschlüpft war. Die gerade pensionierten Lehrer werden sich noch an die K-Gruppen-Flugblätter erinnern, die beim Mensaessen als Nachtisch gereicht wurden.

Den Wutausbruch einer gewissen A., die Kochendörfer als Schlappschwanz, Partei-Sklave, Waschlappen, Mao-Mucker, Duckmäuser, kriecherischer Wicht vorgeführt hatte, würde das Herz des Artikels werden. Hatte Kochendörfer sie nicht aufgefordert, die Wahrheit zu schreiben? Dann wird es ihm nicht so langweilig in seiner neuen »Immobilie«.

Herrn Albert vom »Merkurio« empfahl sie illustrierende Fotos von Studentinnen, die vor dem Fabriktor Flugblätter an die Frühschicht verteilen. Sie selbst hätte damals noch nicht fotografiert.

»Sie dürfen mich trotzdem zu einem Kaffee einladen. Fliegen Sie her. Sie können es sich leisten. In zwei Stunden sind Sie wieder zurück.«

»Sobald der Mörder gestanden hat. – Hören Sie es? Mein Handy klingelt.«

Das war keine Ausrede. Peppinghaus war neugierig und ungeduldig. Wie verabredet las sie ihren Beitrag vor.

»Wenn Ihnen grammatikalische Fehler auffallen, sagen Sie Bescheid. Es liest ja niemand mehr Korrektur bei der Zeitung. Beruhigend, dass dies jetzt die Kriminalpolizei übernimmt. Sie sind doch Lyriker?«

Sie hörte nichts mehr von ihm. »Sind Sie noch dran?«

»Ich notiere und verdaue. Kochendörfer wird toben, vielleicht sogar reden. Das hilft aber nicht, ihn herauszuholen. Die Meute wird ihn öffentlich zerfleischen. Sie haben das Fass aufgemacht. An Ihnen wird es hängen bleiben. Ihr Problem. Danke für die Vorlesung. Mein Schreibtisch ist voll. Außerdem muss ich Herrn Kötter nochmals anrufen. Morgen wieder Pressekonferenz.«

Sie warf sich aufs Bett und wärmte sich an ihrem Erfolg. Ihre Gedanken flogen hoch und blickten auf die Welt herab. »Hab ich's euch gezeigt.« Baerenreiter? Anzeigenwerber! Wolltest mich in den Graben schubsen. Ulf? Hilfreich ohne Biss! Kochendörfer? »Deine blauen Ameisen spuren nicht mehr! Sie denken nun auch an sich selbst.« Kontostand? Märchenhaft. Sterntaler, nicht mehr Aschenputtel. Peppinghaus? Lyriker-Sergeant im Gehäuse! Rätselfreund! Sie hatte Erik viel zu erzählen. Noch fünfzehn Tage.

Am Anfang stand das Foto des eingemauerten Unbekannten. Um die Zeit zu überbrücken, bis Peppinghaus bündige Ermittlungsergebnisse vorlegen konnte, schob sie Histörchen von 1945 und den wilden 60ern dazwischen, um die Leser beim Thema zu halten. Nur einem konnte eine Verbindung zum wahrscheinlichen Todeszeitpunkt der Mumie angelastet werden. Er konnte den Fensterladen öffnen und hatte damals auf dem Strohsack gelegen. Kochendörfer saß in der Kiste und beschimpfte sie. Morgen wird er die Quittung dafür erhalten, und alle werden sich die Augen reiben, wenn sie von der linksradikalen Vergangenheit des Baumoguls lesen, exklusiv im »Merkurio«. Und dann? Sie wird ihren Vorsprung verlieren. Was hatte sie noch auf der Pfanne, was die anderen Schreibknechte nicht hatten? Wenn Peppinghaus mit sensationsfähigen Ermittlungsergebnissen aufwartete, war es Schreibfutter für alle.

Die sibyllinischen Orakel des Kommissars? Nichts Greifbares. Warum macht er es so umständlich? Fakten will er, liefert aber selbst nur Rösselsprünge. Das einzig Handfeste war, dass der Tote ebenfalls schwarze Haut hatte, wie der Cowboy aus der anderen Geschichte, die sich 25 Jahre davor zugetragen hatte. Zwei schwarze Männer auf einem Bauernhof in Württembergisch-Sibirien. Was wäre, wenn?

Sie kramte ihre Notizen und Diktate mit den unverständlichen Ergüssen des schlecht angezogenen Kommissars heraus und breitete sie auf ihrem Schreibtisch aus.

»Machen Sie sich an die Arbeit, wenn Sie uns unbedingt einen Schritt voraus sein wollen.« Seine Worte hatte sie noch im Ohr.

»Am schwarzen Himmel geht die Sonne auf. Sie geht buchstäblich auf und erweist uns einen Dienst, auch wenn sie weit weg ist.«

»Morgens, wenn die Sonne im fernen Westen aufgeht, gehen Sie mit Johnny einen trinken.«

Sie nahm nochmals die Luftpostbriefe aus Amerika, von diesem schwarzen Daniel, in die Hand. Von Daniel Walker in Billings, Montana, abgeschickt.

Walker, Walker! Das ist es doch. Wie blind und taub bin ich gewesen?

Johnny Walker. Aber Walker hieß der Cowboy unter der Kuh aus dem Jahre 1945. Woher weiß Peppinghaus seinen Namen? Richtig. Er hat mehrmals mit Kötter telefoniert.

Nur Kötter konnte den Namen wissen.

Aber mit dem Fall hatte Walker nichts zu tun. Dies war Heimatgeschichte, 1945.

Sie las nochmals ihre Aufzeichnungen vom Vormittag. Langsam bekamen die Worte des Lyrikers im Dienst einen Sinn. Amerika liegt im Westen, wo die Sonne gerade nicht aufgeht. Aber bei Peppinghaus geht die Sonne dort auf. Dichterische Freiheit oder Tiefsinn? Endlich ging auch bei ihr die Sonne auf. Sunrise, Sunrise Walker! Ich hab's geknackt.

Sie sank in ihren Sessel zurück. Zwischen den beiden Geschichten von 1945 und 1970 gab es eine Verbindung. Sie findet mit Kötter im Überseekoffer den Namen Daniel Walker. Peppinghaus erfährt den Namen Sunrise Walker, wahrscheinlich von diesen ominösen amerikanischen Stellen. Dienstgeheimnis vermutlich.

Sie versuchte sich in die Situation des Kommissars zu versetzen: Der Tote heißt Sunrise Walker. Der Cowboy von 1945, das erfährt er von Kötter, nannte sich auch Walker. Ob Zufall oder nicht, konnte er nicht entscheiden. Nur sie wusste davon. Nur sie hatte in den Briefen gelesen, dass Daniel Walker einen Sohn mit dem Namen Sunrise hatte. Und jetzt will Peppinghaus wissen, ob es eine Verbindung zwischen diesen beiden Walkers gibt, ohne den Namen des Toten preiszugeben. So wird ein passender Schuh daraus und erklärt das seltsam umständliche Verhalten des Hauptkommissars.

Sie sah ihre Chance. Nach fünfzehn Minuten hatte sie einen Plan, der sie unter Strom setzte.

Wie viele und vor allem welche T-Shirts sollte sie mitnehmen? Braucht man Stiefel auf den Weiden von Montana, gegen die Klapperschlagen? Ihr blieben nur noch wenige Stunden, um das Reiseziel einzugrenzen und ihr Ränzel zu schnüren.

Unter den Hunderten von Walkers fand sie in Billings, der größten, aber doch kleinen Stadt in Montana, einen schwarzen Daniel als dritten Sieger im Rodeofestival des Jahres 1956. Ein schwarzer Rodeoreiter müsste zu finden sein in einem Staat aus weißen Kolonisten, Indianern und Mormonen. Die Ranch, die als Absender auf seinen Briefen angegeben war, gab es noch und hatte eine Internetseite.

Er könnte noch leben. Sie rechnete. 1945 etwa 20 Jahre alt. Wenn er nicht vom Pferd gefallen ist, müsste er jetzt um die 85 sein. Man muss dem Zufall eine Chance geben. Eine Reportage kann es allemal werden.

Herr Albert vom »Merkurio« versprach, einen kleinen Teil der Kosten zu übernehmen. Peppinghaus hatte sein Handy stillgelegt. Sie hinterließ nur einen Satz auf der Mailbox: »Fliege in die aufgehende Sonne. Danke.«

Flugticket bestellen, Hotel in Frankfurt reservieren, Reisepapiere kontrollieren, Vorschriften für Handgepäck und Koffer genau durchlesen. Sie dachte an alles gleichzeitig wie damals, als sie das Zeltlager für ihre Jungschargruppe vorbereitete.

Das Schönste und Schwierigste verschob sie, bis nichts mehr rückgängig zu machen war. Sie musste das Abkommen mit Erik brechen. Nicht anzurufen war ausgemacht. Sollte sie sich deshalb an New York vorbeischleichen, wie an einer verbotenen Tür?

Ihre Finger zitterten leicht, als sie die Nummer aufrief. Sie setzte sich, bevor sie die grüne Taste drückte. Es müsste bald Mittag sein in seinem Labor.

»Erik, Erik … ich bin's.«

»Birgit? – Bist du verrückt geworden?«

»Nein, Erik, warte. Wir müssen die Zeit anhalten, den Zeiger auf null stellen. Es ist etwas dazwischengekommen.«

Im Hintergrund hörte sie englisch-amerikanische Gesprächsfetzen.

»Erik, bist noch da?« Die Pause dauerte an.

»Du, du willst abbrechen, aufhören, aus?« Seine Stimme verlor sich über dem Atlantik.

»Nein, Erik, hör doch. Ich lande um 8.17 Uhr auf dem LaGuardia-Airport. Ich will nicht aussteigen. Ich steige um in die Maschine nach Billings, Montana. Ich muss einen alten schwarzen Mann finden.«

Erik schien sich gefasst zu haben.

»Es ist schön, deine Stimme zu hören. Aber du redest unklares Zeug. Der Reihe nach. Montana ist ein weites Land, und es gibt viele alte Männer dort.«

»Du bist das alte wissenschaftliche Scheusal geblieben. Stachlig. Ich möchte deinen Igel streicheln.«

Erik ging nicht darauf ein. »Sag, was hast du angestellt? Bist du auf der Flucht?«

»Recherche. Ich muss in der Prärie von Billings, im Süden Montanas, einen alten, schwarzen Rodeoreiter finden, der 1945 eine Kuh gemolken hat. Alles andere sage ich dir später.«

»Ohgottogott, wann kommst du an, wann fliegst du ab, welche Flugnummern? Ich treib ein bisschen Geld auf. Zu den echten und nachgemachten Cowboys lass ich dich nicht alleine fliegen.«

»Du fliegst mit?«, rief Birgit fröhlich ins Telefon, als ob sie überrascht wäre. »Mach dir wegen des Geldes keine Sorgen. Die Redaktion zahlt.«

Das war nicht unmittelbar gelogen, aber fast. Um es zu erklären, hätte sie eine halbe Stunde gebraucht.

»Ich fahre gleich nach Frankfurt.«

»Und ich muss einen Kollegen finden, der meine Schicht im Labor übernimmt, weil mein Grandpa in Montana im Sterben liegt.«

Sie hatten es beide plötzlich eilig, als ob dadurch das Flugzeug schneller fliegen würde. Sie küssten sich durchs Telefon. Obwohl es albern war, behielten sie dieses Ritual aus den Anfängen ihrer Zeit der synchronisierten Schwingungen, wie es Erik nannte, bei.

Während des stundenlangen Sonnenaufgangs über dem Ozean, Sunrise eben, ließ sich Birgit den »Scharlachroten Buchstaben« in der Originalfassung vorlesen, um wieder in Englisch zu denken. Zwischen den Kapiteln vertiefte sie sich in den Montana-Reiseführer, den sie am Flughafen ergattert hatte.

Erik fliegt mit. Er hat nicht gezögert, legt dafür sogar seinen Großvater aufs Sterbebett. Weshalb ging plötzlich alles wie erhofft? Sie ertappte sich bei dem naiven Gedanken aus dem Kindergottesdienst, dass die Rechnung für so viel Glück auf einmal hoch ausfallen müsse, um die Welt wieder ins Lot zu bringen. Sie nahm es in Kauf.

Im LaGuardia in New York rannten Birgit und Erik aufeinander zu und verschmolzen für eine Minute, was in der Empfangshalle nicht weiter auffiel.

Erik wusste inzwischen den Weg zum richtigen Gateway. Die Vereinbarung setzten sie, ohne darüber zu reden, außer Kraft, und Birgit sprudelte ihre Geschichte aus: vom Rauswurf bei der Zeitung, Kochendörfers Vor- und Nachleben, von der Geisterstunde, dem Schrank im Turm und dem Fund der Mumie während der Dreharbeiten. Sie zeigte ihm die Briefe und die schwarzweißen Fotos von Daniel und Betty auf der Ranch und erzählte vom Ende des Weltkrieges, als wäre sie dabei gewesen.

»Menschen sind seltene Wesen in Montana«, gab Erik zu bedenken. »Du weiß nicht einmal, ob sie noch leben. Die Wahrscheinlichkeit, sie zu finden, geht gegen null.«

Birgit widersprach sofort. »Genau das ist unsre Chance. Wo wenig Menschen leben, kennt man sich. In Shanghai und New York ist der Mensch nur ein weißer Schatten. In Montana lebt man über den Tod hinaus. – Sieh dir das Foto genau an. Daniel und Betty haben ein schwarzes Gesicht. Wie viele rodeoreitende Cowboys in Schwarz gab es in der Umgebung von Billings? Noch dazu haben wir die Adresse der Ranch.«

»Von 1949«, wandte Erik ein. »Das sind zwei Generationen. Die Enkel der beiden gehen jetzt auf die 35 zu.«

»Falls sie noch weitere Kinder hatten. Der älteste Sohn lag erschossen im Turm, und der Vater weiß es noch nicht. Egal, wie's kommt, ich werde den Vater des Opfers interviewen, und wenn es auf dem Friedhof sein muss.«

In Billings mieteten sie sich in einem mittleren Motel ein und trugen flugs ihr Gepäck aufs Zimmer. Das Hotelpersonal hatte für eine Dusche zu zweit bereits Gel, Shampoo und Handtücher bereitgelegt. Selbst die Bettdecke war schon zurückgeschlagen.

Für den ersten Blick aus dem Fenster zog sich Birgit etwas über. »Mönch und Nonne auf der Achterbahn. Dieses Hinuntersausen geht mir immer durch und durch.«

»Mir auch«, sagte Erik zusammenfassend und schwang sich aus dem Bett.

Birgit ging die Liste der Leihwagenfirmen durch. »Sollen wir die Erste oder die Beste nehmen?«

»Lies vor.«

»AA&A Auto Rental ist die Erste. Wollte in der alphabetischen Liste der Erste sein.«

Wie beim Schlüsseldienst, erinnerte sich Birgit. Aber die Einzelheiten dieser Geschichte kannte Erik noch nicht. Sie entschied: »Vordrängeln verboten. Die Ersten werden die Letzten sein, oder?«

»Als Tochter eines bibelfesten Predigers stehen dir in diesem frommen Land alle Türen offen. Ich sitze schon auf der Strafbank, wo alle Spötter sitzen. Dabei halte ich mich schon seit Wochen zurück.«

»Nehmen wir doch den: ›Rent a Wreck.‹ Das ist fast zu ehrlich. Wenn die Schrottmühle nach vier Meilen auseinanderfällt, zuckt der Kfz-Meister nur mit den Achseln: ›Habe ich mehr versprochen?‹«

»Ruf an«, sagte Erik. »Ich will die Gurke sehen. Bis zur Ranch mit den drei Pfeilen sind es 35 Meilen. So viel muss das Wrack schaffen.« Er drängte.

Wie selbstverständlich setzte er sich ans Steuer mit der Ausrede: »Ich habe mich an die 65 Stundenmeilen schon gewöhnt.«

Sie schlichen mit genau diesen 65 Meilen auf der Interstate 90 aus der Stadt bis zur Ausfahrt 447.

Erst rechts, dann links und noch 4 Meilen tiefer ins Land der Indianer. Medizinmann mit Squaw auf Reisen.

»Erik, der Reiter dort drüben, von hinten auf dem Pferd, die Rinderherde bis ins Tal hinunter, eingerahmt von der dunkelgrauen Hügelkette, hier war ich schon einmal, ein Déjà-vu, eine Fata Morgana aus meinem früheren Leben. Wer hat uns das hingezaubert? Das ist nicht wirklich. Wir sind in der Cyberwelt.« Sie tastete nach seinem Arm. »Erik, bist du wenigstens echt?«

»Es war eine Postkarte.«

»Du stiehlst mir meine Träume.«

»Einer muss es ja tun.« Er rückte sich die Brille zurecht.

»Spielverderber.«

»Ich denke, du bist auf Arbeit. Du wirst den Cowboy gleich sehen. Dort drüben muss die ›Drei-Pfeile-Ranch‹ liegen, wenn ich das Schild richtig entziffert habe.«

Birgit kam wieder auf die Erde zurück. Fototasche, Recorder, Notizbuch, die Briefe und Fotos von Daniel Walker und der unvermeidliche Handy-Check.

Herr Albert hatte sich gemeldet. »Das haut rein. Können Sie noch ein Foto von Kochendörfer im Mao-Look liefern?« Witzbold. Nächste SMS. »Du hättest wenigstens fragen können. Ulf.«

Sie starrte auf das Display. »Mist, Mist, Mist«, schimpfte sie sich aus. Es wurmte sie. Vorgestern wollte sie schon anrufen. Gestern kam der Kommissar dazwischen.

»Was ist?«

Sie schob die Unterlippe nach oben. »Ach, Mist eben. – Du erinnerst dich an den dünnen Feuilletonredakteur. Ich hätte ihn anrufen und fragen müssen. Sieht aus, als wäre er sauer«, beschwichtigte sie sich.

Die Ranch lag vor ihnen. Die misslichen Gedanken wurden blasser.

»Wie willst du es anlegen?«

Typisch Erik, dachte sie. Nichts ohne durchkalkulierten Plan. Nur manchmal legte er das Korsett ab und balancierte ohne Geländer.

»Plan A: Keine Raffinessen. Offenheit von Anfang an. Wir sind keine Pinkerton-Detektive und nicht vom FBI. Einen Plan B will ich nicht.«

Erik parkte vor einem langgestreckten einstöckigen Gebäude. »Wo die meisten Autos stehen, ist der Eingang.«

Kaum waren sie ausgestiegen, lief ihnen schon, fröhlich winkend, eine junge Frau entgegen, die sie aufs Herzlichste begrüßte.

»Es ist alles vorbereitet, Mrs. Chambers«, wandte sie sich an Birgit und sah sich nach Gepäck um.

»Wir« – »Wir ...« Birgit und Erik begannen ihre Sätze gleichzeitig und verstummten aus Rücksicht aufeinander ebenso gleichzeitig.

»Kommen Sie erst einmal herein. Das Gepäck holen wir später.«

Sie folgten ihr in die Eingangshalle des Hauses, die einem Heimatmuseum glich.

»Vieles ist 150 Jahre alt. Aber nicht alles.«

Erik hob beide Arme, um sie zu unterbrechen. Die Rancherfrau hielt die Geste offensichtlich für freudige Überraschung.

»Ich wusste, dass es Ihnen gefallen wird.«

Birgit versuchte es auf die direkte Art. »Wir kommen aus Deutschland.«

»Ein beträchtlicher Umweg. Dann sind Sie sicher hungrig und müde. In ein paar Minuten können wir essen. Später kommen auch die anderen dazu.«

Erik sagte freundlich und bestimmt: »Wir sind nicht die Familie Chambers. Mein Name ist Erik Drossel«, und Birgit schob, um keine Pause entstehen zu lassen, sofort dazwischen: »Und ich bin Birgit Wallo. Wir kommen tatsächlich aus Deutschland.«

Die junge Frau musterte die beiden misstrauisch von oben bis unten. Sie trat einen Schritt zurück und ließ sich mit herzhaftem Lachen in einen Sessel fallen. »Entschuldigen Sie, es kommen selten unerwartete Gäste. Schade, unsere Ferienwohnungen sind alle belegt. Oder ging etwas mit dem Reisebüro schief? Aus Deutschland? Das ist doch nahe bei der Schweiz?« Birgit und Erik nickten. »Wir haben viele Gäste aus Zürich und Bern. Bis gestern waren drei Kinder mit ihren Eltern aus St. Gallen hier. Aber kommen Sie doch herein.«

Sie öffnete die Flügeltür zu einem niedrigeren, weitläufigen Raum, in dessen Mitte ein langgezogener Tisch stand, auf dem die Teller schon gedeckt waren. Von den dunklen, getäfelten Wänden drohten Bisonhörner, umrankt von alten Fotos hinter Glas und einem echten Sattel mit Steigbügel. Um den Tisch standen rustikale Stühle mit hohen Lehnen. Die Rancherin wies auf einen runden Tisch im hinteren Teil des Raumes und bat die beiden, sich zu setzen.

»Was darf ich Ihnen zu unserem kleinen Missverständnis anbieten?«

»Mineralwasser.«

»Auch Mineralwasser. Mrs. ...«

»Scott, Bell Scott. Wie haben Sie zu uns herausgefunden, in der Prärie verirrt?«

Nun konnte Birgit endlich einhaken. »Wir sind nicht durch Zufall auf die ›Drei-Pfeile-Ranch‹ gestoßen. Ich bin Journalistin, und Erik arbeitet zur Zeit in New York.« Sie nestelte in ihrer Handtasche und legte das Kuvert mit dem Absender ›Daniel Walker, Drei-Pfeile-Ranch‹, vor sie hin.

»Er hat hier auf Ihrer Ranch gewohnt. Vor langer Zeit. 1945 bis 1950 in etwa. Vielleicht auch noch danach. Wir möchten mit ihm sprechen. Es ist eine Familienangelegenheit. Mr. Walker war wahrscheinlich Rodeoreiter oder Cowboy auf Ihrer Ranch und hatte sich hier in der Nähe ein Haus gebaut.«

Mrs. Scott zog ihre Stirn in Falten. »Ich werde Ihnen nicht helfen können. Mein Mann und ich sind erst vor zwei Jahren hier in die Gegend gekommen.« Ohne auf die Frage weiter einzugehen, fuhr sie fort. »Mir ist die Arbeit da draußen zu hart. Mir gefällt es, mit Menschen zu reden, ihnen unser Land zu zeigen, und ich höre gerne zu, wenn die Gäste erzählen. Dann bin ich mir ziemlich sicher, dass es die Welt da draußen wirklich gibt.«

Birgit gefiel, wie sie redete, so frisch und offen, ohne ihre Geschäftstüchtigkeit und ihre Sehnsüchte zu verbergen.

»Ich könnte Ihnen«, Birgit sah zu Erik hinüber, der zustimmend nickte, »über Daniel Walker erzählen, wenn ich Sie damit nicht langweile.«

»Was die Ranch betrifft, interessiert mich immer. Wir haben noch etwas Zeit, bevor ich in die Küche muss.«

Birgit erzählte, auch zu ihrem eigenen Vergnügen, vom Krieg, dem schwarzen Cowboy unter der Kuh auf der Farm beim Landturm, vom Fraternisierungsverbot, von der plötzlichen Abreise des Daniel Walker, und zeigte ihr die Briefe und Fotos.

»Sie können wundervoll fraternisieren. – Sehen Sie die Hügel im Hintergrund? Schauen Sie aus dem Fenster, dort an der Seite. Der Schattenriss am Horizont ist geblieben. Die beiden waren hier auf unserer Ranch, kein Zweifel. Und sie hatten einen Sohn, sagen Sie?«

»Ja, Sunrise.«

»Wenn Sie am frühen Morgen gekommen wären, wüssten Sie, warum sie ihn so nannten. Sunrise – wundervoll.«

»Aber dann beginnt eine Geschichte, die ich nur seinem Vater oder der Mutter erzählen möchte, falls sie noch leben.«

»Aber was Sie eben erzählt haben, darf ich doch weitererzählen?«

Birgit nickte. » Es stand schon in der Zeitung.«

»Das ist eine Geschichte für unsere Cowboys, wenn sie am Lagerfeuer sitzen. Manche dichten gerne. Nicht gut, aber viel und manchmal sogar witzig.«

»Vielleicht weiß einer von ihnen etwas über Walker?«

Sie übersprang eine Antwort und fragte: »Sie bleiben doch zum Essen?«

Erik hatte aufmerksam zugehört, wie sich die beiden Frauen gegenseitig beflügelten, ohne ihn zu beachten. Es störte ihn nicht.

»Entschuldigen Sie mich, Miss Wallo, ich muss in die Küche. Die Bären kommen gleich. Sie können mitkommen und sich das Abendbrot verdienen.« Sie wandte sich unübersehbar nur an Birgit.

»Gerne, Mrs. Scott.«

»Bell.«

»Birgit.«

»Darf ich mir in der Zwischenzeit die Fotos an der Wand ansehen?«, meldete sich Erik zurück. Zu spät. Die beiden Frauen werkelten schon in der Küche.

Er wandelte an den Wänden entlang wie in einer Galerie. Rinder, Rinder, Pferde, »Goldstar« auf den Hinterbeinen, »Silverstar« auf der Siegerurkunde, Cowboy unterm breitkrempigen Hut vor dem Sonnenuntergang. Er fand nichts, was auf Danny Walker hindeutete. Schwarze Gesichter gab es nur auf Gegenlichtaufnahmen. An den Gebäuden hatte sich wenig verändert, seit der »Dodge« auf dem Markt war.

Erik hörte sie, bevor er sie sah. Einer lachte in der Eingangshalle wie ein Moped. Mrs. Scott hatte ihnen das Händewaschen vor dem Essen beigebracht, wie Erik bemerkte, als sie die letzten Tropfen Wasser an ihren engen Hosen abstreiften. Die Cowboys grüßten den neuen Feriengast und gingen zielsicher auf ihre Stammplätze zu. Ein Bär von einem Mann kam auf Erik zu und streckte ihm etwas unbeholfen die Hand entgegen »Welcome, drei Pfeile.« Unwichtige Worte schluckte die Prärie.

Erik setzte sich nicht, weil er nicht wusste, wo ein Stuhl für ihn frei bleiben würde. Er wollte nicht unhöflich erscheinen und die gewohnte Ordnung nicht stören. Sie redeten, für Erik unverständlich, alle gleichzeitig, bis Birgit und Bell die Schüsseln und riesige Fleischplatten auftrugen. Die Blicke der hungrigen Cowboys pendelten zwischen den Steaks und den beiden Frauen hin und her. Die Gespräche wurden leiser, als der Rancher neben Bell Platz nahm und Erik auf den Stuhl neben sich einlud.

»Welcome, Mr. Chambers.«

Bell stupste ihren Gatten. Der Chef verstand und machte ein Gesicht, als ob er sagen wollte: »Ich erfahre es immer zuletzt.«

Bell sprach das Tischgebet. Einige bekreuzigten sich.

»Ich möchte Birgit Wallo und Erik Drossel an unserem Tisch begrüßen. Sie kommen aus Deutschland. Wir wollen alle einen guten Eindruck machen.« Das war so entwaffnend ehrlich und selbstironisch, dass alle lachten. München, Heidelberg, Hofbräuhaus, Krauts, Rothenburg und »Muss i denn« hörte Birgit aus dem Stimmengewirr heraus.

»Es ist richtig. Wir kommen aus der Nähe von Rothenburg, nur fünfzehn oder zwanzig Meilen entfernt. Erik lebt seit einigen Wochen in New York. Er will immer noch etwas dazulernen.«

Erik lächelte etwas verlegen und schaute auf die leergebliebenen Plätze.

Die beiden Frauen beherrschten die offiziellen Tischgespräche. Jetzt übernahm Bell im munteren Ton: »Frau Wallo hier ist Journalistin. Sie und Mr. Drossel suchen Daniel Walker, der vor fünfzig oder sechzig Jahren hier auf der Ranch gearbeitet hat. Hat jemand diesen Namen schon einmal gehört?«

»Ich kenne einen Jack Daniels und einen Johnnie Walker.«

Ein Blick von Bell genügte, um dem vorwitzigen Cowboy das Zaumzeug anzulegen.

»Nie gesehen, nie gehört«, war das einhellige Echo aus der Runde.

»Er war ein farbiger Cowboy, ein begeisterter und erfolgreicher Rodeoreiter. Er müsste doch aufgefallen sein«, ergänzte Bell. »Wir fragen Manuel, wenn er noch kommt.«

Als das Abendessen schon fast vorüber war, kam durch die Tür ein leicht nach vorn gebeugter alter Mann, der einmal sehr stattlich gewesen sein musste.

»Manuel, noch Fenster geputzt?«, rief ihm der vorwitzige Cowboy entgegen, der die Bell'sche Lektion schon wieder vergessen hatte. Es war eine brutale Frage, um den Alten daran zu erinnern, dass seine Zeit als Präriereiter längst vorüber war und er zu nichts mehr taugte. Seine Krähenfüße, die von den Augenwinkeln bis fast zu den Ohren reichten, waren zu Falten aus weichem Leder geworden. Er richtete einen wütenden Blick auf die jungen Cowboys, die gern über Späße auf seine Kosten lachten.

»Ich wünsche euch ein langes, ein sehr langes Leben.«

Birgit erschrak über so viel Bitterkeit und wartete, bis er gegessen hatte, bedächtig und wortlos.

»Kann ich ihn etwas fragen?«, wandte sie sich an Bell.

»Ich bin genauso gespannt wie Sie, ob er etwas weiß. Fragen Sie.«

»Sie sind schon lange auf dieser Ranch?«

»Seit Eisenhower. Wer will das wissen?«

Bell kam ihr zu Hilfe. »Wir haben eben über alte Zeiten gesprochen. Du hast sie doch alle gekannt, die Cowboys, auch wenn sie nur einige Wochen blieben. Birgit, Frau Wallo sucht diesen Mann hier.« Sie streckte ihm das Foto hin.

»Ach, der schwarze Danny«, sagte er wie nebenbei. »Ist er versackt? Sie haben ihm übel mitgespielt. Hat er sie umgelegt?«

»Er lebt noch?«, mischte sich Erik aufgeregt ein. »Können wir nach dem Essen noch ein bisschen reden?«

»Mhm.«

»Bitte, Manuel, es sind Freunde«, half Bell wieder aus.

»Mhm, mhm.«

Auf der Gästeveranda wurde der alte Manuel Rodrigo gesprächiger. »Vor ungefähr einem Jahr habe ich gehört, dass ihn ein Tramp gesehen haben soll. Er ist auch zu alt geworden, der Danny.«

»Kannten Sie auch seinen Sohn Sunrise?«

»Genau, Sunrise hieß er. Auf den Namen wäre ich nicht mehr gekommen. Namen fallen durch das Sieb.« Er tippte mit dem Finger an seine Stirn. »Zu Weihnachten habe ich ihm einmal ›Onkel Toms Hütte‹ geschenkt. Er hatte so große weiße Augen. Kräftig war er und trotzdem verträumt. Hat zu viel gelesen. Ist undankbar geworden. Seine Eltern hat er nie wieder besucht, seit er bei der Army war. Nicht schön von ihm. Danny wartete viele Jahre auf seinen Einzigen. Warum ist er so hartherzig geworden? Er hat doch ›Onkel Toms Hütte‹ gelesen. Danny hat immer das Thema gewechselt, wenn wir uns nach seinem Sohn erkundigten. Später fragten wir nicht mehr, und ich habe den Namen vergessen. Sunrise, richtig, der kleine Sunrise. Er ist dort unten in einer Hütte aufgewachsen. Vor einigen Jahren ist sie in sich zusammengefallen.«

Birgit durfte sein Gesicht von allen Seiten fotografieren, nachdem sie ihm versprochen hatte, ihm einen Teil von ihrem Honorar zu überweisen.

»Für alte Leute ist es in den letzten Jahren eng geworden. Oro y plata. Sie verstehen?«

Sie steckte seinen Notizzettel mit der Kontonummer in ihre Brieftasche. Sie konnte ihm danach auch noch das Wichtigste entlocken, ohne selbst ihr Wissen preiszugeben.

»Er wohnte, als ich das letzte Mal etwas von ihm gehört habe, draußen in der toten Stadt, Point Crow, die Geisterstadt, wo sie die Filme drehen. Er hat immer die Zähne zusammengebissen. Jetzt hat er keine mehr.« Dann ging Manuel seiner Wege. Sein Arbeitstag war noch nicht zu Ende.

Birgit und Erik blieben mit Bell auf der Veranda sitzen, bis das Telefon klingelte. Birgit fiel ein, dass sie Ulf anrufen müsste, war aber erleichtert, als sie feststellte, dass es zu spät geworden war. Jetzt kann ich ihn nicht mehr aus dem Bett scheuchen.

Vergnügt kam Bell zurück. »Der böse Doktor Storno hat angerufen. Die Chambers kommen heute nicht mehr und morgen auch nicht.« Sie ließ sich wieder in einen Korbsessel fallen. »Ihr wollt doch jetzt nicht mehr ins Hotel zurückfahren. Das ›Bloody Horn‹ ist frei geworden.«

»Entschuldigt mich einen Augenblick«, sagte Birgit, als sie noch während des Frühstücks aufstand und mit ihrem Handy vor das Haus ging. Den Anruf bei Ulf konnte sie jetzt nicht mehr aufschieben. Sie ahnte, dass es nicht erfreulich sein würde.

Sie kam mit gerötetem Gesicht an den Frühstückstisch zurück, nahm sich noch einen Kuchen und verzehrte ihn ohne Behagen.

»Erik ich glaube, wir müssen los. Es wird heiß heute. Wir haben einen Termin mit dem Zufall. Das kann auch ein Schlag ins Wasser werden.«

»Nehmt einen Kasten davon mit. Das Wasser ist rar dort draußen. In Point Crow sterben die Klapperschlagen vor Langeweile. Die Lunchpakete der Chambers sind jetzt eure.«

Birgit konnte nicht einmal lächeln.

Erik setzte sich mit einer Entschuldigung ans Steuer. »Langsam kenne ich das Wrack. Der Verleiher hat nicht gelogen – letzte Gurke, keine Klimaanlage, kein GPS. Wir müssen nach Karte fahren.«

»Kolumbus segelte mit falschen Karten und hat trotzdem, wenn auch zufällig, diesen Kontinent für die Europäer entdeckt, ohne es zu wissen.« Sie versuchte vergeblich, sich aufzuheitern.

Als sie endlich auf der richtigen Straße waren und Birgit ungewohnt lange schwieg, wollte Erik nicht mehr länger warten.

»Ulf Schwarz?«

»Ja.«

»Weshalb?«

Sie zögerte. »Ich habe ihn hintergangen, sein Vertrauen missbraucht. Er hat mir die Freundschaft gekündigt. Ich habe die dreißig Silberlinge gesehen und alles vergessen.« Sie blickte aus dem Seitenfenster in die Wüste, um vor Erik die Tränen zu verbergen, die ihr über die Backen rollten. »Er hat immer zu mir gehalten. Ihm habe ich die Sterntaler zu verdanken. Ich habe nicht an ihn gedacht. Ich habe nur an …« Sie stockte und schwieg wieder.

Erst lange nach dem nächsten Abzweig tastete sich Erik näher heran. »Privates, Persönliches?«

»Nicht im eigentlichen Sinn. Er hat mich gebeten, die alte Geschichte, mit Kochendörfer in der K-Gruppe an der Uni, für mich zu behalten. Dabei mag er den Kochendörfer gar nicht. Wie Hund und Katz sind die beiden. Trotzdem wollte er es nicht hinausposaunen.«

»Steht in dem Artikel etwas über Ulf?«

»Eben nicht. Nur Kochendörfer und die Schimpftirade seiner Freundin Anneliese. Sie müsste es ja auch gelesen haben. Hat sich aber nicht gemeldet. Erik, was soll ich tun?«

»In früheren Zeiten haben die Frauen meist nach ihren Gefühlen gehandelt, sagt man. Sag, wie's war, dass du geheult hast, und lass ihn entscheiden.«

Die Straße wurde schmaler. Sie überholten einen Bus und dachten sich nichts dabei, weil sie Wichtigeres im Kopf hatten. Sie schwiegen zwanzig Meilen lang.

»Nach dem nächsten Abzweig müssten wir die ersten Geier sehen, die über der toten Stadt kreisen.«

Die »Gurke«, die sie nicht einmal in der Wüste im Stich gelassen hatte, parkten sie vor der Stadt. In eine Geisterstadt fährt man nicht im Auto. Auf einem Pferd mit Sporen an den spitzen Stiefeln wäre es standesgemäß gewesen.

Die Stadt war ihnen vertraut. Sie kannten fast jedes Haus, obwohl sie noch nie hier gewesen waren: die niedrigen Hütten mit den toten schwarzen Augen, den Laden, in dem John Wayne, Gary Cooper, Wyatt Earp, Charles Bronson und Doc Holliday blaue Bohnen und ihren Peacemaker gekauft hatten, die Bank und unten an der Straße den Saloon mit dem Balken davor, um daran die Pferde anzubinden.

»Tote Stadt, von wegen«, sagte Birgit, »aus der Traum. Dort stehen Pferde. Die Cowboys nehmen den Goldgräbern am Spieltisch die Nuggets ab.«

»Stört uns nicht.« Erik spann den Traum weiter. »Django kommt mit Braut. Es gibt was zu feiern, falls der Wirt das letzte gezinkte Blatt überlebt hat.«

»Hat er.«

Durch die Schwingtüren kam ein Cowboy mit Lederschurz, kariertem Hemd, seitlich geknotetem Schweißtüchlein, Weste, breitkrempigem Hut, Sonnenbrille und blankgeputzten Lederstiefeln. Zwischen die Pferde spritzte er gekonnt seinen Pfriem vom Kautabak, ohne den Blick von dem jungen Paar aus einer zukünftigen Zeit zu wenden.

»Der Cowboy erwartet uns.« Birgit und Erik gingen langsamer, als ob sie kein Ziel hätten.

»Das ist ein nachgemachter«, entschied Birgit. »Denk an die Krähenfüße im Gesicht von Manuel. Kein Cowboy trägt Sonnenbrille. Da könnte er ja gleich mit dem Fahrrad fahren.«

Der Nachgemachte grüßte: »Hello, welcome! Die anderen kommen auch schon, fast pünktlich.«

Erik drehte sich um. Die Busgesellschaft bog in die Hauptstraße ein, um die Goldgräberstadt zu erobern.

Der Cowboy, dem kein Staub an den Stiefeln klebte, wies Erik und Birgit in den Saloon. Die Tische waren weiß gedeckt und kein Stuhl mehr frei für Landstreicher. Sie gingen deshalb auf den Tresen zu. Erik deutete mit zwei Fingern auf eine Whiskyflasche im Wandregal und fragte: »Ist Danny hier?«

»Hier gibt's keinen Danny. Den letzten Danny hat Wyatt Earp auf dem Gewissen. Zum Friedhof die Straße rauf.«

»Ich b i n Wyatt Earp. Fünfzehn Dannys stehen auf meiner Liste. Einer fehlt noch.«

Birgit genoss ihren anderen Erik.

»Sie müssen ihn kennen, den seltenen schwarzen Galgenvogel, fast so alt wie ich, Wyatt Earp.«

»Ich sagte Friedhof«, grinste der Barkeeper und stellte zwei volle Gläser vor sie hin. »Ich akzeptiere, Wyatt Earp zahlt zuverlässig nach der Schießerei. Und außerdem alle Kreditkarten.«

Erik legte einen Fünfer auf den Tresen, denn die Busladung strömte durch die Schwingtüren. »Der Siedlertreck.« Sie tranken nicht aus und schoben sich gegen den Strom nach draußen.

»Bevor die Touristen wieder herauspurzeln, sollten wir uns in der Stadt aus einer abgehefteten Zeit auf die Suche machen.«

Das Büro des Sheriffs lag aus dramaturgischen Gründen nie neben dem Saloon, seinem Hauptarbeitsplatz, sondern immer auf der linken Seite weiter unten.

»Ich muss da nicht rein«, sagte Birgit. »Ich weiß, wie es da drin aussieht. Rechts der Schreibtisch und an der Wand dahinter die Gewehre für die Hilfssheriffs. Offener Zugang zu den Schlichtappartements mit Gitterstäben.«

»Aber ich will es sehen.« Erik stieg die Holzstufen hoch und öffnete die Tür. »Alles noch wie damals, als Gary Cooper hier wohnte.« Sein Patronengurt hing an einem Haken. »Hier lebt niemand mehr. Nur der Geist des Westens ist noch da. Du kannst reinkommen.«

Er täuschte sich. Aus dem hinteren Teil des Sheriffbüros kam ein leises Winseln, Röcheln, tiefes Ein- und Ausatmen.

»Na bitte, da ist doch schon dein Geist. Endlich kann ich auch einen hören, wie Frau Rübsam.«

Es winselte weiter. In der zweiten Zelle saß ein grauköpfiger Mann, der sein Gesicht hinter beiden Händen verbarg.

»Können wir Ihnen helfen?«, fragte Erik besorgt. Der Alte schien taub. Erik wiederholte: »Sind Sie verletzt? Können wir helfen?«

Die Gestalt schüttelte das Haupt, riss die Hände vom Gesicht und machte mit seiner Rechten die Halsabschneidergeste. Sein Gesicht war schwarz.

»Ist er das?«, flüsterte Birgit.

»Alles spricht dafür. – Kennen Sie Daniel Walker?«

Wenn sie es nicht erwartet hätte, wäre es ihr entgangen, wie er das Winseln einen winzigen Moment unterbrach und dann die Hände wieder vors Gesicht schlug und durch die Finger sprach.

»Tot, tot, in dieser Stadt. Morgen hängen sie mich.«

»Nein!«, protestierte Birgit instinktiv. »Was haben Sie getan?«

Das Häuflein Elend auf dem Bettrand presste heraus: »Ich hab sie umgelegt, die ganze Bande. Haben mir den Weizen zertrampelt mit ihren Rindern und Pferden. Morgen sehe ich sie wieder, in der Hölle. Dann wird nochmals abgerechnet.«

Erik blieb noch ungerührt. »Er geht neben seiner Kappe, senile Demenz in Sicherheitsverwahrung.«

»Demenz? Dann erinnert er sich noch an die alten Zeiten.« Birgit fingerte aus ihrer Handtasche das Foto mit Danny und Betty heraus und hielt es Erik hin. »Zeige es ihm.«

»Mister, sehen Sie her. Kennen Sie diesen Mann?« Er streckte ihm das Foto durch die Gitterstäbe.

Der Alte öffnete die Finger vor seinem Gesicht einen schmalen Spalt und linste auf das Bild. Blitzschnell riss er Erik das Foto aus der Hand und stand, so schnell es ihm möglich war, von seiner Pritsche auf und ging zum vergitterten Fenster, um es im besseren Licht zu betrachten.

»Wo haben Sie das her?« Er wiederholte dringlicher: »Wo haben Sie das her?«

»Sie sind Daniel Walker, erinnern Sie sich? Die Person neben Ihnen ist Betty, Ihre Frau.«

Er achtete nicht mehr darauf, was Birgit sagte, ließ sich auf die Bettstatt fallen und verbarg sein Gesicht. Er winselte nicht mehr, er weinte.

Birgit und Erik tauschten betretene Blicke. »Er ist es, er ist es«, hauchte sie.

»Kennen Sie auch dieses Bild?« Sie hielt ihm das Foto vom Landturm aus neuerer Zeit entgegen.

»Wer sind Sie? Sie gehören nicht dazu!«

Die beiden ließen ihre vorschnelle Hypothese von der Demenz fallen und stellten sich mit Namen vor, »aus Deutschland«.

»Nicht von der Reisegruppe?« Daniel Walker fragte aufgeregt und ängstlich. »Sie muss gleich hier sein.«

Erik begriff als Erster. »Öffnen Sie die Tür. Wir gehen in ein anderes Haus, wo wir reden können.«

Walker wedelte mit dem rechten Arm. »Nein, geht nicht. Ich bekomme zehn Dollar für den Nachmittag und eine Henkersmahlzeit im Saloon, hinterher. Es bleibt immer so viel übrig.«

»Aber wir müssen mit Ihnen reden, über Sunrise.« Birgit hatte den mächtigsten Trumpf gezogen, den sie in der Hand hatte.

Jetzt kam noch mehr Bewegung in die abgearbeiteten Glieder des alten Cowboys. »Sunrise – Was wissen Sie über Sunrise? Wer hat Ihnen den Namen genannt?«

»Später, wenn Sie mit uns reden.« Erik drehte sich zum Ausgang um, als wollte er gehen.

»Halt, halt, ich mache auf.« Daniel Walker drehte den Schlüssel um, griff nach seinem Hut und folgte den beiden zur Eingangstür.

»Mist«, sagte Birgit, als sie durchs Fenster die Touristengruppe kommen sah.

War wohl eher ein Fast Food gewesen, da im Saloon. Walker zuckte zurück.

»Lass mich machen«, sagte Erik hastig zu Birgit, die den alten Danny festhielt.

Sie gab ihm das Stichwort. »Siehst du, dass er krank ist?«

Erik nickte, trat vor die Tür und ruckte seinen Gürtel zurecht wie weiland John Wayne. Der nachgemachte Cowboy, offensichtlich der ortskundige Reiseführer, rannte, so schnell es seine spitzen Stiefel zuließen, auf ihn zu. Erik streckte ihm beide Hände abwehrend und gebieterisch entgegen.

»Der Mann ist sehr krank. Ist das Ihre Unternehmensphilosophie? Je älter, desto billiger?«

»Um Himmels willen. Schnell zum Hinterausgang. Es müssen nicht alle sehen. Mich wundert, dass er es so lange geschafft hat.« Er wandte sich an Birgit. »Gehen Sie nach hinten. Der Schlüssel steckt von innen. Geben Sie ihm das.«

Erik sah zu, wie ihr der Pseudocowboy zehn Dollar hinstreckte. Sie nahm den Schein, der sich wie Kopfgeld anfühlte.

Zu dritt huschten sie in den Zellengang zurück und entwischten durch die Hintertür, bevor die ersten Neugierigen den Revolvergurt des Sheriffs zur Probe und für ein Foto umschnallten.

»Morgen bin ich wieder gesund«, sagte Walker. Er hatte begriffen. »Sunrise, was ist mit Sunrise?«

Birgit gab keine Antwort. Trotz seiner Begierde, etwas über seinen Sohn zu hören, strich Walker den Schein glatt und ließ ihn sorgsam gefaltet im Brusttäschchen seines Holzfällerhemdes verschwinden.

Geldprobleme, dachte Birgit. »Wo können wir reden? Gibt es ein Haus, in dem die Horde nicht auftaucht?«

»Sie streunen nachher überall herum, wenn der offizielle Rundgang zu Ende ist«, erklärte Walker. »Ich sitze dann immer noch auf der Pritsche, falls einer zurückkommt und den Verbrecher sehen will.«

»Wohnen Sie in der Stadt?« Birgit ließ nicht locker. Nicht jetzt, wo sie fast am Ziel war.

Auch Erik wollte sein Zuhause sehen und fing umständlich an: »Das ist eine tote Stadt, alles alt, morsch, verkommen. Nur die Fassaden sehen von der Straße her gut aus. Wohnungen gibt es da keine mehr. Aber Sie schlafen doch irgendwo?«

»Eben, irgendwo. In letzter Zeit meist dort drüben. Wenig Wanzen und Mücken.« Daniel Walker ging jetzt voraus. »Ich kann Ihnen aber nichts anbieten.«

Das Eingangsportal seiner Behausung war eine grob geschreinerte Stalltür, die einen erbärmlichen Jammerlaut von sich gab, als der Alte sie öffnete.

»Kommen Sie herein, wenn es Ihnen nichts ausmacht.«

Birgit erwartete nach dieser vorauseilenden Entschuldigung eine versiffte Bude mit Kakerlaken, die sich über eine angeschimmelte Pizza hermachten. Doch sie sah einen aufgeschüttelten Strohsack, einen zusammengenagelten Tisch aus der Goldgräberzeit mit einem Stuhl, auf einer Anrichte gestapeltes Geschirr und einen verschlossenen Brotkasten. Ein Reisigbesen, mit dem er die Dielen gekehrt hatte, stand in der Ecke. Allerdings muffelte es kräftig nach altem Mann.

»Setzen Sie sich bitte auf die Bank.« Er nahm sich den Stuhl. »Ich bekomme keine Besuche.« Er stierte unversehens Birgit an. »Was ist mit Sunrise?«

»Dürfen wir?« Birgit rückte zusammen mit Erik die Bank an den Tisch heran. Sie wollte ihm die Antwort auf seine dringenden Fragen nach seinem Sohn so lange wie möglich ersparen und legte deshalb den Brief von Walker an Hans-Georg Kötter vom Landturm auf den Tisch.

Der Alte griff sofort danach. »Mein Brief?« Er legte das Foto, das er Birgit aus der Hand gerissen hatte, daneben. Sehr langsam und fordernd sprach er drei Worte, die fast feierlich klangen. »Wer – sind – Sie?«

Birgit berichtete vom Enkel des Hans-Georg Kötter, der heute den Hof bewirtschaftete. Von der Truhe seines Vaters auf dem Dachboden, in der sie die Briefe gefunden hatte, wie sie mit Erik auf der Drei-Pfeile-Ranch von Manuel erfahren hatte, dass er in Point Crow lebte.

»Manuel gibt es auch noch?«, unterbrach er Birgit. »Der Dichter im Sattel. Er weiß, wo ich lebe und besucht mich nicht. Ist er krank?«

»Gestern Abend war er's nicht«, sagte Erik.

Birgit zog noch den Zeitungsartikel aus ihrer Tasche hervor, in dem sie die Geschichte von 1945 mit dem Alten in der Hauptrolle veröffentlicht hatte. »Sie haben die Kuh gemolken, als der Farmer Kötter aus dem Wald zurückkam.« Er nickte. Sie legte ihren Reisepass auf den Tisch und sagte: »Ich habe es geschrieben.«

Walker verglich den Namen, der über dem Artikel stand, mit dem im Pass.

Birgit blickte zu Erik hinüber und sagte: »Wir gehören zusammen. Erik lebt zur Zeit in New York.«

Walker lebte sichtlich auf. Und als hätte er lange darauf gewartet, begann er zu erzählen.

»Ich flehte meinen Leutnant an, das Vieh nicht vor die Hunde gehen zu lassen. Er war ein Professorensöhnchen aus Boston, der keinen Schimmer davon hatte, dass Kühe regelmäßig gemolken werden müssen. Er hatte Rinderherden nur im Kino gesehen und glaubte, ich wollte mich hinter die Kampflinie verdrücken. Meine Kameraden halfen mir und bürgten für mich. Schließlich ließ er mich zurück und verschaffte mir so die schönsten Tage in diesem verdammten Krieg. Abends saß ich am Tisch mit dem deutschen Bauern, seiner Familie und dem Knecht aus Polen, der nicht ins

Lager der Displaced Persons gehen wollte. Sie gaben mir das beste Bett, mir, dem Nigger, der den Krieg gewonnen hatte. Wir tranken, wie sagte Hans auf deutsch, bone-Kaffee. Es war das Schönste für ihn. Lebt er noch?«

Birgit schüttelte den Kopf. »Sein Enkel lebt noch auf dem Hof. Auch der Sohn ist schon gestorben.«

»Sohn, ja sicher. Ich habe Betty und Sunrise oft von diesen Tagen erzählt und die Bildchen gezeigt, die mir Hans zugeschickt hat.« Er wurde still und nachdenklich.

»Sunrise war auch auf dem Hof, später.«

»Ja.« Birgit wurde einsilbig.

»Ich weiß, was Sie mir sagen wollen. Sie wollen mich schonen.« Er setzte ein Wort vorsichtig hinter das andere. »Ich bin 86. High Noon? Für mich ist es fünf nach zwölf. Ich bin müde und kann auch das noch ertragen. Er ist tot?«

»Ja«, sagte Birgit. »Er wurde zufällig gefunden.«

»Wo?«

»Im Turm.«

»Nein!«, schrie er plötzlich. »Nicht in meinem Turm, nicht in meinem Turm!« Er ließ den Kopf auf seine Arme fallen.

»Wie?«, flüsterte er, ohne den Kopf zu heben.

»Er wurde ermordet, erschossen im Turm.«

Walker sah abwechselnd in das Gesicht von Birgit und Erik. Er richtete sich auf.

»Sie lügen! Sie lügen«, wiederholte er erregt.

»Es tut mir leid, Mr. Walker. Die Polizei hat einen Verdächtigen festgenommen.«

»Und?«

»Der Mörder hat Ihren Sohn erschossen und in diesem Turm eingemauert. Deshalb wurde er erst letzte Woche gefunden. Ich war dabei, als die Wand aufgebrochen wurde.«

»Dann wusste es Ihre Zeitung schon vorher.«

»Nein, glauben Sie mir. Es war Zufall. Im Turm wurde ein Film gedreht.«

Walker schaute traurig auf seine Schuhe. Er schien nachzudenken. »Ich zeig Ihnen was.« Mühsamer als bisher ging er zur Anrichte, schob die Rollhaube des Brotkastens zurück und kam mit einem Packen Briefe zurück, die er zu den Kuverts legte, die Birgit mitgebracht hatte.

»Obenauf liegt sein letzter Brief. Lesen Sie. Ich kenne ihn auswendig.«

Birgit zögerte. Erik, der bisher nur beobachtet hatte, griff zu, öffnete den Umschlag und nahm ein einzelnes Blatt heraus.

»Lesen Sie!«, wiederholte Walker.

Beide lasen gleichzeitig. Erik wartete, bis auch Birgit zu Ende gelesen hatte. Er zeigte nicht, wie betroffen er war. Mehr aus Verlegenheit sagte er zum alten Walker: »Er nennt sich einen ›wussy‹. Das Wort habe ich noch nie gehört.«

»Ihr sagt heute ›loser‹. Er war es nicht.«

Birgit las indessen die wichtigsten Stellen noch einmal, langsam und genau.

Ich weine, weil ich Euch Kummer bereite ... Wenn Ihr den Brief in den Händen haltet, bin ich nicht mehr. Ich wollte etwas Richtiges tun und habe einen Fehler gemacht. Ich kann jetzt nicht mehr zurück. Ich stehe es nicht durch bis Schweden – und dann? ... Gestern haben mich Freunde auf die Farm und in deinen Turm gebracht. Ich habe ihn erkannt. Es war kein Zufall. Es ist Schicksal. Mein Schicksal ...

Vater, du warst hier glücklich. Ich bin unglücklich. So unglücklich, dass ich nicht mehr leben kann. ... Denkt nicht schlecht von mir. Ich habe Euch lieb. Ich habe Euch immer lieb gehabt. Bitte verzeiht mir ... Das Gewitter kommt näher. Ich muss schließen.

Euer unglücklicher Sohn

Eine Zeitlang hörten die drei nur Fliegen, die etwas Essbares suchten.

Erik fand zuerst Worte. »Das ändert ...«

»Fast alles«, fiel ihm Birgit ins Wort. »Mr. Walker, wir danken Ihnen für das große Vertrauen. Wir wussten es nicht. Die Polizei weiß es nicht.«

»Ich habe zu lange allein mit diesem Brief gelebt. Betty weinte jeden Tag, bis sie starb.« Er stockte und sah zur Seite. »Als die Leute von der Army kamen, habe ich den Brief in einem Marmeladeglas im Garten vergraben. Ich war sicher, sie würden uns den Brief nehmen. Warum hat er das getan?« Er wurde lauter. »Und warum hat ihn der verdammte Sohn des Kötter eingemauert und mir nichts davon geschrieben! Hans hätte es mir gesagt.«

Birgit und wohl auch Erik dachten scharf nach. Konnte es sein, dass der Sohn des alten Hans-Georg Kötter, also der verstorbene Vater des heutigen Kötter, die Mauer im Turm gezogen hatte, um Scherereien mit den Behörden und der Militärpolizei während der Heuernte 1970 aus dem Wege zu gehen? Weshalb hatte er ihn nicht nachts tief in einem seiner Äcker vergraben und Lupinen darüber gesät?

Birgit stand auf. »Erik, bleib du bitte hier. Gib mir den Autoschlüssel. Ich hole Wasser und muss nachdenken.«

In der Wüste war es noch heißer geworden. Sie spürte, wie die Hitze in den Hosenbeinen hochkroch. Kochendörfer sitzt im Loch. Walker sitzt im Loch. Sie hatte Erik und ein bisschen Geld. Sie wusste jetzt mehr als alle Beteiligten. Bei ihr liefen die Fäden zusammen. Von ihr müsste auch die Lösung ausgehen.

Sie packte zusammen, was sie in der Hinterhofwohnung brauchten: die Kühltasche mit dem Proviant, den Bell ihnen aufgedrängt hatte, die Thermoskanne mit Kaffee und Plastikflaschen mit warm gewordenem Wasser, so viel sie tragen konnte. Nach wenigen Schritten machte sie kehrt, warf ihren Ballast wieder ins Auto und fuhr in die Stadt zur versteckten Hintertür des traurigen Alten.

Erik half, den Tisch zu decken. »Ist dir etwas eingefallen?«

»Wir wollen erst essen und etwas trinken.«

Walkers Augen hingen über dem kalten Braten im Ranchformat, den Äpfeln, dem Brot und der Schokolade aus der Kühlbox. Er wird nicht zeigen wollen, wie hungrig er ist, dachte Birgit. Wie eine tüchtige, allzu fürsorgliche Hausfrau schnitt sie den Braten in winzige Stückchen und häufte jedem seine

Portion auf den Papierteller. Danny Walker bedachte sie mit dem Löwenanteil.

Die dankbaren Blicke des ausgehungerten, zahnlosen Alten waren ihr fast peinlich. Sie wollte nicht die Almosen verteilende Mutter Theresa sein.

»Mr. Walker«, begann sie nach dem Kaffee.

»Danny für euch.«

»Dann bin ich Birgit.«

Erik stand auf und reichte Walker über den Tisch die Hand. »Erik.«

Birgit begann noch einmal. »Danny, möchten Sie in dieser Geisterstadt bleiben und für die Touristen den Gehenkten spielen?«

»Muss«, kam es bedauernd aus seinem Gesicht. »Meine Rente ist seit 2008 weg, weg, weg. Konnte die Hütte auf der Ranch nicht mehr halten. Sie war baufällig geworden. Ich habe zu lange gelebt. Gott hat mich vergessen. Es ist fünf n a c h zwölf.«

»Es ist nie fünf nach zwölf«, widersprach Birgit. »Es gibt immer mindestens zwei Wege. Drehen wir die Zeiger zurück. Sie können einen Mann aus dem Gefängnis befreien. Er wird beschuldigt, Ihren Sohn Sunrise vor vielen Jahren, im Sommer 1970, umgebracht zu haben. Ich habe es bis vor einer Stunde selbst geglaubt. Sie könnten die Zellentür für ihn öffnen.«

»Ich? Sehen Sie mich an.«

»Wenn Sie der deutschen Polizei den letzten Brief von Sunrise zeigen, wäre er frei.«

»Dieser Brief hat mich wie ein böser Geist fast mein ganzes Leben begleitet. Er hat mich gefesselt, weil er mein Geheimnis war. Ich kenne ihn auswendig. In meinen Träumen liest ihn mir Sunrise vor. Ihr seid die Ersten, außer Betty, die ihn gelesen haben. Ich spüre, wie er von mir weggeht. Er gehört jetzt nicht mehr mir allein. Es ist nicht mehr mein Brief. Nehmen Sie ihn mit. Bringen Sie ihn nicht zurück.«

Das war für Birgit das erhoffte Stichwort. »Mit diesem Brief holen wir einen Mann aus dem Gefängnis«, wiederholte sie. »Wir können gleich damit anfangen. Aber erst den Tisch abwischen.«

Erik zog den Abschiedsbrief aus dem Stapel der Kuverts, die sie auf die Dielen gelegt hatten. Birgit schnappte sich ihr Handy, fotografierte die Befreiungsurkunde und schickte das Bild mit einer MMS an Hauptkommissar Peppinghaus. »Kochendörfer war es nicht. Brief nur für den Dienstgebrauch.«

»Das wäre erledigt.«

»Wie? Erledigt?«, fragte der Alte.

Erik erklärte es ihm, war sich aber nicht sicher, ob er es verstand. »Die Polizei in Deutschland kann jetzt den Brief lesen.«

Mit beiden Armen winkte Walker ab. »Ist nicht mehr meine Zeit.« Er blickte sich in seiner Wohnung um, als wäre er gerade zu Besuch gekommen. »Warum ist mir jetzt leichter?«

Birgit spulte ihr geschäftsmäßiges Programm weiter ab.

»Punkt zwei. – Danny, Sie bekommen 50 Prozent aller Honorare der Artikel, die ich über Sie schreibe, und der Fotos natürlich. 100 Prozent von Ihren eigenen Fotos.«

»Ich verstehe nicht – ist das viel?«

»Sie können wieder in ein kleines heiz- und kühlbares Zimmer ziehen und jeden Tag genügend essen.«

Walker setzte sich auf seinem Stuhl zurecht und ballte die Hände zur Faust. »Können Sie mir das schriftlich geben?«

»Wir gehen morgen zum Notar, oder wie ist das hier? Erik, weißt du, wer in Montana Dokumente beglaubigt?«

»In Montana? Fragen wir Bell.«

»Danny, noch eins. Lassen Sie sich nicht von anderen, Journalisten oder Touristen, fotografieren. Von denen bekommen Sie nichts. Sind Sie damit einverstanden?«

Birgit befürchtete, dass sie in ihrem professionellen Eifer die Sache zu schnell vorgetragen hatte.

»Habe ich eine Wahl? Ich muss Ihnen vertrauen. Es ist zumindest eine Chance, hier herauszukommen.«

»Es gibt immer einen zweiten Weg, Danny. Aber ich verspreche Ihnen, dies ist der bessere. Sie haben sich im April 1945 auf dem Hof beim Turm auch für den besseren Weg entschieden.« Als der Alte nickte, reichte sie ihm die Hand. »Auf gute Zusammenarbeit.«

Er wiederholte den Satz.

»Noch einen Schluck Wasser, und dann machen wir uns an die Arbeit.« Sie holte ihren großen Fotoapparat aus der Tasche und fotografierte alles, was ihr vor die Linse kam, den Tisch, den Strohsack, die Anrichte, den Brotkasten, und schleppte Danny noch einmal ins Gefängnis zurück, wo sie ihn aus dem zahnlosen Mund jammern ließ.

Die wenigen Habseligkeiten Walkers waren schnell im Auto verstaut. »Was hält uns hier noch? Auf nach Billings.« Birgit war immer noch aufgedreht. Ihr Plan war aufgegangen.

»Wartet noch einen Moment«, bat Walker. »Ich muss noch ein paar Kleinigkeiten holen.« Er verschwand mit seinen schleppenden Schritten zwischen den Häusern und kehrte erst nach einer halben Stunde zurück mit Hosen, Pullovern, Unterwäsche und zwei Büchern unter den Armen. Ein Paar zusammengebundene Schneestiefel hingen ihm über die Schulter. Den Wintermantel hatte er angezogen, um ihn nicht tragen zu müssen.

Birgit und Erik hatten sich schon Sorgen gemacht und befürchtet, er könnte es sich anders überlegt haben. Er lächelte ihnen entgegen. Sie fragten nichts.

Nur mit Mühe wandte sich Danny auf dem Rücksitz um und sah zur kleiner werdenden Geisterstadt zurück.

»Ihr seid jung, ihr versteht das nicht. Im Alter will man seine Ruhe haben. Doch gerade dann kommen unvorhergesehene Überraschungen, von einer Stunde auf die andere. Heute ist wieder ein solcher Tag. Wo bringt ihr mich hin?«

Siedend heiß fiel es Birgit ein, dass sie ihn wie ein kleines Kind bevormundet hatte. Ihren Plan hatte sie nicht erklärt.

Nicht einmal mit Erik hatte sie darüber gesprochen. Er hatte ihr nur interessiert zugesehen, wie sie ihre Aufgabe löste, und sich ein Bild davon gemacht, was ihn in den nächsten Jahren oder Jahrzehnten erwartete. Bislang hatte er keine Einwände.

»Entschuldigen Sie, Danny, es ging alles so schnell. Wenn Sie damit einverstanden sind, bringen wir Sie für heute Nacht in einem Hotel unter. Eigentlich wohnen wir dort. Aber wir haben die letzte Nacht auf der ›Drei-Pfeile-Ranch‹ verbracht und wollen dort bleiben. Morgen sehen wir dann weiter.«

»Mit Dusche?«, fragte Walker begierig.

»Und mit einem Bett zum Schlafen.«

Danny seufzte erwartungsfroh.

Vor dem Hotel wurde Birgit wieder geschäftlich. »Wie Sie gesehen haben, ist ein Beitrag über Sie mit einem Foto in der Zeitung erschienen. Ich weiß noch nicht, wie viel ich dafür von der Zeitung erhalte. Aber eine Anzahlung bin ich Ihnen schuldig.«

Sie reichte ihm 200 Dollar auf den Rücksitz und ließ ihn eine Quittung unterschreiben.

»Ich habe keine Geldbörse mehr. Habe ich in letzter Zeit nicht mehr gebraucht.«

»Das besorgen wir morgen.«

Die Hotelrezeption akzeptierte den Gästetausch. Da im Voraus bezahlt war, befürchtete das Personal auch keinen weiteren Walk-out in dieser Woche.

Sie zeigten Danny ihr Zimmer, das nun seines sein sollte. Er sah sich um und inspizierte erwartungsfroh die geräumige Dusche.

»Verrückte Welt. Wer konnte heute Morgen ahnen, wohin das Äpfelchen rollt.«

Birgit und Erik rafften ihr spärliches Reisegepäck zusammen und verabredeten sich mit ihrem Nachmieter auf den nächsten Tag, elf Uhr.

Die Interstate stadtauswärts war um diese Zeit voll. Erik war in den wenigen Wochen zu einem geduldigen Autofahrer geworden. Auch rücksichtsvolles Fahren schien ansteckend zu sein. Birgit war nach Chopin. Sie suchte im Autoradio aus den Achtzigern einen Klassiksender.

»Du musst dir vorkommen wie ein Erzengel«, begann Erik, »von eurem Himmel herabgestiegen.«

»Er hält mich für Gabriel. In Wirklichkeit bin ich Raphael.« Sie hatte die himmlische Bevölkerung noch nicht vergessen. »Ich profitiere doch am meisten davon. Ich muss sehen, wo ich bleibe. Vor ein paar Tagen stand ich noch vor dem Abgrund. Ein durchgängig gutes Gefühl habe ich noch immer nicht.« Sie dachte an Ulf, den väterlichen Freund, den sie verloren hatte. »Meinst du auch, dass ich mich verändert habe?«

»So schnell wächst keine neue Haut.«

Je weiter sie in den Süden kamen, desto geräumiger wurde die Straße. Erik tastete sich vor. »Dein Plan war gut. Wir mussten ihn aus dem Loch herausholen. Aber im Hotel kann Danny nicht bleiben. Weiß dein Gabriel schon, wie es weitergehen soll mit dem Cowboy, der den schwarzen Galgenvogel spielen musste? Er sät nicht, er erntet nicht und hat kein Dach über dem Kopf, nicht einmal einen Stall mit Ochs und Esel.« Es gefiel ihm, die Pfarrerstochter mit der Sprache Kanaans aufzuziehen. »In einer Woche ist er wieder in der Geisterstadt.«

»Erik, du änderst dich auch nicht. Wenn du so redest, führst du etwas im Schilde. Sag, was dir im Kopf herumgeht. Danach lege ich meine Karten auf den Tisch, die ich noch in der Hinterhand, ich meine im englischen Gefieder, habe.«

Erik setzte seinen langen Anlauf fort. »Er darf nicht in die Wüste zurück, nicht einmal für vierzig Tage. Ihm bleiben nur noch ein paar Jahre. Jetzt ist er noch ziemlich rüstig und weiß noch alles. Wir müssen alles tun, was wir in diesen wenigen Tagen tun können.«

»Du redest wir mein frommer Vater. Noch etwas mehr Salbung und du kannst auf die Kanzel steigen.«

»Gott bewahre! Ich habe Höhenangst. Ist es viel, was er für deine Artikel und Fotos bekommt?«

Birgit überlegte, ob sie ihm ihre raphaelitischen Gedanken jetzt schon preisgeben sollte.

»Ich habe ihm, wie du gehört hast, die Hälfte des Honorars für die Fotos mit ihm versprochen. Ich weiß noch nicht, wie viel es werden wird, ein paar Tausend vielleicht. Aber es sind keine regelmäßigen Einnahmen.«

»Einige Monate, ein halbes Jahr könnte es reichen. Danny ist keinen üppigen Lebensstil gewohnt.«

»Das Wichtigste, das Einträglichste, habe ich Walker nicht versprochen.«

»Und das wäre?«

Birgit zögerte. »Die Anteile am Foto seines toten Sohnes. Alle wichtigen Zeitungen haben es nachgedruckt, es lief über alle Kanäle als Schauergeschichte. Ich bekomme 70 Prozent der Honorare. Das ist der Batzen. Der Tipp stammt von Ulf. Davon könnten wir eine Weile leben.« Sie unterbrach sich und blickte auf die vorbeifliegende Prärie. »Wenn es eng für ihn wird, könnte ich ein paar Prozente an ihn abtreten. Aber dafür muss ich mir eine Erklärung ausdenken. Er kann seine Miete schlecht vom Foto seines toten Sohnes bezahlen. Wenn er es zu Gesicht bekommt, bricht er zusammen.«

»Du hast nicht nur Karten, sondern auch noch Scheine im Ärmel?«

»Ja«, gab sie zu, »sie sind für uns gedacht.«

»Du lebst im Bausparländchen – ich hätte es fast vergessen.« Erik nahm nun seinen Faden wieder auf. »Hast du bemerkt? Danny und dieser Manuel von der Ranch kennen sich. Ich habe eins und eins zusammengezählt.«

Birgit zählte auch zusammen. »Ich kann deiner Rechnung folgen und schließe mich ihr an. Mal sehn, was Bell dazu meint.«

Sie schwiegen eine Weile, bis Birgit wieder ins Grundsätzliche auswich. »Erik, was hast du für ein Gefühl, wenn du für andere, für Menschen, die du vor zwei Tagen noch gar nicht kanntest, Schicksal spielst? Ist das nicht wie am Tisch des blitzeschleudernden Zeus, oben im Olymp, wo zwischen Nektar und Ambrosia über Wohl und Wehe einzelner Erdenbürger entschieden wurde? Fühlt es sich nicht an wie Macht?«

Die Cowboys hatten ihr Abendessen schon hinter sich.

»Bell wird in der Küche sein. Ich werde ihr wieder ein bisschen zur Hand gehen, ihr die Neuigkeiten verraten.«

»Aber fall nicht mit der Tür ins Haus«, mahnte Erik. »Sie muss selbst darauf kommen.«

Er trug das Gepäck in die Vorhalle, in der Manuel in dem Sessel döste, in den sich vor 26 Stunden Bell mit herzhaftem Lachen fallen gelassen hatte. Ein Tag. Mehr Zeit war noch nicht vergangen. Manuel öffnete ein Auge, als er die fremden Schritte hörte.

»Mr. Drossel, Ihr Gepäck – ich bringe es zum ›Bloody Horn‹, wo Sie wohnen.« Er nahm Erik den Koffer und die Tasche aus den Händen und stellte sie in ein Handwägelchen, das er in der musealen Vorhalle abgestellt hatte.

»Sie bringen mich hin?«, fragte Erik, der mit den Gedanken woanders war. Ihm fehlte noch der Plan. Die Begegnung mit Manuel kam zu früh. Er musste sich schnell einen Plan ausdenken. Oder sollte er es wie Birgit machen und darauf vertrauen, dass er im richtigen Augenblick das Richtige sagte?

Manuel zog den Wagen über den Hof. »Wir müssen nach links.« Ebenso beiläufig fragte er: »Sie waren den ganzen Tag unterwegs?«

»In Point Crow, ja.« Manuel selbst sollte das Thema anschneiden.

»Haben Sie Danny Walker gesehen?«, fragte Manuel schnell.

»Ja«. Erik blieb einsilbig.

»Was macht er? Wie geht es ihm? Ist er gesund da draußen in der Wüste? Will er da bleiben?«

Wie kann er wissen, dass ich genau das von ihm hören wollte, dachte Erik. Es läuft ohne Plan. »Er ist nicht mehr draußen.«

»Nicht mehr? Hat ihn der Sheriff abgeholt? Hat er die Bande von der Bank doch umgelegt?«

»Sie sorgen sich sehr um ihn. Nein, nein, er hat das große Umlegen nur gespielt. Er steht sicher noch unter dem warmen Wasserstrahl in unserem Hotelzimmer in Billings. Wir fahren morgen wieder zu ihm. Es gibt noch einiges zu regeln.«

Sie kamen an das Blockhaus mit der hölzernen Aufschrift »Bloody Horn«, ein Ferienhaus, wie für eine Hochzeitsreise. Erik wollte sich dort nicht abstellen lassen.

»Wir packen später aus. Falls wir noch etwas brauchen sollten, eine Glühbirne, eine Winchester gegen die Kojoten oder eine Nagelfeile, wo können wir Sie dann erreichen?« Erik wollte sehen, wo und wie Manuel wohnte.

»Wir gehen einen kleinen Umweg zurück. Wir kommen dann an meiner Hütte vorbei. War früher vom Vormann bewohnt. Bell hat sie an mich vermietet. Wenn ich tot bin, wird sie es zu einem Familienappartement ausbauen.«

»Der Vormann war eine wichtige Person auf der Ranch?«

»Ja, ein Unterchef.«

»Schlief sicher nicht in der Hängematte?«

Manuel lachte. »Dann wäre keiner länger als einen Tag geblieben. – Das ist mein letzter Wigwam.«

Sie standen vor einer Mischung aus Haus und Hütte, halb Stein, halb Holz. Eriks Herz schlug etwas beschwingter. Das könnte es sein.

»Ich wohne auf dem rechten Flügel. In die Küche, dort in der Mitte, komme ich selten, weil wir oben essen. Bell will die Leute sehen, die für sie arbeiten; sie sollen ausgewogen essen. Dann sind sie seltener krank, behauptet sie. Das helfe der Wirtschaft, setzt sie dann hinzu und lacht so mitreißend, dass man es ihr nicht übel nehmen kann.«

»Sie haben es besser getroffen als Daniel Walker. Andere fahren hierher in den Urlaub, um so zu wohnen wie Sie.«

»Ich beschwere mich nicht. Als Präriewolf ist man Einsamkeit gewöhnt.«

Manuel begleitete Erik noch ein Stück des Weges zurück. Er wollte noch etwas sagen. Erik spürte es.

»Sie fahren morgen wieder nach Billings? Bell will nicht, dass wir die Feriengäste belästigen. Wenn ich mitfahren könnte? Ich werde Ihnen keine Umstände machen. Ich möchte ihn nur noch einmal sehen.«

Erik wollte nichts versprechen, solange er nicht wusste, wie das Gespräch in der Küche verlaufen war. Außerdem wollte er mehr als nur ein Tête-à-Tête zwischen den alten Cowboys arrangieren. Er improvisierte eine Zwischenlösung.

»Frau Wallo und ich haben noch ein paar Fragen an Sie. Können wir uns wie gestern Abend auf der Terrasse treffen? Dort können wir auch über morgen reden.«

Manuel schien seine Absicht erreicht zu haben und verabschiedete sich schnell. Es ging alles so glatt, als ob es vorbereitet gewesen wäre. Oder hatte er nur das Dickicht der menschlichen Beziehungen richtig eingeschätzt?

Birgit wartete auf ihn vor gefüllten Schüsseln. Aus der Küche grüßte Bell. Sie saßen sich beim Essen gegenüber und unterhielten sich abwechselnd auf Deutsch und Englisch, je nachdem, ob es Bell in der Küche verstehen sollte oder nicht. Birgit erzählte auf Deutsch, dass Bell aus der Ranch kein Altersheim machen wollte. Andererseits wäre ein Cowboy, der alte Geschichten erzählen konnte, eine Bereicherung ihres Angebots an die Gäste. Entschieden sei aber noch nichts.

Erik berichtete über seinen Rundgang mit Manuel und wechselte dann ins Englische. »Du wolltest noch einmal mit Manuel sprechen. Ich habe ihn eingeladen, auf der Gästeveranda einen Wein mit uns zu trinken. Schön wäre es, wenn auch Bell und Mr. Scott wieder mit dabei sein könnten.«

Kommissar Peppinghaus hatte sich aus der anderen Welt gemeldet. Auf Birgits Handy stand nur der kurze Satz: »Das Original, dringend. Gratuliere.«

Sie starrte und überlegte. Eben erst hatte sie ausgepackt. In der letzten Nacht hatte sie ihre neue Behausung kaum wahrgenommen. Nun zeichnete sich schon das Ende ihres Ausfluges an.

»Hier könnte ich eine Weile bleiben.« Sie streckte die Beine unter dem Tisch aus und umklammerte Eriks Fuß. »Schade, wir müssen zurück. So schnell wie möglich.«

»Müssen? – Wir müssen heute und morgen noch etwas zu Ende bringen.« Erik machte gerne eins nach dem andern.

»Sergeant Pepper braucht das Original des Briefes. Kochendörfer sitzt noch im Umerziehungslager. Wir können aber nicht an zwei Orten gleichzeitig sein.« Sie wechselte das Thema: »Ich komme wieder hierher. Das verspreche ich mir, und wenn du willst, auch dir.«

Erik nickte trocken.

Bell brachte den bestellten Wein. Manuel kam über den Hof auf die Terrasse zu. Die Spieler bereiteten, ohne es zu wissen, ihren Auftritt vor. Mit ihrem ersten Satz, den sie sich zurechtgelegt hatte, wartete Birgit, bis auch Bell in ihrem Sessel saß und genau zuhören konnte.

»Mr. Rodrigo, mit Danny Walker habe ich eine ähnliche Vereinbarung getroffen wie mit Ihnen. Ich überweise ihm einen Anteil an den Honoraren. Sind Sie bitte nicht böse. Bei ihm wird es etwas mehr sein.«

Erik sah, wie Bells Aufmerksamkeit in ein zufriedenes Lächeln überging. Birgit war schlau. Er würde sich vorsehen müssen.

Nach dieser Einleitung ging alles wie von selbst. Die Regisseure wurden zu Zuschauern. Sie hörten nur noch zu, wie sich Manuel von Bell überzeugen ließ, Danny im Vormannhaus aufzunehmen.

»Die Räume müssten hergerichtet werden, falls Mr. Walker wieder auf der Ranch leben will. Es ist ein Angebot. Die Miete ist nicht hoch.«

Sie wandte sich an Erik und Birgit. »Könnt ihr nicht Manuel morgen früh in die Stadt mitnehmen, dann könnte er Mr. Walker gleich fragen und vielleicht überreden.«

Bis der Chef des Hauses, Mr. Scott, mit einem Krug Bier in der Hand auf der Terrasse erschien, war alles unter Dach und Fach. Die geschäftstüchtige Bell bot sich an, die Vereinbarungen verständlich abzufassen und auszudrucken. Bis zum Frühstück wären sie unterschriftsreif, versprach sie.

»Die Flügel im Vormannhaus sind getrennt. Jeder hat seinen eigenen Bereich. Wir können uns aus dem Weg gehen, wenn wir Krach haben. Alte Leute haben ihre Macken. Wir können aber auch zusammen pokern, wenn wir wollen.« Manuel begann schon auf der Fahrt nach Billings, sich auf die neue Hausgemeinschaft einzustimmen. Pünktlich um elf Uhr traten sie in die Hotelhalle und baten an der Rezeption, Mr. Walker ihre Ankunft zu melden.

»Mrs. Wallo?« Birgit hob den Kopf und nahm den Zettel entgegen, den ihr der schwarz gekleidete junge Mann hinter dem Tresen entgegenstreckte.

Sie erschrak. »Bin bei Gottvater. Daniel Walker«, übersetzte sie. »Ein Abschiedsbrief. Er hat es nicht verkraftet. Wie sein Sohn Sunrise.«

Erik nahm das Papier aus ihren den erstarrten Fingern, las und gab ihn sichtlich betroffen an Manuel weiter. Er las zweimal. Dann fiel er, wie Birgit glaubte, komplett aus der Rolle.

»Das fängt ja lustig an – da geh ich auch gleich hin.«

»Wir nicht! Wir sind noch jung.« Birgit war entsetzt.

»Dann kommen Sie eben später nach.« Manuel ging hastig durch die Drehtür.

»Alles umsonst. Es war zu viel für ihn. Wir fliegen noch heute«, schlug Birgit vor.

»Ich war so sicher, dass unser Plan funktioniert. Wir müssen noch für seine Beerdigung sorgen. Das sind wir ihm schuldig. Er soll nicht auch vierzig Jahre irgendwo liegen.«

»Entschuldigen Sie, wenn ich mich einmische.« Der junge Mann streckte sich mit seinem eingefetteten Hahnenkamm über die Brüstung und zeigte mit dem Arm zur Tür. »Drei Straßen runter, dann rechts und die zweite oder dritte links, 24. Straße West, von dort sehen Sie es schon.«

»Sie wissen?«, fragte Birgit bestürzt.

»Um diese Zeit hat er schon auf. Die Pizza kann ich empfehlen, falls Sie nicht doch bei uns speisen wollen.«

»Bei Godfather?« Diesmal übersetzte sie nicht.

»Sie können es kaum verfehlen.« Er reichte Erik einen Stadtplan herüber.

Endlich begriffen sie.

»Gestern haben wir sie vorgeführt. Heute waren wir dran.«

»Das ist«, Birgit hielt einen Augenblick die Luft an, »die ausgleichende Gerechtigkeit. Alles kommt ins Lot.« Von diesem wirkungsmächtigen Trost hatte sie sich noch nicht verabschiedet.

Die Alten saßen vor »Godfather's Pizzeria« und lachten, als Birgit und Erik um die Straßenecke bogen.

Manuel war gut drauf: »Wir haben den Termin noch einmal verschoben.«

Danny hatte sich verändert. Saubere Hose, Jacke, Hemd, rasiert und die Haare geschnitten. Er bemerkte die prüfenden weiblichen Blicke von Birgit.

»Von Ihrem Geld, Second Hand, sieht man aber nicht.«

»Falsch, Danny, ganz falsch – es ist Ihr Geld.«

»Trotzdem, Dank dafür. Ich habe die Vereinbarung um einen Satz ergänzt. Sie gilt nur, solange ich lebe.« Er reichte Birgit das Blatt, das Bell Scott getippt und Manuel mitgegeben hatte.

Sie unterschrieb mit dem Gefühl, überflüssig geworden zu sein, und der Erfahrung: In Amerika ist jeder Cowboy ein Rechtsanwalt.

Am Buffet stellten sich Birgit und Erik ihre Godfather's Pizza nach persönlichem Rezept zusammen.

»Zieht er nun auf die Ranch?«

»Geht uns das etwas an? Die beiden Alten müssen überzeugt sein, dass es ihre Idee gewesen ist. So wollten wir es doch. Wir müssen nicht die Patenschaft übernehmen.«

Bei diesen Worten schlug sich Erik mit der flachen Hand lachend auf die Stirn.

»Weißt du, was ein Godfather ist?«

»Du kannst Fragen stellen.«

»Godfather ist niemand anders als der Pate, der Taufpate.«

»Wir haben eben einen gewissen Migrationshintergrund«, kommentierte Birgit trocken und prustete Erik ins Gesicht.

Danny und Manuel begannen über alte Zeiten zu reden. Nur einmal wandte sich Manuel an Erik: »Kann Danny im Auto mit auf die Ranch zurückfahren?« Damit war auch das geklärt.

»Es war unser Abschiedsessen. Wir fliegen noch heute zurück.«

»War die Pizza nach Ihren Wünschen?«, fragte die Bedienung, als sie aufbrachen.

»Himmlisch«, antworteten Birgit und Erik im Chor.

Sie waren nur zwei Tage auf der Ranch gewesen und hatten sich doch schon eine Abschiedszeremonie verdient.

Bell lockte sie eindringlich: »Wenn ihr, wie versprochen, wiederkommt, ist die erste Übernachtung kostenlos.«

Manuel kommentierte anerkennend: »Da könnt ihr euch was drauf einbilden.« Er schien sich nicht mehr zu alt zu fühlen.

Danny zog Birgit beiseite. »Sie haben mir Gewissheit über Sunrise gebracht. Sie haben mir aber nicht gesagt, weshalb er das gemacht hat. Soll ich das nicht wissen? War es so schlimm?«

»Ich weiß es nicht, noch nicht.«

»Versuchen Sie bitte, es herauszufinden. Bald. Ich habe nicht mehr viel Zeit.«

Nun lief der Film rückwärts. »Rent a Wreck« – Flughafen Billings – New York. In der Umsteigehalle von LaGuardia wurden aus der zusammengeschweißten Eins wieder eins und eins. Erik wertete, um Gefühlsausdrücke zu umgehen, den Ausflug in die Prärie als intervenierende Variable ihres Experiments, die hochsignifikante Kovarianzen zutage gefördert habe, prägnant und effektiv wie ein lateinisch-griechisches Quadrat. Von solchen harten Nüssen war Birgit in ihrem Weichstudium verschont geblieben. Sie las der Einfachheit halber die Kovarianzen von seinem Gesicht ab.

Über dem Atlantik sortierte sie ihren Aufgabenzettel. Der Kommissar, Ulf, der »Merkurio« und eventuell noch der Bauunternehmer. Dannys Auftrag, das Motiv für den Selbstmord seines Sohnes zu finden, war eine Querschnittssaufgabe, die sich bei allen Begegnungen stellte. Über Wellen und Wolken schrieb sie wieder wieselschnell und ergreifend, wie sie hoffte. Den Lesern sollten die Tränen in die Augen schießen über den kleinen schwarzen Sunrise, der »Onkel Toms Hütte« gelesen hatte, über den traurigen Vater, das glückliche Ende seiner Sklavenarbeit in der Geisterstadt und das Happy End in der Altenwohngemeinschaft auf der »Drei-Pfeile-Ranch«, auf der Feriengäste mit Cowboys zum Anfassen zu Abend essen.

Als Birgit in Frankfurt landete, ging die Sonne wieder im Osten auf. Eine Stunde verbrachte sie noch in einem Internetcafé, um ihren Bericht und ein paar Fotos an Herrn Albert vom »Merkurio« zu schicken. Dann klatschte sie in die Hände. Jetzt noch Sergeant Pepper.

Sie wollte ihren Sieg kalt genießen, nahm aber im Haus der Polizei doch zwei Stufen auf einmal zum Büro des Kommissars. Der Erfolg überschwemmte sie. Vor zwei Wochen noch Pechmarie, heute Glückelse.

»Haben Sie das Original dabei? Dann dürfen Sie sich setzen, wohin Sie wollen.«

Arno von Mecklenburg wurde herbeigerufen, um ein Foto zu machen, wie sie dem Kommissar das Original des Abschiedsbriefes von Sunrise Walker in die Hand gab. Peppinghaus las den Brief zweimal sorgfältig durch.

»Mhm. Fremdverschulden ist auszuschließen. Damit ist die Sache für die Polizei erledigt. Der Staatsanwalt wird froh sein, wenn er den Fall vom Hals hat. – Er ist heute Nachmittag im Haus. Interview?«

Und ob. Jetzt öffneten sich für Birgit die Türen von selbst und exklusiv. »Ausfallhonorar wird überwiesen«, hatte Baerenreiter triumphiert, die Flachpfeife.

»Bis dahin ist noch etwas Zeit.« Peppinghaus versteckte sich hinter seinen Schreibtisch und nahm Tabak und Pfeife aus der obersten Schublade. »Sind Sie zum Mittagessen verabredet?«

»Ich komme direkt vom Flughafen. Sie haben es dringend gemacht. Wenn Sie mir wieder etwas für mein Poesiealbum deklamieren, nehme ich gerne an. Außerdem hätte ich da noch ein paar Fragen.«

»Ich auch.«

Peppinghaus suchte im »Elefanten« einen Platz in der Ecke mit leeren Tischen davor.

»Sehen Sie sich um«, flüsterte er ihr zu. »Wenn Sie jemanden mit Handy-Ohrclip sehen, heben Sie sofort zwei Finger. Ich mache erst mal meinen Rundgang.«

Der Kommissar ging auf die Toilette, grüßte Bekannte und den Wirt. Wenn sie es nicht gewusst hätte, wäre ihr nicht aufgefallen, wie er seinen Weg durch die Tische so wählte, dass er jeden Gast von zwei Seiten gesehen hatte.

»Die Luft ist vorläufig rein«, sagte er, bevor er sich setzte und die Speisekarte nur kurz überflog. Er kannte sie auswendig.

»Wieso?«, flüsterte nun auch Birgit.

»Sie brauchen noch nicht zu flüstern. Aber beobachten Sie weiter. Die Mini-Hörverstärker mit dem Ohrbügel sehen aus wie das Headset eines Handys. Man kann damit Gespräche über viele Tische hinweg ablauschen. Zur Zeit sind sie wieder unterwegs.«

»Ein neuer Fall?«

»Unser Fall. Sie sind hinter Kochendörfer her. Sie glauben noch, dass er verurteilt wird. Nach dem Urteil fallen sie über seine Firma her und zerfetzen sie. Wir haben noch nichts über den Abschiedsbrief veröffentlicht. Nur alles vorbereitet, um die Haftentlassung sofort umzusetzen. Ihre Zeitung bringt morgen den Brief. Dann ist Kochendörfer schon draußen und die Meute steht später wutschnaubend am Gefängnistor. Das ist mein Geschenk an Sie, weil Sie einen Hang zur Poesie haben. Ich habe aber auch eine Ader für Prosa. Wie sind Sie an den Brief gekommen, erzählen Sie.«

Birgit vergaß ihre eigenen Fragen und berichtete nicht ohne Stolz.

»Steht morgen etwas ausgeschmückt in der Zeitung.«

»Und das alles in zwei Tagen. Sie könnten bei uns anfangen, wenn Ihre Zeitung Sie wieder rauswirft.«

»Das glaube ich kaum. Ich fürchte, Sie sind der einzige Lyriker in dem Laden.«

»War auch kein ernsthafter Vorschlag. Wir bauen Personal ab. Erfahrungsgemäß nimmt dann auch die Zahl der Verurteilungen ab. Das ist gut für die Statistik.«

»Darf ich Sie etwas fragen?«

»Fragen, ja.«

»Weshalb haben Sie mir nicht gleich den Namen von Sunrise Walker gesagt?«

»Nur so viel: Der junge Walker verschwand, und keine Militärpolizei und kein Geheimdienst konnte ihn ausfindig machen. Sein Vater hat ihnen den Brief nicht gezeigt. Das haben Sie mir gerade bestätigt. Was macht eine Behörde in diesem Fall? Sie wartet, bis der Verschwundene eine Kreditkarte beantragt oder sich bei seinem Vater meldet. Er wurde nie für tot erklärt.«

»Wird Danny, der Vater, Probleme bekommen, wenn die Militärbehörden erfahren, dass er den Brief mit dem Selbstmordgeständnis verheimlichte?«

»Verjährt, nehme ich an. Ein amerikanisches Gericht, das den Vater verurteilt? Nein, so weit gehen meine Vorurteile nicht.«

»Haben Sie von den ominösen amerikanischen Stellen den Namen erfahren?«

»Sie sagen es: ominös. Sie glauben gar nicht, wie viele Behörden damit befasst waren und wie gut sie ihre Akten aufbewahrt haben. Im Warteraum der Rechtsmedizin in Tübingen saß ich mit fünf stummen Beamten. Das war der Kontakthof. Vielleicht haben sie sich am Haarschnitt erkannt. Nachdem das Ergebnis der Untersuchung festlag, telefonierten sie im Hof. Drei kamen mit dem Namen zurück. Und ich telefonierte mit Kötter, der mir von den Luftpostbriefen erzählte und dass Sie mir schon einen Schritt voraus waren. Das hat mich überzeugt. Deshalb habe ich Ihnen das Rätsel mit auf den Weg gegeben. Mehr durfte ich damals nicht.«

»Ich muss zugeben«, sagte Birgit, »ich hielt Kochendörfer für den Mörder. Er war etwa zur Tatzeit im Turm, er machte sich in den letzten Wochen verdächtig, er war ein K-Gruppen-Aktivist, der in der US-Armee die Speerspitze des US-Imperialismus sah.«

Peppinghaus schüttelte den Kopf. »K-Gruppen organisierten die Weltrevolution. Sie waren keine Baader-Meinhof-Leute. Individueller Terror galt bei ihnen als reaktionär, hab ich gelesen, aber auch erst in den letzten Tagen. Die K-Gruppen-Geschichte hat den Staatsanwalt und den Haftrichter nachträglich überzeugt. Das war Ihre Geschichte. Kochendörfer will Sie übrigens noch einmal sprechen.«

»Muss ich mir das noch einmal antun?«

»Das ist Ihre Entscheidung. Sie haben ihn ans Messer geliefert, und Sie haben ihn wieder herausgehauen.«

»Ich habe nur meine Arbeit gemacht.«

»Das ist – das war schon immer eine schlimme und beliebte Ausrede.« Peppinghaus wurde sehr ernst. »Ich habe mir diesen dummen und gefährlichen Spruch verboten. Wenn ich nur meine Arbeit machte, gäbe es für Sie keine Gedichte und keine Rätsel.«

Das saß. Er hatte ihr die Lebenslüge der Schreibtischtäter des 20. Jahrhunderts um die Ohren geschlagen. Beschämt drehte sie den Kopf zu Seite. Sie ärgerte sich über ihren gedankenlos dahingeplapperten Satz. Sie wollte doch ihren Erfolg genießen und nicht Ohrfeigen einstecken.

Ihr Blick fiel auf die Eingangstür. Am Ohr des energiegeladenen Schönlings in dunklem Anzug und gut gewählter Krawatte blitzte es. Der Jungmanager im permanenten Handystress oder –

»Und weshalb ist Ihnen Wilhelm Busch lieber als Rilke?«, fragte sie laut und vernehmlich ins überraschte Gesicht des Hauptkommissars. Erst danach zeigte sie ihm die beiden Finger, die sie an Eriks Auftritt im Saloon der toten Stadt erinnerten.

Peppinghaus blickte nicht umher, sprach aber auch etwas lauter.

»Nehmen Sie die tiefsinnig-blöde Zeile: ›jeder Engel ist schrecklich‹, und dagegen die klare bündige Aussage: ›also lautet der Beschluss, dass der Mensch was lernen muss‹. Geben Sie zu – da liegen Welten dazwischen, Wolkenkuckucksheim und Häuslerkate.«

»Dafür dirigiert Rilke jetzt sicher die englischen Chöre. Frau Rübsam – Sie erinnern sich? – könnte die toscanische Donna danach fragen.«

Peppinghaus feixte. »Sie lenken ab. Denken Sie an Kochendörfer. Ich hoffe nicht, dass ihn viele Journalisten und Schaulustige am Tor erwarten, wenn er morgen früh um elf entlassen wird.«

»Wir werden sehen.«

»Nehmen Sie noch einen Nachtisch?«

»Nein danke – mir läuft die Zeit ohnehin davon.«

Sie winkten dem Wirt und zahlten. Durch die Augenwinkel musterte Peppinghaus den gegelten Abhörspezialisten, der auf sein Laptop starrte, das ihm hoffentlich bald von den Knien rutschen würde.

Umständlich steckte Peppinghaus an der frischen Luft seine Pfeife in Brand. »In den nächsten Tagen werden wir den Aktendeckel zu diesem Fall zuklappen, obwohl mir noch ein wichtiger Absatz im Bericht fehlt. Sie erhalten dann das Original des Abschiedsbriefes zurück. Dann dürfte auch für Sie der Fall abgeschlossen sein.«

»Sie vergessen den Vater. Er hatte noch eine wichtige Frage.«

»Die gleiche wie ich, vermutlich.«

»Ich weiß noch nicht, wer sie mir beantworten kann. Ich werde an Sie denken.« Etwas verschämt fügte sie hinzu: »Nicht nur deshalb.«

Peppinghaus begriff und verabschiedete sich von Birgit mit einem Angebot. »Wenn wir beide nicht nur unsere Arbeit machen, könnten wir ein heimliches Team werden.«

Seit »Bloody Hill« auf der »Drei-Pfeile-Ranch« hatte sich Birgit in keine Bettdecke mehr gehüllt. Sie sehnte sich danach, irgendwo drunterzuschlüpfen und zu schlafen. Sie stellte das Autoradio lauter. Es nützte nichts. Doch sie hatte Glück. Erst als sie vor der Haydnstraße 13 den Motor abgestellt hatte, schlossen sich ihre Lider zu einem kurzen Sekundenschlaf, aus dem sie aufschreckte, weil sie ein Ungetüm auf sich zurasen sah. Der Schreck scheuchte sie aus dem Auto.

Sie schleppte Koffer und Fototasche vor ihre Wohnungstür. Noch immer beschlich sie im Flur das mulmige Gefühl, nicht allein in der Wohnung zu sein, als hätte ein Fremder von ihr Besitz ergriffen. Sollte sie die Wohnung wechseln?

Das Gespräch mit dem Staatsanwalt war für ihn eine Pflichtübung und für sie ohne Ertrag. Allenfalls konnte sie hoffen, dass er sich später einmal an ihr Gesicht und ihren Namen erinnern würde.

Die amerikanischen Stellen, welche, verriet er nicht, hätten sich nunmehr darauf verständigt, eine durch infantile Traumatisierung hervorgerufene dissoziative Fugue anzunehmen. Er strunzte vor der Journalistin damit, diese Diagnose stolperfrei aufsagen zu können. Sie nahm den Dank des Staates – er war doch Staatsanwalt? – gelassen und ernst entgegen.

»Unsere Verbündeten haben jetzt andere Sorgen, als ihren Veteranen, die aus dem Ruder gelaufen waren, hinterherzuspionieren«, stellte er ohne Ironie in den Raum. »Frau Wallo, Sie haben uns einen Dienst erwiesen. Ich werde den Hauptkommissar ersuchen, Sie zum nächsten Polizeifest einzuladen.« Dort gehe es mächtig lustig zu.

Auch diese Einseiferei ließ sie widerspruchslos über sich ergehen. Sie war zu müde, um witzig zu werden, und verstand, weshalb sich Peppinghaus wegen einer angeblich wichtigen Gegenüberstellung an einer Supermarktkasse entschuldigen ließ.

An ihrem Computer hatte sich niemand zu schaffen gemacht. Das Haar lag noch unberührt über dem »A« der Tastatur. Noch bevor sie in einen kurzen, tiefen Schlaf fiel, verabredete sie sich mit Ulf zu einer frühabendlichen Kurzwanderung im Jagsttal. Er würde ihr nicht den Kopf abreißen. Aber auf Waschen stellte sie sich ein.

Als ihre Zeitschaltküchenuhr rasselte, brauchte sie eine volle Sekunde, um sich zu vergewissern, dass es ihr Appartement war, in dem sie aufwachte. Danach stieg sie aus ihrem Bett, als wäre es ein neuer Tag.

Jetzt erst nahm sie die Post zur Hand, die aus dem Briefkasten gequollen war. Der »Merkurio« schickte einen dicken Umschlag mit Zuschriften von Lesern, die die Autorin direkt belästigen wollten. Aber das Kuvert enthielt auch die erste Abrechnung ihrer Honorare. Ihr Konto würde in den nächsten Wochen überschwappen, und Danny könnte seine Miete auf der Ranch begleichen.

Zwei Zettel waren in den Kasten geworfen worden. »Rufen Sie mich bitte an« mit der Telefonvorwahl von Wallhausen. Und ein gleichlautender Zettel mit dem Zusatz »Wichtig«. Unterschrieben waren sie mit »Heigert«.

»Wichtig« hat Zeit, beruhigte sie sich. Eins nach dem andern.

Sie traf Ulf Schwarz, der überraschend pünktlich war, auf einem verwaisten Wanderparkplatz im Jagsttal. Er schüttelte den Kopf, als er ihr die Hand gab.

»Es tut mir leid«, brachte sie hervor. »Ich war völlig benebelt und vom Erfolg überschwemmt.«

»Ich habe mich darauf verlassen, dass du es für dich behältst. Kochendörfers K-Gruppen-Vergangenheit war ein Geheimnis. Wir mögen uns nicht. Aber wir gingen, wie echte Feinde, sorgsam miteinander um und nicht mit dem Messer aufeinander los. Gewiss weiß er, dass du die Informationen von mir hast. Ich wollte in die Erde versinken, als ich das im ›Merkurio‹ las. Hast du wenigstens ein ordentliches Honorar in Silber bekommen?«

Birgit schwieg. Herausreden wollte sie sich nicht. Eine weitere Entschuldigung hatte sie nicht.

»Vielleicht habe auch ich einen Fehler gemacht«, fuhr Ulf fort, »sonst hättest du es vermutlich ernster genommen. Diese Anneliese, die Kochendörfer damals in der Mensa so publikumswirksam als Schlappschwanz und Parteisklave beschimpfte, war Anne.«

»Deine Frau?«

»Ja. Sie ist tot. Sie hat mich darum gebeten, Kochendörfer aus dem Wege zu gehen und ihn in Ruhe zu lassen.«

»Dann …?«

»Es war mir, als hätte ich sie verraten.«

»Ich hätte es nicht tun dürfen.«

»Als ich den ›Merkurio‹ las, blickte sie mir über die Schulter. Ich musste in den ›Doppelpunkt‹, unter Leute gehen, um die Chimäre zu vertreiben. Trotzdem trauere ich diesem Augenblick nach. Seit ihrem Tod war sie mir nie so nah gewesen.«

Ulf ließ ein paar flache Kieselsteine übers Wasser hüpfen. Birgit versuchte es nachzumachen. Ihre Steinchen schafften es nicht einmal bis zur überdachten Holzbrücke und versanken vorzeitig.

»Man lernt es als Kind oder nie.«

»Es ist die zweite schwere Lektion, die ich heute gelernt habe.« Birgit begann die Geschichte der letzten Tage rückwärts zu erzählen. Vom Staatsanwalt, von Peppinghaus, der sie ermahnt hatte, nicht nur ihre Arbeit zu tun, von Erik, der Ranch, den beiden Alten, von Gary Cooper aus der Geisterstadt und von der Pizza beim Paten, den sie für Gottvater gehalten hatten. Sie zeigte ihm eine Kopie des Abschiedsbriefes des toten Soldaten Sunrise Walker mit der Bemerkung: »Eine Aufgabe habe ich noch in dieser tragischen Sache. Der Vater will wissen, warum er es getan hat, auch wenn es wehtut.«

»Der Sinn eines Abschiedsbriefes ist es doch zu begründen, weshalb man sich von dieser Welt verabschiedet. Er deutet einen Grund nicht einmal an? Sollte es sein Vater nicht wissen?«

»Ich habe noch keinen Anhaltspunkt«, gestand sie.

»Wirst du fortziehen, wenn du beim ›Anzeiger‹ aufhörst?«, fragte sie ihn, als sie sich verabschiedeten.

Er hielt es für eine höfliche Routinefrage. Sie wollte wissen, ob sie noch Gelegenheiten finden würde, etwas ausgleichen zu können, was nicht im Lot war.

Noch am frühen Abend hatte Birgit sich mit Norbert Heigert für den nächsten Tag um elf verabredet. Sein Name kam ihr bekannt vor. Doch wo passte er hin? Die Wortsuche in ihren Dateien fand ihn an einer unscheinbaren Stelle, bei den Teilnehmern der Séance im Turm. Sie erinnerte sich nur schwach an den Herrn in der Reihe vor ihr.

Als sie ihre vorbereitete zweite Fortsetzung der Reportage über ihre USA-Recherche losgeschickt hatte, machte sie sich auf den Weg nach Schainbach, wohin sich außer Jakobspilgern niemand verirrte. Der Zettelschreiber Heigert wohnte am Ortsrand in einem schmucken Häuschen, hinter dem der Garten in die Felder überging. Er erwartete seinen Gast auf der Bank neben der Haustür im Anzug und weißem Hemd, mit dem »Merkurio« auf den Knien. Die Krawatte hatte er abgelegt. Birgit warf einen schnellen Blick auf das Klingelschild: »Norbert und Elfriede Heigert.« Sie dachte sich noch nichts dabei.

Ihre leisen Bedenken, den mp3-Rekorder ungefragt einzuschalten, schob sie beiseite. Sie könnte sich später auf ihre flinke Handschrift und ein gutes Gedächtnis berufen, wenn es allzu wörtlich in der Zeitung stehen sollte, falls er überhaupt etwas zu sagen hatte.

»Ich freue mich, dass Sie auf meinen Zettel geantwortet haben, den ich Ihnen in den Briefkasten geworfen habe. Kommen Sie herein. Darf ich Ihnen einen Kaffee aufbrühen?«

Er rückte ihr einen Stuhl zurecht.

»Dort drüben saß immer meine Frau.«

Er verschwand über den Flur in die Küche. Unschwer zu erraten, dass seine Frau vor kurzem gestorben war. Er wollte nicht, dass sie ihren Platz auf der Eckbank entweiht. Ein Witwer, der reden will. Was konnte er über den Turm wissen? Für die Geschichte von 1945 war er zu jung. In die Landkommune passte er nicht. Aber Kochendörfer hätte sie nach seinem jetzigen Habitus auch nicht dort vermutet. Vielleicht konnte sie im Zimmer einen Hinweis entdecken.

Während der Kaffee gurgelte, spielte sie »Sherlock Holmes« mit sich. Was sagt mir sein Wohnzimmer? Rechts bis zur Ecke der Tisch. Keine Ahnengalerie mit Familienfotos an der Wand. Eine Landschaft in Öl. Sonst nur Drucke französischer Impressionisten, aus dem Kaufhaus. In der Mitte des Raumes ein voluminöser Fernsehsessel, der auf den breiten Schirm in der Ecke gerichtet war. Ein starker Fernseher, dieser Heigert. Die beiden großen Topfgewächse waren gegossen, nicht zu nass, gerade richtig – ein Rentner mit dem grünen Daumen? Er kennt die Gartenarbeit. Ihr Blick fiel unweigerlich auf die große Fensterfront zur Terrasse mit zwei Bambussesseln um einen Tisch und einem Obstgarten dahinter mit ausgewachsenen Bäumen, die Schatten spendeten. Rechts davon ein Gemüse- und Kräutergärtlein. Er kocht noch selbst. Kein Essen auf Rädern. Bedeutsame Erkenntnisse brachte diese Art der Spurensuche nicht. Wozu auch? Herr Heigert wollte ja mit ihr reden. Sie schaltete ihren mp3-Recorder wieder ein.

Heigert kam aus der Küche zurück.

»Wenn ich meinen Garten nicht hätte. Sie wohnen ja im zweiten Stock. Ich brauche Gras und Erde, wenn ich über die Schwelle trete.«

Vorsichtig, mit leichtem Zittern, stellte er das Tablett ab und goss ein.

»Milch und Zucker? Im Haus gehe ich etwas leger. Sie sind jung und haben sicher Verständnis dafür.« Die Jacke hatte er in der Küche abgelegt. »Wir haben uns bei der Sitzung mit Donna Francesca gesehen. Ich habe alle Ihre Artikel gelesen. Sie wissen viel, aber beileibe nicht alles. Zu wenig, um zu verstehen, was wirklich vorging, im Turm, vor vierzig Jahren.«

Birgit spitzte die Ohren. Wusste er doch etwas vom Turm? Ein Norbert war nicht in der Kommune.

»Meine Frau hätte Ihnen das alles viel besser erklären können als ich. Sie ist vor einigen Wochen gestorben.«

Er machte eine kleine Pause. »Das Haus ist jetzt so leer. Manchmal höre ich, wie sie in der Küche hin und her läuft.« Er horchte und fuhr fort. »Sie waren bei Donna dabei. Sie lachen mich nicht aus. Ihnen kann ich es erzählen.«

Kaum hatte er sich gesetzt, stand er wieder auf.

»Ich will Ihnen aber zuerst etwas zeigen. Sie müssen dazu mit ins Schlafzimmer kommen.«

Ohne diese lange Einleitung wäre Birgit sitzen geblieben. Aber er sagte es so harmlos und geschäftsmäßig, dass sie ihm keine krumme Absicht unterstellte. Außerdem war er ein altes Männchen, dem sie leicht ein Bein stellen konnte. Sie folgte ihm ins Schlafzimmer, das links an das Wohnzimmer grenzte. Ein Schrank, eine kleine Kommode mit Spiegel und ein Ehebett mit zwei bezogenen ballonartigen Federbetten.

»Auf dieser Seite schlafe ich. Hier«, er deutete jetzt auf die Bettumrandung, »hier stand sie. Ich lag im Bett und konnte sie genau sehen. Jetzt sieht man natürlich nichts. Gehen wir wieder ins Wohnzimmer.«

Er nahm im Stehen einen Schluck aus der Tasse. »Beim ersten Mal, sie war noch nicht beerdigt, stand sie, ich wachte aus irgendeinem Grund auf, vor meinem Bett und lächelte. ›Elfi‹, rief ich, wollte ihre Hand fassen. Da war sie weg. Nur ein heller Schatten blieb von ihr zurück. Sie werden jetzt sagen, das hätte ich mir nur eingebildet, eine Halluzination, ein Traum, ein sehnlicher Wunsch, der in Erfüllung geht. Das dachte ich natürlich auch.«

Bei Birgit war nun auch der Groschen gefallen. Elfriede an der Klingel – Elfi, die Finanzministerin in der Kommune, die Bettgenossin von Jochen, dem Kochendörfer.

»Aber Sie müssen dazu wissen, Elfi und ich hatten ausgemacht, wer zuerst stirbt, wird den anderen nicht alleine lassen, ihn besuchen, wenn es irgend geht. Man weiß ja nicht, was hinterher passiert. Wir wollten es herausfinden. Verstehen Sie jetzt? Sie ist gekommen. Ich war aber noch nicht überzeugt. Unser Gehirn spielt uns so manchen Streich. Man darf nicht alles glauben, was man sieht.«

Er setzte sich wieder.

»In der nächsten Nacht verhielt ich mich ruhig, tat, als würde ich schlafen, und wartete. Die Erscheinung kam wieder. Ich öffnete die Augen, ein wenig nur, und sah ihre Gestalt wie am

Abend zuvor. Sie trug ihr grünes Sommerkleid und lächelte wieder. Ich rührte mich nicht. ›Norbert‹, flüsterte sie, ›Norbert, ich bin gekommen. Es geht. Es ist ganz leicht. Warum haben wir uns vor dem Tod so furchtbar bange machen lassen? Wenn du kommst, sind wir wieder zusammen.‹ Dann verschwand sie im schwarzen Nebel.«

»Sind Sie sicher, dass es Ihre Frau war, niemand anders?«

»Auch diese Frage stellte ich mir. Ich machte die Probe. Sie müssen wissen, ich war Steuerberater. Als wir heirateten, half sie mir in der Kanzlei. Sie war ein finanzielles Naturtalent und bald pfiffiger als ich, vor allem im Umgang mit den Kunden. In der letzten Zeit hatten wir nur noch ein paar anhängliche Klienten. Ich fragte Elfi, als sie wieder vor dem Bett stand und auf mich herabblickte, nach aufgetauchten Schwierigkeiten bei der Steuersache einer kleinen alteingesessenen Vorhangschneiderei, die sie bearbeitet hatte, bevor sie in die Klinik kam. Nur sie konnte davon wissen. Die alte Dame aus der Firma hatte eine Rechnung bar bezahlt und sich keine Quittung geben lassen, hatte sie behauptet. Den Betrag wusste sie noch, aber nicht mehr den Namen des Lieferanten. Elfi konnte mir sagen, wie wir dieses Problem, sagen wir einmal, vornehm gelöst hatten. Nur sie konnte es wissen«, wiederholte er. »Sie war es wirklich.«

Gern hätte Birgit dazwischengerufen: »Aber Sie haben doch gewusst, wie das Finanzamt hinters Licht geführt worden ist!« Doch das hätte vielleicht alles verdorben und ihn schweigsam gemacht.

»Frau Rübsam, der ich davon erzählte – Sie erinnern sich an Frau Rübsam, die den Arbeitskreis leitet –, lud mich in den Turm ein. Das wissen Sie ja. In Ihrem Artikel habe ich Elfi sofort wiedererkannt. Schließlich hat sie mir manchmal von ihren Erlebnissen im Turm erzählt. Ich wollte es gar nicht so genau hören. Das war vor meiner Zeit. Zugegeben, ich war ein bisschen eifersüchtig. Aber es war vorbei. Weshalb sollte ich mich von Seitensprüngen verrückt machen lassen, als es noch gar keine Seite gab.«

Er blickte verstohlen lächelnd auf den leeren Platz in der Eckbank und nippte an seinem Kaffee.

Birgit tastete sich vor. »Frauen sind da, glaube ich, anders, sie wollen es immer wissen, auch wenn es wehtut.«

Das reichte schon, um seinen Erzählstrom erneut anschwellen zu lassen.

»Nun ja, ein bisschen schon. Für mich war das Leben, wie es Elfi im Turm geführt hat, eine fremde Welt. Jetzt denke ich mehr daran als früher.« Er hielt inne. »Macht es Ihnen etwas aus, wenn ich mich in meinen Sessel setze? Das Nachdenken fällt mir dort leichter.«

Heigert zog sich in seinem Logensitz vor dem Fernsehschirm hoch und kippte ihn nach hinten.

»Elfi studierte BWL, Betriebswirtschaft. Heute heißt es irgendwie anders. Eine Studentin in der BWL-Vorlesung, sagte sie, war damals ein Unikum. Sie wurde nicht gehätschelt. Jeder noch so kleine Fehler in einer Klausur wurde als Beweis für den angeborenen mathematischen Schwachsinn des Weibes genüsslich kommentiert. Anfangs zahlte sie in gleicher Münze zurück. Das half nicht, machte die Sache nur noch schlimmer.

Sie mied ihren Fachbereich immer mehr und gesellte sich zu den ungepflegten, schlecht angezogenen Mädchen aus der Philosophischen Fakultät. Dort konnte sie wieder lachen, war aber erneut der weiße Rabe, weil sie eine Gaußsche Normalverteilung von einer binomischen unterscheiden konnte. ›Mir gefiel es plötzlich, die Vorlesungen zu schwänzen und im Stadtpark bei den Predigern des einfachen Lebens herumzufaulenzen‹, sagte sie. ›Hattu Haschisch in den Taschen, hattu immer was zu naschen‹.«

Er ahmte eine weibliche Stimme nach, vermutlich das Timbre seiner Frau, und blieb in dieser Tonlage hängen.

»Der Spross einer Studienratsdynastie schmiss das Studium und ging in die Fabrik, um das Leben und den Klassenkampf kennenzulernen. Das war nicht unser Ding. Wir wollten raus, raus, raus aus dem Schweinesystem, raus aus der Uni in den

Wald, raus aus der dreckigen Stadt aufs Land, wo Pflanzen nicht in Betonkübeln wuchsen, weg von der Glotze. Wir wollten uns nicht mehr von der kapitalistischen Kloake berieseln lassen. Wir waren drei: Thomas, Frank und ich. Wir warfen unser Geld in einen Topf und mieteten den leerstehenden Turm. Frank, der einmal Chemie studiert hatte, schwindelte dem Bauern vor, agrochemische Analysen zu machen. Die Batterie von Reagenzgläschen und das Mikroskop müssen Herrn Kötter sehr beeindruckt haben, denn er war stolz darauf, mit unserer Arbeitsgruppe seinen Beitrag zur Forschungsförderung zu leisten.

Wir bekamen den Turm für eine geringe Miete. Bei wenig Geld ist auch eine billige Miete viel. Aber das haben wir erst erkannt, als uns das Geld wie ein abgebrannter Kerzenstummel ausging.

Wir lebten gegen den Strich, wollten uns auf eine Insel retten, bevor wir im Meer des Falschen ersaufen. Abends spielten wir ›Mensch ärgere dich nicht‹. Gewonnen hatte derjenige, der als Erster keine Klötze mehr hatte. Wer dann noch die meisten Männchen auf dem Brett hatte, musste am andern Morgen aufstehen und Frühstück machen, von dem, was noch da war. Und das wurde immer weniger. Im Frühjahr hängen keine Äpfel mehr auf den Bäumen. In den Gärten gab es nichts zu klauen.

Manchmal fuhren wir mit dem Bus fünf Dörfer weiter, um aus den Regalen des Kolonialwarenhändlers etwas mitgehen zu lassen. Die Einheimischen glotzten uns an. Sie ließen uns nicht aus den Augen. In den Regalen standen, unerreichbar für uns, so herrliche Dinge wie Gurken, Marmelade, Frühstücksfleisch und Leipziger Allerlei.

Ich träumte von Königsberger Klopsen und hatte – ich habe es dir doch gebeichtet – zwei Männer im Bett, abwechselnd und gleichzeitig, bei knurrendem Magen. Frank opferte sein Mikroskop für meine Pillen, die in einem Bierseidel mit Deckel wie der heilige Gral gehütet wurden.«

Jetzt redet er nicht nur wie Elfi, er denkt wie sie. Sie erzählt. Heigert spricht, aber ein bisschen wie sie. Birgit nahm es überrascht zu Kenntnis und hörte Norbert Heigert beziehungsweise Elfi Neureiter weiter zu.

»Keiner wollte es den andern eingestehen, dass unser Ausflug ins einfache Leben gescheitert war. Wir ließen uns sogar vom Bauern Setzlinge für Salat, Wirsing und Rote Rüben geben, um uns die Hoffnung auf den Herbst einzureden.

Beim absoluten finanziellen Nullpunkt schickte uns der Himmel Dieter und Hella. Sie wären auf der Wanderschaft, behaupteten sie. Wir nahmen sie bei uns auf und aus. Das bisschen Geld, das sie bei sich hatten, erschien uns wie ein Lottogewinn. Den beiden gefiel es bei uns. Wir verhätschelten sie, bis auch ihr Geld alle war. Da konnten sie nicht mehr weiter und blieben. Letztlich hatten wir auch damit Glück. Denn Dieter kannte jemand, der jemand kannte, der uns ein Angebot machte. Wir sollten untervermieten. Nur jeweils für einen Tag und eine Nacht. Die Untermieter würden gebracht und wieder abgeholt. An den Ersten erinnere ich mich noch genau.

Thomas und Frank spielten an diesem Abend ihr Bauernschach. Die Figuren beim Schach, so sagten sie, seien nur das Abbild der feudalen Unterdrückergesellschaft, König und Königin, Ritter und Bauern. Bei Thomas und Frank waren aber die Bauern die stärksten Figuren, die das Königspack in die Flucht schlugen. Florian Geyer habe das Spiel erfunden. Deshalb nannten sie es ›Bauernkrieg‹.

Es klopfte ans Fenster mit dem verabredeten Zeichen. Ein breitschultriger Hüne in hellbrauner Wildlederjacke mit aufgesetzten Taschen kam mit eingezogenem Kopf durch die niedrige Tür. Er setzte sich an den Tisch, als wäre er hier zu Hause. Der andere schleppte einen Koffer und schwieg. Wir kredenzten Kamillentee, ohne darauf hinzuweisen, dass es der zweite Aufguss war.

›Ihr braucht nicht mit ihm zu reden‹, begann er. ›Er versteht euch sowieso nicht. Kalte Verpflegung hat er dabei. Aber gebt ihm zu trinken und lasst ihn nicht aus dem Haus.‹ Er sollte auch nicht zum Fenster hinaussehen. ›Läden geschlossen halten. Wenn Besuch kommt, geht er vorher nach oben. Morgen

Nacht wird er abgeholt. Macht alles wie immer und redet nicht.‹

Der militärische Befehlston war uns fremd. Nur Frank fühlte sich in seine Zeit bei den Panzergrenadieren versetzt. Der kommandierende Riese legte fünfzig Mark auf den Tisch, stand auf, zog sich die Jacke aus, drehte sie auf links und war nun mit einer schwarzen Manchesterjacke bekleidet. Von dem Stummen verabschiedete er sich mit einem freundlichen Händedruck und wünschte ihm ›good luck‹.

Schnell hatten wir heraus, dass unser neuer Gast kein Engländer war, sondern Amerikaner. Ganz verblödet waren wir in der Einöde nicht. Ein verschüchterter Amerikaner in Zivil mit Mecki-Frisur, der nicht vor die Tür gehen sollte. Woher er kam, wohin er ging, interessierte uns wenig. Er war abgehauen. Das genügte. Es war einer wie ›P.T. aus Arizona‹, der nicht nach Vietnam wollte. Franz Josef Degenhardt hatte es uns oft genug vorgesungen.

Wir warfen Sand ins Weltgetriebe. Das und die fünfzig Mark richteten uns auf. Wir drehten Johnson, dem großen Präsidenten, eine Nase.

Unser Gast war müde und wollte schlafen. Bevor ihn Thomas nach oben brachte, griff der Ausreißer in seine Tasche und legte dunkle Krümelchen auf den Tisch. ›Shit for you. Thanks a lot.‹

In der nächsten Nacht klopfte wieder jemand mit dem ›da-da-da-daa‹ ans Fenster, grüßte kaum und verschwand mit dem desertierten GI in der Nacht.

›Wo gehen sie hin?‹, fragte Hella naiv.

›Dänemark, Schweden, Lappland. Etwas Besseres als Da Nang findet er allemal. Je weniger wir wissen, desto besser.‹

Ich machte weiter die Buchhaltung. Wir hatten Schwarzen Afghanen auf dem Tisch und vorübergehend schwarze Zahlen in der Kasse.

Es war der Postbote, der uns die guten Nachrichten brachte. Eine Ansichtskarte mit herzlichen Grüßen aus dem Urlaub im Odenwald oder von der Schwäbischen Alb. Im Datum über dem Text war die Ankunftszeit des nächsten Auswanderers versteckt.

Der Bauer bemerkte nichts von unseren nächtlichen Aktivitäten. Nur einmal fuhr uns der Schreck in die Glieder.

›Ich sollte es euch vielleicht gar nicht sagen‹, bemerkte Herr Kötter beiläufig auf dem Hof, ›aber das *alte Fraale* geht wieder um.‹

›Was ist das für ein Unsinn‹, fuhr ich ihm ins Wort. ›Eines schönen Tages wird die Aufklärung auch in diese gottverlassene Gegend kommen.‹ Wenn ich jetzt darüber nachdenke, war das auch ansonsten ein dummer Spruch, der hinten und vorne nicht stimmte.

Thomas war klüger.

›Manche Menschen sehen mehr als andere. Wer will da richten? Es gibt Dinge zwischen Himmel und Erde, von denen nicht einmal die Wissenschaft träumt. Eine alte Frau, sagen Sie? Wer hat Angst vor einer alten Frau? Mir ist, als hätte ich sie auch schon gesehen. Sie lief über die Wiese da unten. Vielleicht war es aber auch nur ein Nebelstreif. Gespenster tun uns nichts. Sie suchen Unterhaltung. So eine Ewigkeit kann lang sein.‹

Herr Kötter war beeindruckt. ›Ich wollte es ja nur sagen, damit ihr nicht erschreckt. Ein Reiter ohne Kopf wird auch gerne gesehen. Das ist der alte Bürgermeister von Rothenburg. Der Toppler. Er muss für vieles herhalten. Er zupft die Leute von hinten am Mantel, sagt man.‹

Wir wurden vorsichtiger und gingen abends häufiger spazieren, damit ›die Leute‹, wie der Bauer gesagt hätte, sich an umhergehende nächtliche Gestalten gewöhnten und sie für harmlos hielten.

Doch das war nicht unser einziges Problem. Das Geld reichte trotzdem nicht.

Im Juni wurde uns von anderer Seite eine Melkkuh avisiert: Jochen mit Auto. Mehr wollten wir gar nicht wissen. Wir mussten nicht einmal melken. Er gab die Milch freiwillig ab. Mir gefiel er. Ich habe dir einmal von ihm erzählt. Aber du hast ja nicht hingehört.

Die anderen waren ein bisschen sauer, als ich zu ihm in den oberen Stock zog. Sie konnten mich nicht hindern. Er hatte die Scheine, und ich verwaltete sie. Über unsere andere Einnahmequelle sollte Jochen, der Neue, nichts erfahren. Wir spielten ihm zuweilen unsere spirituellen Neigungen vor. Er war zu nüchtern, um sie zu verstehen. Aber er akzeptierte, dass wir in unseren längeren Meditationsphasen allein sein wollten. Jochen setzte sich in sein Auto und verbrachte üppige Tage in Rothenburg, wie er mir gestand. Ich wäre gerne mit ihm weggefahren. Die andern litten es nicht. Von da an mochte ich sie nicht mehr.

An den letzten Deserteur erinnere ich mich noch genauer. ›Onkel Toms Hütte‹ nannte er unseren Turm. Wir mussten ihn vom Fenster zurückreißen. Zu gern wäre er in den Hof hinuntergegangen. Er war schwierig, schwarz, und kam mit verheulten Augen zum Mittagessen. McNamara hätte ihn in Vietnam nicht brauchen können, wäre in der Militärklapsmühle gelandet, wenn ihn der Vietcong nicht vorher weggeputzt hätte. Waren es seine Kulleraugen, die ihn trotz seiner Muskelpakete aussehen ließen wie ein Kind? Er bat mich um Papier und um ein Briefkuvert. Als ich es ihm nach oben brachte, saß er traurig am Tisch und las in einem Buch. Norbert, im Bücherschrank oben ganz links, dort steht es, ›Bartleby der Schreiber‹. Sein Name steht drin. ›Moby Dick‹ war in der Schule ein Buch für die Rabauken in der Klasse. Deshalb kam ich nie zu Melville.«

Jetzt gibt sie ihm schon Anweisungen aus dem Jenseits, dachte Birgit etwas verwirrt. Sie unterbrach die beiden nicht.

»Der schwarze GI stützte den Kopf in beide Hände und stöhnte: ›Ich möchte lieber nicht, ich möchte lieber nicht.‹ Aufmuntern ließ er sich nicht. Deshalb verzog ich mich wieder nach unten und trug Hacke und Rechen in den Turm, weil ein Gewitter aufzog. Es hat dann auch fürchterlich geblitzt und gedonnert. Noch in der Dämmerung dampften die Felder. Thomas las uns noch einige Gedichte vor, angeblich von Walt Whitman, obwohl er doch spüren musste, dass wir ihn längst durchschaut hatten, den verschämten Dichter.

Spät in der Nacht klopfte der Abholer. Es war der hünenhafte Brecher mit der Rechts-links-Jacke, der den ersten Deserteur gebracht hatte. Wir riefen durchs Haus. Er kam nicht herunter. Thomas ging endlich ärgerlich nach oben und kam bleich zurück.

Der Abholer stürmte die Treppe hoch. Wir anderen hinterher.

Sein Kopf lag auf der Tischkante. Die Pistole in der offenen Hand daneben. Ich starrte auf das Häuflein Elend, das am Tisch hing. Das Loch in seiner Schläfe war überraschend klein. Die Stelle, wo die Kugel wieder aus dem Kopf austrat, habe ich mir nicht angesehen. Ich hätte mit ihm reden sollen. Hella stürzte in einem Weinkrampf wieder nach unten. Mit einer barschen Kopfbewegung schickte der Abholer den ebenso verstörten Dieter hinterher.

›Man hat ihm gesagt: Keine Waffen mitnehmen. Sind die Läden zu? Wer hat den Schuss gehört? Kein Schalldämpfer dran.‹

Kein Schuss. Niemand hatte etwas gehört. ›Das Gewitter, der Donner‹, schob Thomas nach.

Der Pseudo-Offizier riss das Kommando an sich. Ich glaube, wir waren sogar erleichtert darüber. Mit einem Wisch machte er den Tisch frei. Bücher, Kuli, Zettel flogen auf den Fußboden. Auf der Tischplatte hatte sich nur wenig Blut angesammelt.

›Legt ihn auf den Fußboden, bevor er steif wird. Kinn hochbinden. Tischplatte runtertragen, zersägen und verbrennen, auch das Sägemehl.‹

Die Männer packten wortlos an. Ich bückte mich indessen und sammelte die Papiere ein, die auf dem Fußboden verstreut langen. Auch das Büchlein »Bartleby der Schreiber«. Ein Briefkuvert lag dabei, adressiert und zugeklebt. Das kleine Buch und den Brief ließ ich in meinem Ausschnitt verschwinden.

›Krisensitzung, alle nach unten!‹, dröhnte der lange und breite Riese.

Es wurde keine Sitzung, sondern eine Befehlsausgabe.

›Alles muss weitergehen wie bisher. Wer kann Speis machen? Hat schon einer beim Tapezieren geholfen?‹ Er schien einen Plan zu haben. ›Macht am Morgen keine zerknautschten Gesichter. Ihr auch nicht‹, blaffte er Hella und mich an.

In dieser Nacht schliefen wir fünf enger beieinander als sonst, obwohl ich die anderen nicht mehr so mochte wie früher. Für mich stand fest: Hier bleibe ich nicht. Innerlich hatte ich mich schon abgemeldet. Jochen würde am Nachmittag von seiner Auszeit zurückkommen. Wir könnten abhauen. Hätten mich meine Freunde nicht daran gehindert, hätten wir schon in München oder Frankfurt sein können.

Beim Frühstück: ›Alle bleiben hier. Keine Unruhe. Alle arbeiten mit.‹ Es gab keine Widerworte. Dieter zersägte die Tischplatte und verbrannte sie im Küchenherd. Unser neuer Anführer rannte mit dem Maßband hin und her. Ich musste die Blutstropfen auf dem Fußboden auskerben, durfte nicht den kleinsten Spritzer übersehen, während Thomas nach der Kugel im Gebälk suchte. Er zog sie heraus und musste das Loch ausraspeln.

Beim Mittagessen erläuterte uns der Kaltblütige seinen Plan: ›Wir mauern ihn luftdicht ein, mit allem, was er bei sich hat. Nichts darf zurückbleiben, nichts darf darauf hindeuten, dass er je hier war. Die Militärpolizei sucht ihn hier nicht. Wir ziehen ins Dachzimmer eine doppelte Wand und betten ihn dazwischen, luftdicht verpackt in Plastikplanen. Zur Sicherheit kleiden wir damit auch die gesamte Höhle aus. Alle Innenwände, auch die im ersten Stock und unten, werden tapeziert. Morgen, wenn ich weg bin, sagt ihr dem Bauersmann, dass ihr wohnlichere Sommertapeten anklebt. Euch wird er das glauben.‹

Das klang logisch und durchdacht. Wir machten keine Gegenvorschläge.

Ich bereitete das dreifache, durchsichtige Leichentuch vor. Nicht der geringste Luftzug durfte von unserem toten schwarzen Gast in die Höhle oder gar in den Turm austreten. Das Einsargen übernahmen die kräftigeren Bestatter.

Um drei rief Thomas von unten. ›Das Auto von Jochen kommt.‹ Ich sprang auf.

›Wer ist Jochen?‹, fragte unser neuer Chef. Wir hatten es ihm nicht gesagt.

›Ein Gast, der hier wohnt, wenn frei ist. Er weiß von nichts.‹

›Er darf nicht hereinkommen. Jeder, der etwas weiß, ist einer zu viel.‹

Ich erschrak. Bin ich auch zu viel? Der Kommandeur rannte nach unten. Ich hinterher.

›Halt!‹, rief er Jochen entgegen. ›Das geht jetzt nicht mehr. Kommen Sie in drei Wochen wieder!‹

›Wer ist dieses Arschloch? Elfi, was ist hier los?‹

›Stehen bleiben!‹, brüllte der Lange wieder.

Ich wollte auf Jochen zulaufen.

›Hiergeblieben. Willst du uns alle ans Messer liefern?‹ Er hielt mich von hinten am Kragen meines Arbeitsmantels fest. Erst dann blieb Jochen stehen.

›Was geht hier vor? Lassen Sie das Mädchen los!‹

›Jochen, es ist etwas passiert.‹

Der Golem hinter mir, ich dachte in diesem Augenblick, es wäre Boris Karloff persönlich, zog mir mit seiner Pranke die Halskrause zu und nahm mir die Luft.

›Hella hat Scharlach. Der Turm steht unter Quarantäne!‹, schrie das Wesen hinter mir.

Ich röchelte. Entgeistert sah uns Jochen an. Er schien zu überlegen.

›Quarantäne – Mist.‹

Ich riss mich für einen kurzen Moment los. ›Jochen, warte, warte auf mich.‹

Er drehte sich noch einmal um und hob drei Finger in die Luft.

›Zurück in den Turm!‹ Das Biest zerrte an mir und schob mich durch die Tür.

Ich heulte und beteiligte mich nicht mehr an der Beerdigung. Aus meinem Schrank und den Regalen holte ich Hose, Hemd, Pullover, Zahnbürste und Handtuch, stopfte drei Plastiktüten damit voll und schob das Buch des Toten mit dem nicht abgeschickten Brief in die Handtasche, die mir von meinem früheren Leben noch geblieben war. Beim Abendessen sprach ich kaum. Ich sagte nur: ›Hella, du hast Scharlach, nimm dich in acht.‹

In der Dämmerung stahl ich mich davon und stellte mich mit aufgerichtetem Daumen außer Sichtweite des Turms an die Straße. Ich hoffte, ja, ich war überzeugt, dass Jochen vorbeikommen würde. Er kam nicht. Vielleicht nach drei Wochen. Ich habe ihn nie wieder gesehen. Norbert, das musst du mir glauben.«

Birgit hatte sich an das personelle Durcheinander schon fast gewöhnt und war nicht sonderlich überrascht, als Elfi alias Heigert fortfuhr.

»Inzwischen bist du Jochen ja selbst begegnet. Du hast sogar mit ihm gesprochen. Erinnerst du dich nicht? In der Klinik auf der Intensiv.«

Heigert machte eine Pause. Sein Gesicht konnte Birgit von ihrem Platz aus nicht erkennen. Seine Stimme wurde wieder zum Bariton.

»Das verstehe ich nicht. Sie war doch schon gestorben, als er ankam. Woher weiß sie das?«

Heigert richtete sich in seinem Fernsehsessel auf und blickte um sich. Sein Bericht war zu Ende.

Birgit hatte einiges notiert und alles auf dem Chip. Sie versuchte, ihre Verwirrung zu sortieren. Wer erinnert sich hier an was? Wer spricht? Wer antwortet? Wer redet dazwischen? Im Sessel lag nur ein Gehirn, das sich aber vorübergehend nicht mit einer Person begnügte. Ach Gott, ist die Welt kompliziert!

Sie machte noch einen hilflosen Versuch, den Steuerberater mit beiden Beinen wieder in diese Welt zu stellen.

»Sind das nicht alles Ihre, Ihre ganz persönlichen Erinnerungen?«

Heigert rutschte von seinem Sessel, deutete eine Kniebeuge an und setzte sich wieder an den Tisch.

»Diesen Verdacht hatte ich in den ersten Tagen auch. Aber sie wusste, welches Kleid sie in Mailand 1980 trug und wie der Standesbeamte hieß, der uns getraut hat. So etwas hätte ich mir nie gemerkt.«

Birgit gab auf. Ich bin Journalistin, sagte sie sich. Er wird von selbst darauf kommen, wenn nicht mehr Tag und Nacht die Wunden aufreißen und unsäglich schmerzen und wenn es Frau Rübsam in der Zwischenzeit nicht gelingt, ihn auf die Nachtseite der Vernunft zu zerren.

»Haben Sie alles mitgeschrieben? Würde mich auch interessieren, was sie alles erzählt hat. Ich braue uns noch einen Kaffee.«

Er schien aufgeräumter als zu Beginn ihres Besuches. Sollte sie ihm eine Freude machen und ihm eine CD von seiner Erzählung schenken? Sie müsste dann zugeben, dass sie seinen Bericht heimlich aufgenommen hatte.

Heigert servierte ihr mit einer ironisch-graziösen Handbewegung einen neuen Kaffee, der kein zweiter Aufguss war.

»Irgendetwas wollte ich Ihnen noch zeigen. Fällt mir gleich wieder ein.« Er schlenderte an seinem Bücherregal entlang. Birgit ahnte, dass er nach links gehen würde. »Hier ist es ja, ›Bartleby der Schreiber.‹ Nie gelesen. Wusste gar nicht, dass ich so etwas habe.«

Birgit nahm das dünne Büchlein, das sich Elfi in den Ausschnitt geschoben hatte. Sie blätterte. »Sehen Sie, da steht der Name: Sunrise Walker, Billings.«

»Der Sunrise? Merkwürdig.« Heigert war irritiert.

»Es ist das Buch des Toten«, sagte Birgit. »Elfi hat es doch erzählt.«

»Ach ja, sie hat es erzählt«, sagte er, unsicher geworden.

Birgit zweifelte, ob er sich wirklich erinnerte.

»Sein Vater würde sich über das Buch sicher freuen. Das Letzte, was sein Sohn in der Hand gehabt hat. Darf ich es ihm zuschicken?«

Heigert überlegte nicht lange. »Es gehört ihm. Er ist der Erbe seines Sohnes. Elfi hat es sich nur geliehen. Sein Name steht drin.«

Er lief durch die Wohnstube, schob die Tür zur Terrasse auf und holte tief Luft.

»Seit Elfi nur noch halb da ist, habe ich schon viel dazugelernt. Kaffeekochen und die ersten Schritte auf die Rückseite der

Natur. Schade, dass wir die Sitzung nicht auf Band aufgenommen haben. Ich hätte es vorher sagen sollen.«

Birgit überlegte. Sollte sie? Oder doch lieber nicht? Sie ließ die entscheidende Sekunde für ihr Geständnis verstreichen. Dann war es zu spät.

»Es wäre ein interessantes Dokument geworden«, log sie und floh aus diesem Thema. »Darf ich Sie noch etwas fragen, etwas Persönliches, aus purer weiblicher Neugier?«

»Fragen Sie.«

»Wo haben Sie dann später Elfi kennen gelernt?«

»Gar nicht ›später‹. Ich las sie auf, als sie mit ihren drei Plastiktüten an der Straße stand und den Daumen hob. Sie zögerte etwas, bevor sie einstieg. Wir redeten über Zahlen, und als sie das Wort Vorsteueranmeldungsformular fließend über die Lippen brachte, gab ich ihr am Bahnhof Eckartshausen meine Karte. Ich hatte gerade mein Steuerberatungsbüro eröffnet und konnte mir, ich gebe es zu, nur eine billige Arbeitskraft leisten. Sie rief ein paar Tage später an und fragte, ob sie ein Praktikum in meiner Kanzlei absolvieren könne. Und danach ging es, wie es halt so geht.«

Diese Story wird für drei Fortsetzungen reichen, verkleidet als sachlicher Bericht eines Mannes aus der Finanzbranche. Elfis postmortale Kurzbesuche wird sie nicht erwähnen. Heigert wird ihr in einigen Monaten dankbar dafür sein. Freilich würde sie damit auch den Forschern aus der Gruppe »Nachtseite der Natur« das Vergnügen nehmen, sich im Jenseits nochmals nach Elfi Heigert durchzufragen und eine hitzige Twitterdebatte anzuzetteln.

Bei Frau Krause holte sie sich noch ihre vorbestellten Zeitungen ab, las sie aber nicht, sondern ging zu ihrem eigenen Bücherregal und fischte sich das Buch heraus: »Wer bin ich – und wenn ja, wie viele?«

Am Abend schrieb sie einen ehrlichen, unjournalistischen Brief nach Montana und legte, nach langem Überlegen, das Buch, das Sunrise gehört hatte, nicht bei.

Als die Journalisten vor dem Gefängnistor vergeblich auf den großen Bauunternehmer Kochendörfer warteten, wussten die Leser des »Merkurio« schon, weshalb er unschuldig war. Der Abschiedsbrief war der Joker. Das brachte Birgit Kredit. Herr Albert drängte auf das versprochene Mittagessen. Es würden noch einige Herren und »unsere Chefin« dazustoßen. Sie sah durchs Telefon, wie er dazu grinste. Sie verabredeten sich für nächste Woche.

Kochendörfer stand noch auf ihrem Zettel. Frau Maurenbrecher aus dem Vorzimmer nahm sie kühl und schnippisch auf die Warteliste, obwohl Birgit darauf hinwies, dass er um einen Termin gebeten hatte. Sie hatte es nicht mehr nötig, ihm hinterherzulaufen.

An Peppinghaus schickte sie täglich die Texte ihrer Reportagen vorab. Er rief an, bedankte sich.

»Ich habe da noch ein paar staubig gewordene Fälle, die Rätsel aufgeben. Ich wünschte, ich hätte eine pfiffige Spurenleserin, die nicht bei der Polizei ist.«

Sie wollte darüber nachdenken.

Ulf schleppte sie ins Theater und in eine Kunstausstellung, wo man sich in das Leben verfaulender Äpfel in Kühlschränken versenken konnte. Aber die anschließenden Kneipengespräche waren es wert.

Erik war wieder im Land. Sie besprachen die Folgerungen aus ihrem – nachträglich gesehen – überflüssigen Experiment. Seine Anstellung hing noch etwas in der Luft. Sie konnte auch noch nicht sagen, wie es mit ihr weitergehen sollte. Vielleicht gab das Gespräch beim »Merkurio« den Blick auf ein neues Ufer frei. Sie knüpfte Hoffnungen daran und bekam Lampenfieber vor dem Termin.

Erik brachte sie zum Flughafen.

»Wer kann dir etwas wollen? Du bist in wenigen Wochen so etwas wie eine Starreporterin des ›Merkurio‹ geworden. Weshalb zittern dir die Knie?«

»Eben deshalb. Wenn ich mich um ein Volontariat bewerben würde, wäre ich gelassen wie ein Teddybär. Jetzt habe ich etwas zu verlieren.«

Sie saßen im Flughafenrestaurant. Die Bedienung kannte sie noch. »Keinen Tee – ich weiß.«

»Für mich eine Bananenmilch«, sagte Erik.

Birgit erhöhte auf zwei. »Ich bin froh, dass ich diese Geschichte mit Kötter, Frau Rübsam, Kochendörfer hinter mir habe. Interessant, aber stressig.« Sie plapperte vor sich hin, um ihre Aufregung zu dämpfen. »Du weißt, dass ich weder Hektar noch Aussteuer mitbringe?«

»Sechsmal zum Überziehen und drei Nachthemden wären das Mindeste, was der Bräutigam erwarten kann. Socken und Cognacschwenker bringe ich ein.« Darauf konnten sie sich einigen.

»Auch das noch.« Ihr Blick fiel auf den wieder munteren Kochendörfer, der in der Tür stand.

Birgit machte die beiden Männer miteinander bekannt.

»Ich will nicht lange stören. So ein Zufall. Hier hat es nämlich angefangen, Herr Drossel.«

Kochendörfer setzte sich mit einer Backe auf den Stuhl am Nebentisch, wozu er keine Einladung abwarten musste. Ernst und bestimmt wandte er sich Birgit zu. »Sie haben mich hineingebracht, Sie haben mich herausgeholt.«

»Das war ich mir schuldig.« Birgit wollte das Kapitel abschließen.

»Sie sich?« Kochendörfer war wieder im Kettenhemd, an dem Ungezogenheiten abprallten. »So kann man sich die Welt zurechtzimmern. Trotzdem danke, vor allem für die partielle Diskretion. Sie sind wie ein störrisches Kälbchen.«

Birgit brauste nicht auf. Zum ersten Mal hatte er, indirekt zumindest, zugegeben, dass er in ihrem Schrank gesessen hatte, was sie nicht an die große Glocke gehängt hatte. Sie ließ ihn weiterreden.

»Schreiben Sie mir eine Kontonummer Ihres Vertrauens auf.« Er hatte gelernt, dass er ihr nichts schenken durfte, wollte aber wohl spenden.

Aus ihrer Handtasche kramte sie die Überweisungsquittung an Danny Walker heraus, schrieb die Zahlen sorgfältig ab und reichte sie ihm zum Tisch hinüber.

»Der Vater?«, fragte er.
Sie nickte.
»Gut.«
»Übrigens, wenn man eine Journalistin danach fragen darf, wer hat Ihnen das Kapitel der Sommergeschichte erzählt, das nicht einmal ich kannte?«
»Elfi, die verantwortlich war für die Finanzen.«
»Sie ist tot.«
»Eben.«
Kochendörfer überlegte. »Ich verstehe, das heißt – ich verstehe nicht. Ich bin eine halbe Stunde zu spät in die Klinik gekommen. Sie starb zu schnell. Am Telefon konnte sie mir nur ein paar Hinweise geben, denen ich nachgehen wollte. Deshalb hat ja der ganze Zinnober angefangen, und – auch wenn Sie das ärgert – ich habe davon profitiert.«
»Oh«, machte Birgit, um mehr zu erfahren.
»Meine Geschäftspartner in Dubai, Kuwait, Abu Dhabi und vor allem in Isfahan reiben sich vor Schadenfreude die Hände. Sie lesen auch Zeitung. Ich gelte als einer der wenigen, die, schon in jungen Jahren, dem amerikanischen Imperialismus energisch die Stirn geboten haben.« Er lachte. »Der Rubel rollt. Der Hegel'sche Weltgeist reißt wieder Possen. Wer hätte das gedacht?«
Unter der Tür erschien ein junger Mann im dunklen Anzug und einem Handy am Ohr. Der Spezialist, der den Kommissar Peppinghaus im »Elefanten« abhören wollte. Er tippte mit dem Zeigefinger auf seine Armbanduhr, wichtigtuerisch, aber doch servil wie der Kutscher eines russischen Gutsbesitzers.
»Mein neuer Terminreferent. 13.22 Uhr Dubai direkt.« Wie beim ersten Mal verschwand er, bevor alles gesagt war.
Erik hatte die Szene nur beobachtet. »Kennst du diesen Fatzke, seinen Terminreferenten? Er hat dich angestarrt, als wüsste er nicht, in welche Schublade er dich stecken sollte.«

»Das ist jetzt sein Ohr. Ich hätte sein Kuli werden sollen.«

Heinrich Eppe

Kalte Mauern